辽宁文学

LIAONING LITERATURE

辽宁文学蓝皮书（2023）

周景雷 主编

春风文艺出版社
·沈阳·

编委会主任：周景雷
编委会副主任：孙伦熙　李海岩
编委会成员：（按姓氏笔画排序）

　　　　　　王艺霖　邢东洋　刘　维
　　　　　　李桂玲　李耀鹏　杨　晶
　　　　　　杨晶晶　吴玉杰　吴金梅
　　　　　　何家欢　宋　斌　张永杰
　　　　　　张岩峰　张维阳　周晓楠
　　　　　　赵禹佟　姚宏越　雷　宇

主　　　编：周景雷

目录 Contents

小说：中国故事的东北讲述 ………张维阳　张永杰 / 1

散文：抒情风暴与散文诗心 ……………李耀鹏 / 47

诗歌：脚踏现实大地，吟唱诗意星空 ……杨　晶 / 84

儿童文学：书写辽宁儿童文学的新篇章

　　……………………………………何家欢 / 111

报告文学："行走"中的跨文体写作与跨时空的

　　中国气象 ……………………………吴玉杰 / 135

文学评论：作品奔流不息，评论奋进不止

　　……………………………………李桂玲 / 179

网络文学：文化强国建设推动下的高质量发展

　　……………………………………吴金梅 / 213

辽宁省作家协会2023年大事记 ……………224

辽宁作家作品2023年获奖和入选榜单 ………233

小说：中国故事的东北讲述

◎张维阳　张永杰

2023年对辽宁小说来说，是热闹的一年，辽宁的小说获得众多奖项，取得了喜人的成绩。老藤的长篇小说《北爱》入选中宣部2023年主题出版重点出版物、第八届长篇小说年度金榜、2023年度《中国作家》·芒果"文学IP价值"排行榜、"中国好书"4月榜单；老藤的长篇小说《草木志》入选中国当代文学研究会年榜（2023）；津子围的长篇小说《大辽河》入选中宣部2023年主题出版重点出版物、中国当代文学研究会年榜（2023）、"中国好书"12月榜单；老藤的长篇小说《铜行里》获第十三届"茅台杯"《小说选刊》年度大奖·荣誉奖，长篇小说《北地》获第十二届丁玲文学奖，长篇小说《战国红》越南文版入选2023年丝路书香工程；孙惠芬的长篇小说《秉德女人》入选由北京联合出版公司主办的大型丛书《中国小说100强（1978—2022）》；鲍尔吉·原野的长篇小说《乌苏里密林奇遇》入选"中国好书"8月榜单；李铁的长篇小说《锦绣》获第八届中华优秀出版物奖；老藤的中篇小说《江山志》入选2023年度中国生态小说榜单；于晓威的短篇小说《缓慢降速器》和班宇的短篇小说《漫长的季节》获第十九届十月文学奖·短篇小说奖；牛健哲的短篇小说《音声轶话》入选2023收获文学榜·短篇小说榜第二，并入选中国当代文学研究会年榜（2023）；双雪涛的短篇小说《香山来客》入选2023收获文学榜·短篇小说榜第四；付久江的短篇小说《千分尺》获2022—2023年度《鸭绿江》文学奖·最佳小说奖；陈萨日娜的中篇小说《西湖的客人》获2020—2022年度《山西文学》奖·中篇小说奖。在具体的创作方面，辽宁的作家敏感于时代的召唤，对于"新时代山乡巨变"和"中华文明探源"等时代关注的焦点命题以文学的方式进行了及时的回应。同时，他们一如既往地关注正在发生着的社会现实，踊跃地弘扬时代精神，坦诚而直率地揭示社会问题，表现出鲜明的介入意识。现实主义传统的主流之外，部分辽宁作家也继续着小说形式和技巧的实验与探索，在小说文体实验的路上勇敢而坚定地跋涉，为拓展小说文体的表意边界而坚持不懈。当然，对于心灵和情感的关注一直是文学主要的书写内容，在这个传统的领域，辽宁的作家继续深耕，呈现新时代普通人情感世界的变与不变。有些作家专注于历史和战争的书写，在新时代开启历史的重述，对历史和战争进行重新的思考。2023年的辽宁小说，大致可以分为这样几个方面。

对时代焦点的回应

中国作协发布的"新时山乡巨变写作计划"，得到了作家的广泛呼应，众多作家加入书写中国乡土世界山乡巨变的队伍中，辽宁的作家老藤、周建新和曲子清是其中的重要代表。

老藤多年来一直关注和书写东北乡土世界的状况，之前广受关注的《刀兵过》《战国红》《北地》《北障》都是这样的作品。2023年，老藤又发表了长篇小说《草木志》，以黑龙江的村庄墟里为样本，以文学的方式，表现了东北乡村新近的发展与变迁。值得注意的是，《草木志》中对东北大地草木的描写不再作为风景和闲笔，而参与到人物性格的刻画之中。通过这样的方式，老藤将大地与人物紧密地联系在一起，突出了小说的地方性特质，也为小说人物的塑造提供了新的经验。

小说的主人公是一位国土资源厅的青年干部，参与省里组织的干部驻村计划，去墟里就任村支书，墟里的面貌和变化就在他的视角中徐徐展开。主人公的生物学背景让他对墟里的植物非常敏感，那些东北寻常的草木，在他的眼中都变得独特。借他的眼睛，老藤将这些草木的特征和性状娓娓道来，用文字呈现了东北大地孕育的植物王国。如果说他的前作《北障》对东北山林莽原的书写，是对东北山川风景的写意，那这部《草木志》就是对东北自然景观精细刻画的工笔。老藤对东北的植物了如指掌，像一个植物学家，这让我们想起了长期游弋于长白山林区的胡冬林，对自然的热爱让胡冬林长期离群索居，游走于长白山的群峰林海之间，观察和记录密林深处的自然奥秘。老藤的写作同样需要对自然长期的观察和大量的知识储备，这表现出老藤的专注、定力和对东北大地的关切。老藤在呈现东北植物样貌的同时，将植物的特征提炼为一种性格，并将之与乡村的人物相对应，以草木喻人物，就像曹雪芹笔下的绛珠仙草，或者《离骚》中的兰芷芙蓉。老藤在书写这些东北草木的同时，也写出了墟里百姓的各式性格，写草木，也在写人物，所以，这部小说是东北大地的草木志，也是东北乡土世界的人物志。

首先应该注意的是小说中的新任村主任哨花吹，这是一个来自乡土民间的人物，他原来是个乡村的喇叭匠，每家的红白喜事都少不了他，受人尊重，收入也比较可观，过着逍遥自在的生活。当墟里面临内忧外患，随时可能被外村吞并的处境时，哨花吹临危受命，匆匆上马，肩挑大任。在既往的乡土叙事中，村书记或者村主任，往往是个威权式的人物，一言九鼎，不怒自威。但哨花吹不一样，他是一个新式的乡村领导者形象，和风细雨，幽默风趣，让人如沐春风。他好像村中的润滑剂，村中各种尖锐的矛盾在他的调解下，都会消减或平息。他温和却不懦弱，当上级领导下达激进的行政命令时，他还能站在村民的立场，与上级领导斗智斗勇，为村民争取利益。小说中，与之对应的植物是光叶山楂，在东北叫"一把抓"，因为这种果子酸甜适度，老少咸宜，老百姓看到这种果树都会撸一把果子来吃。哨花吹在村中可以游刃有余地处理公共事务和解决人际争端，并不在于他手中的行政权力或者后背的家族势力，而在于他处理问题的方式和个人的魅力。通过哨花吹，我们看到墟里的基层权力模式和以往的乡土文学作品发生了结构性的变化，上级的任命给了哨花吹基层领导者的身份和管理的合法性，但真正让其顺利开展工作的，是群众的信任和承认，也就是说，他的权力来源于群众，也服务于群众。哨花吹一改之前乡土叙事中基层领导者头人和族长的形象，作为一个亲和、友善的服务者，为新的乡土基层领导者形象的塑造提供了一个范例。

方世坤与石锁，是小说中一对针锋相对的冤家，也是值得注意的小说中的重要人物，他们的背后是墟里的方、石两大家族，这两大家族有着世仇，积怨已久，且仇恨越积越深，威胁着墟里的安稳，也对墟里的发展构成巨大的阻碍。这两个人一个被称为四菱角，一个被称为狼毒草，都是有尖带刺儿的厉害角色，也是生产创业的能人，都从事水产养殖。石锁认为方世坤使坏，将方家养殖的黑鱼投入其养殖三道鳞的鱼塘，让他损失惨重，于是他准备向江中投入锋利的滚钩，破坏对方拦江围鱼的绳网，进行报复。方世坤闻听此事，事先在江边建造蛇屋，豢养毒蛇守卫领地，大战一触即发，随时可能鱼死网破，玉石俱焚。他们的冲突不仅有个人的矛盾，更有着家族的宿怨，一旦处理不当，将可能引起家族间的械斗，非常棘手。好在有哨花吹，他用耐心和智慧进行劝解和说和，用科学化解谣言，用事实消解误会，终使两人的矛盾弥合，将一场可能的家族间的激战化解于无形。通过这两个人物我们发现，乡村振兴重在人的振兴，乡土世界的能人大有人在，如果执着于个人的利益，坚持以血亲复仇为代表的差序格局下传统的族群思维，将成为乡村振兴的障碍，如果其可以从村庄集体的利益出发，携手共进，面向未来，新时代的乡村振兴将充满希望和可能。另一方面，驻村干部的到来给乡村带来了新的项目，给村中的能人带来了更大的施展空间，面对新的发展机遇，可预期的美好未来为村中的能人提供了丰富的想象，这对他们放下家族的宿怨和历史的包袱，和平共处，互利合作，无疑提供了助力。也就是说，新时代的乡村振兴不仅意味着地方经济状况的改善，更关系到乡土世界的稳定与和谐。

小说中的主人公"我"也是不可忽视的人物。在机关单位的"我"并非来自东北乡土，但"我"作为驻村干部参与了乡村建设的实践，是属于这个时代的乡村中的新面孔。"我"去墟里驻村的初衷，一方面是为了满足组织提拔的基本要求，另一方面是出于对墟里独特的植物王国的好奇，都是为了满足个人的诉求。同时，"我"还坚信同事老雷的劝告"多做无形之事"，要做乡村变革的"见证者"。做无形之事，就不容易出现闪失，不会冒什么风险，而做见证者，实际上就是做旁观者，不投入，不作为，实际上是没有担当、不负责任的表现。这说明，初入墟里的"我"是一个以个体利益为导向的利己主义者。但在墟里的经历改变了"我"，墟里百姓对村庄的热爱和发展村庄的热情感染和教育了"我"，让"我"从旁观者变成建设者，自觉投入建设墟里的事业，用自己的社会资源，为墟里的发展提供了重要的助力。在既往的乡土叙事中，外来者往往被塑造成乡村的引领者，唤醒蒙昧或沉睡的乡村，带领乡村走向现代和富裕。但在老藤的笔下，外来者改造乡土世界，也在被乡土世界的工作经历改造，乡村的发展伴随其观念的变化和人格的提升。在墟里的经历让"我"重审机关的生活，之前"我"崇拜单位的老雷，他作为领导的智囊，写任何材料都行云流水，高屋建瓴，大笔如椽。他从不去基层调研，却可以通过来自同事的二手材料，基本掌握下面地市区县的基本情况，那时"我"认为这是老雷卓越能力的体现。但经过在墟里的历练，"我"开始质疑老雷脱离基层的工作方式和虚浮空泛的工作作风，老雷在"我"心中的光环随之暗淡。随着"我"结束驻村，回归机关，"我"势必会以更加求真务实的态度开展工作，也可能对机关的工作作风带来一定的影响。通过这个人物我们可以看到，新时代的乡村振兴，不仅意味着乡村的发展，所有参与这项事业的人也都会被触动和影响，外来者经历了乡村的变革，也会把在这一过程中的经验和心态带回机关和城市，影响和改善机关和城市的风气和面貌。

此外，小说中能掐会算、德高望重的村中长者齐大牙，出身兽医却心怀世界的石国库，器乐爱好者的民间领袖方大珍，以及将毕生心血都付诸保护民俗文化的留守知青金子，都给人留下了深刻的印象。通过这些人物我们看到，老藤不仅能呈现东北乡土世界各色人物的鲜明的性格，通过人物揭示时代的新变，还能通过人物表现东北地方的民俗与文化，比如东北民间信仰和礼乐文化，以及古驿路站民的侠义精神，都通过具体的人物得到了具象的表达。可以说，老藤的《草木志》，是东北乡土叙事的重要收获。

周建新的长篇小说《风过五龙》是一部深刻反映新时代中国脱贫攻坚与乡村振兴背景下乡村社会变迁与人性探索的作品。小说以脱贫攻坚和乡村振兴为背景，通过对乡村社会的深入描绘和人性探索，展现了新时代中国乡村的变迁与发展，同时也为读者提供了对乡村振兴和乡村文化建设的启示和思考。

小说以党的十八大后中国脱贫攻坚战为背景，描绘了数百万扶贫干部深入基层、与贫困山区干部群众共同奋斗的感人故事。2021年2月，习近平总书记在全国脱贫攻坚总结表彰大会上宣告我国脱贫攻坚战取得全面胜利。如何巩固拓展脱贫攻坚成果并在全面推进乡村振兴中实现高质量发展成为新的时代课题。作者周建新作为一级作家，主动要求到农村担任驻村第一书记，亲身体验了乡村振兴的艰辛与希望。这段经历不仅让他对乡村振兴有了更深刻的理解，也为小说创作提供了丰富的素材和灵感。

《风过五龙》以辽西以西大山深处的边镇五龙村为背景，这个蒙汉杂居的贫困山村交通不便、常年干旱，但拥有丰富的自然资源和深厚的文化底蕴。小说通过讲述五龙村在脱贫攻坚和乡村振兴过程中的种种变化，展现了乡村社会的复杂性和多样性。小说不仅呈现了脱贫攻坚的成果，如棚菜种植、现代化养鸡场等产业的发展，更深入挖掘了乡村振兴过程中面临的复杂问题，如乡村伦理与现实生存的冲突、乡村文化的传承与重建等。通过对乡村人物的素描，小说展现了不同人物在脱贫攻坚和乡村振兴中的心态变化和行为选择，他们的命运交织在一起，共同构成了乡村社会的丰富图景。作者通过对五龙村独特性的挖掘，展现了乡村在历史生成过程中所积淀的品性及其在现实社会中的呈现与绽放。同时，作者也深刻思考了乡村发展的复杂性问题，并努力在反思中寻找乡村振兴的路径。

《风过五龙》在体现乡村社会的现实方面，展现出多个层面的深度和广度。小说通过细腻的笔触描绘了乡村的日常生活场景，如房前屋后的种植、养殖活动，村民的劳作方式、饮食习惯等，这些都让读者能够感受到乡村生活的真实与质朴。作者还深入挖掘了乡村社会的人情世故，通过不同人物之间的交往和互动，展现了乡村社会的温暖与复杂。例如，在"毛驴下岗"一节中，豆腐匠张国语和养驴人李林凯之间的故事，就是乡村固有人情关系的体现。

小说展现出脱贫攻坚阶段的成果。通过棚菜种植、现代化养鸡场等产业的发展，以及村民生活条件的改善，生动地展现了扶贫政策的实施效果。作者还通过驻村第一书记的视角，展现了扶贫过程中的艰辛与努力。他们不仅要找投资、上项目，还要面对各种复杂的问题和挑战。这种真实的扶贫过程让读者更加深入地了解了乡村社会的现实。

在乡村振兴方面，《风过五龙》通过生动展现产业振兴、深入挖掘文化振兴、积极探索生态振兴等多个角度，全面展现了乡村振兴的复杂性和多样性。小说在生态振兴、环境保护与绿色发展等方面进行了积极探索。尽管五龙村地下富含膨润土矿，但小说中提到因环境保护一直限制开发，这体现了作者对生态保护的重视，以及在乡村振兴过程中坚持绿色发展理念的重要性。同时，小说也展示了五龙村如何充分利用生态资源优势，发展旅游和农家乐经济等，实现经济与生态的双赢。

小说还展现出乡村振兴发展中的独特性与复杂性。小说深入挖掘了乡村在历史生成过程中所积淀的品性及其在现实社会中的呈现与绽放。例如，"红高粱"一节中漫山遍野的红高粱，"失季的候鸟"一节中生活在大棚里的候鸟等，都展现了乡村的独特性。作者还通过对乡村发展复杂性的呈现，让读者看到了乡村振兴过程中所面临的挑战和困境。例如，养殖、放牧与乡村振兴之间的关系，乡村伦理与现实生存之间的冲突等，都体现了乡村社会的复杂性。

《风过五龙》通过对乡村人物的细腻描绘，塑造了一系列栩栩如生的人物形象。这些人物各具特色、性格鲜明，他们的命运和选择不仅反映了乡村社会的现实状况，也引发了读者对人性、伦理等问题的深刻思考。语言特色方面，小说语言质朴自然、富有乡土气息，既符合乡村社会的实际状况，又增强了作品的艺术感染力。同时，作者还巧妙地运用了一些修辞手法和象征意象，使作品更加生动形象和富有诗意。

《风过五龙》中人物塑造的独特之处在于多面性与复杂性的展现、典型性与时代性的融合、情感与关怀的传递、地域特色与民族风情的融入以及文学性与现实性的结合。这些因素共同作用，使得小说中的人物形象更加立体、生动和真实。作者在塑造人物形象时运用了丰富的文学手法和技巧，如细腻的心理描写、生动的语言刻画等。同时，作者又十分注重将文学性与现实性相结合，通过真实的生活素材和真实的情感体验来塑造人物形象。这种文学性与现实性的结合使得小说中的人物形象更加具有可信度和感染力。

小说中塑造了一系列典型人物形象，如村党支部书记武维扬、豆腐匠张国语、养驴人李林凯等。他们各自具有鲜明的个性和特点，同时也代表了乡村社会中的不同群体和阶层。这些人物在脱贫攻坚和乡村振兴的过程中经历了各种磨难和考验，但他们始终保持着对生活的热爱和对未来的憧憬。作者通过对人物命运的描写，展现了乡村社会的变迁和发展。村党支部书记武维扬是小说中一个极具代表性的角色，他的人物形象具有鲜明的多面性和复杂性。一方面，他是一个出色的庄稼把式，有热心肠，讲义气，乐于为村民家事奔波，谙熟乡村社会的人情世故；另一方面，他又表现出粗暴简单、嗜酒如命、没有规则、刚愎自用等负面特质。这种多面性的塑造使得人物形象更加立体和真实，反映了乡村干部在实际工作中的复杂性和多面性。

小说中的许多人物都带有浓厚的时代色彩，他们不仅是乡村社会的缩影，更是时代变迁的见证者。例如，武维扬的形象就牵涉了乡村治理结构、治理能力与乡村振兴的关系这一重大命题，这是当下乡村振兴过程中最大的复杂性所在。作者通过这一典型人物的塑造，深刻揭示了乡村社会的现实问题和发展困境。

小说中不仅塑造了像武维扬这样的主要人物，还通过许多小人物的命运遭际来传递情感和关怀。这些小人物虽然生活艰难，但他们对土地的爱、对生活的坚持以及彼此之间的温暖和关怀都让人感动。

小说中还融入了大量的乡村文化元素，如传统习俗、民间艺术、乡村节庆等。这些文化元素的呈现不仅丰富了小说的内涵和表现力，也让读者更加深入地了解了乡村文化的独特魅力。作者还通过人物的行为和选择来展现乡村文化的传承与重建。

《风过五龙》通过真实描绘乡村生活、生动展现脱贫攻坚过程、呈现乡村发展的复杂性与多样性、深刻塑造人物形象以及传承与重建乡村文化等方面来体现乡村社会的现实。这部作品不仅让读者感受到了乡村社会的真实与美好，也引发了人们对乡村振兴和乡村文化传承的深刻思考，不仅为读者呈现了一幅生动的乡村画卷，也为乡村振兴的实践提供了有益的借鉴和启示。

为了表现东北乡土社会的山乡巨变，生态环境的日新月异，曲子清创作了长篇小说《冰陷湖》。小说中，坎村门口有个芦湖，多年来，村民一直在占湖的便宜，有人在湖里搞养殖，粗放经营，破坏水体，有人占湖滩地，给家里修房子，有人抽水捞取湖中传说中的宝藏。经年的破坏与侵占让芦湖不堪重负，收缩发臭，丧失了蓄洪的能力，碱河一发水，村民就要搬家。主人公巧云是坎村的孩子，身为坎村的新任领导者，她要带领坎村改天换地，要让芦湖焕发新生。她借助市里大规模开展美丽乡村建设的契机，对芦湖进行综合治理。小说中，曲子清不仅写出了巧云等人改变家乡环境的智慧与热情，也写出了乡土世界人情与关系的纠缠与粘连。老村主任高占福虽然退休，但树大根深，子女故旧依然在重要岗位，依然有着重要的影响力，想借着村里地价升高的契机回村占地。高占福的儿子高宝财身居要职，想插手坎村的工程。田百旺是坎村出来的富裕户，靠承包湖地搞养殖挣的钱，后来搞施工，傍上了镇长，也觊觎坎村的施工项目。对于坎村来说，综合治理是自家庭联产承包责任制以来最为深刻的变革，越来越多的人与事卷入其中，有权力，也有人情，不仅有人要借机来分一杯羹，带头人得到政府的奖励村民还会嫉妒。曲子清写出了乡土世界盘根错节的复杂关系和利益链条，呈现了在乡土世界进行变革的艰难与复杂。

小说不仅塑造了巧云这个新一代充满了智慧和勇敢的乡土世界的领导者，还塑造了黄老歪这个执拗的芦湖守护者的形象。黄老歪是一个老派的农民，作为芦湖的守护者，不畏强权，不讲人情，为了芦湖的环境寸步不让。他是巧云的养父，巧云牵头的工程有利于地方经济的发展，也会促进生态的保护，但黄老歪认为工程会压住龙脉，违背自己坚守的理念。最终黄老歪为了平息龙王的愤怒，坚定求死，以身祭湖。黄老歪可能迷信，可能愚昧，但他顽强的意志和坚定的信念感动了所有的村民，在他死后，全村为他送葬。这是一个悲剧性的人物，代表了乡土世界固有的文化精神，有积极的一面，也有糟粕的一面，但无论如何，这是一个令人印象深刻的人物形象。

面对建设"和美乡村"的时代要求和当下农村人口流失、乡土世界空心化、乡村文化断裂的现实处境，老藤创作了《江山志》，希望通过对乡土世界的典范人物——乡贤的瞻仰和纪念，重塑乡土世界的精神图腾，接续乡土世界的文化脉络，为和美乡村的建设凝聚人心，集聚民力。小说中，有着三百年历史的江山村人口流失，生育率锐减，面临被合并和裁撤的命运。为了应对这一危机，村书记要为当代乡贤梅公迁坟修祠，刘老师要为三百年的江山村修史，让公祠村史成为江山村的精神之塔，感召江山村出走的孩子回望故乡，为江山村的复兴创造可能。他们的努力唤醒了江山村后裔对故乡的情感，在政策上和资本上给家乡提供了支持，使建祠修史成为可能，还为江山村带来了新的产业，让江山村焕发了新的活力和希望。在这里，老藤为乡村振兴提供了一条文化思路，那就是通过复兴乡贤文化，让乡土世界获得文化的感召力，唤醒城中人对故乡的思念，以此促进城市对乡村的反哺，为乡土世界的振兴创造可能。乡贤不是宏大叙事制造的偶像，是具体的、可感知的、伴有历史记忆的乡土世界的英雄，不仅承载了乡土的文化，也承载了乡土的记忆。在老藤看来，乡贤不被遗忘，乡土文化就不会熄灭，乡村的振兴就充满可能。

随着中华文明探源工程的持续推进，牛河梁遗址的开掘使中华文明的源头又向前推进了几百年，辽河被发现是除长江黄河之外，中华文明的重要源头。津子围的长篇小说《大辽河》是对这一工程的文学回应，书写了辽河的历史以及沿岸人们几千年来的生活，为这条中华文明的又一条母亲河树碑立传。津子围的写作抱负给长篇小说文体带来了极大的挑战，我们所熟知的长篇小说，一般来说讲述的时间跨越范围至多百年左右，用两代、三代，至多四代人的经历反映一个时代的变化或者现代以来中国的命运和变迁。用长篇小说的方式讲述五千年的故事，这对小说的结构来说是巨大的考验。

津子围选取了红山文化时期、辽代、金代、清代、民国、新中国等几个时间点来展开叙述，讲述几千年来辽河沿岸普通人的生活和命运。小说中，没有帝王将相，没有才子佳人，有的是烧炭的窑工、被流放的文人、闯关东的皮货贩子、农民、土匪等小人物，小说的内容都是这些普通人的悲欢离合。通过这些人物，津子围以文学的方式营造出了一个几千年来生生不息的辽河流域的民间世界，原始初民的繁衍、多民族多族群的融合、中原地带与此处连绵的文化交流等人类学和文化史的命题都在其中得以涉及。辽河流域的气候、水文、航运、贸易、开埠情况，以及河流的改道、古城的淹没、物产的交换、文化的传播和技术的流传等情况都在这些故事中得以呈现。小说中的故事是连缀的，相互独立的，但这些故事都与辽河有关，辽河滋养了这片土地，辽河的波纹造就了这片地域中华文化的绵延。《大辽河》还是嵌套式的结构，在小说的故事部分之外，还嵌套了一个"我"的走访辽河沿线的笔记，这个笔记的部分是非虚构的，是知识性的，介绍了更为详细的辽河的发源、主干与支流、开荒垦殖、泥沙淤积等关于河流的历史与细节。笔记部分和故事部分相互对照和阐发，共同呈现了辽河流域几千年来的发展和变迁。在这个意义上，《大辽河》不仅是一部有关辽河的边地书和一部用脚步丈量出的东北地方志，也是一部辽河流域中华民族的文明史。

  小说家津子围以行走的方式重新感受着文明的脉动并寻找古老的诗性之心，在大辽河沿岸的山川风物中追忆着源远流长的华夏文明，于人类文明的前史和暗夜中点亮文明的灯盏。辽河的故事编织着文明诞生的印记，他云淡风轻的行走中带着寻根的深度激情，大辽河哺育着津子围的生命，成为他无法逾越的精神之邦。很显然，大辽河已经融入他的血脉中，彼此相融而生生不息。"如果把一条河看成生命的过程，那么，源头是出生之时，一声啼哭，横空出世。上游则是童年时光，落差较大，激越跳荡，然后进入青春期，四处探寻，充满活力。河流的中游也是它的中年，除了遭遇水灾年份改道，一般情况下还算平稳，沉默寡言，滋养深阔。进入下游之后，河水流速缓慢，河面宽大宁静，对其承载的、恩泽的、破坏的都看轻看淡了。"这里，津子围以河流喻指个体的生命历程，奔涌不息的辽河之水不仅见证着历史的沧桑巨变，更为重要的是铸塑了中华儿女坚韧善良的文化性格。

法国哲学家格鲁曾指出，"我们会在行走中发现布满星辰的夜空或是其他质朴的能量都具有强大的生命力，这让我们产生对生活探索的欲望：这种欲望是如此强烈，直至充盈在我们身体的每个角落"。津子围是尼采意义上的"出色的行走者"和卢梭式的"觉醒的步行者"，他的行走不仅使其获得了心灵的疏放自由，更为重要的是开启了浪漫的文明之旅。他的行走并没有明确的起始和终点，他随心所欲地在大辽河畔自由驰骋，所到之处皆能够兴发感慨，在福德店、柳条边、赫尔苏城、三江口、牛庄等地领略着大辽河的前世今生。不同历史时空的故事汇集于此闪耀着动人的光辉，在大辽河沿途相遇的二哥、三哥、四叔、堂弟及其老舅和堂妹等都与"我"都属于中华民族的血脉，这种磅礴的人类文明共同体意识和文化情结使得津子围完成了自身的"文化苦旅"和"行者无疆"。总之，津子围以大辽河作为文化轴心，想象和建构了穿越时空、气贯长虹的大地诗学，不同时空场域中的心灵磁场故事唤醒了并未如烟的往事和文明。《大辽河》的动人之处在于它书写了历史和人性深处柔软动人的面相，行至威远堡镇令其情不自禁地想起了古城尚阳堡，途经赫尔苏河时心中映现出的是千年前商贾云集的盛况，站在三江口想象的是千年航运的盛衰之变，这些日常生活的小史在津子围笔端被连缀成气势辽阔的大历史。因此，津子围已经超越了一般意义上的文化寻根，而是具有了考古学和人类学的发轫。在此，津子围已然成了文明的先知先觉者，他以大辽河生生不息的骤变书写了时间和文明的史诗，犹如伟大的寓言家一般向着亘古和虚无生发着永恒的"天问"。

津子围在时间的链条和线性谱系中考镜了大辽河的文明源流，

他以编年史的方式描摹了大辽河的状貌和文化密码。他以编年史的方式为大辽河提供了时间性;无所不在的历史无疑又为文明的瞬息万变充当着精神遗迹。津子围的历史讲述之所以动人,很大程度上源于他并非单纯性地以历史复古主义作为其探寻大辽河的精神动力,而是以强劲的主体意识和激情进入时间、历史和文明演绎的进程中。津子围的历史观念是多元化的,既在宏观意义上呈现出辽河历史的波澜壮阔,同时又建构了八个相对独立的爱情故事为微观史学的佐证,这样无声冰冷的历史便具有了真实可感的温度。历史学家张宏杰就曾指出,历史作为人性展现的广阔舞台使得人性有机会得以展现出在平庸生活中难得展示的一面。小说中的堂弟对二丫一往情深,爱情带来的融融暖意甚至让他能够暂时地忘却极寒带来的苦痛;老舅遭陷害踏上生命的不归路,他与老舅妈之间的相濡以沫和守望彰显出人世间的大爱;堂妹兴办实业救国,她与李子涵在民族危难中不离不弃,堂妹不顾个人安危留守辽河故地,她舍生忘死的大义凛然令人动容;二姨与二姨夫终其一生都在无休止的争吵中度过,然而当二姨夫永远离开这个世界之际,二姨却心生悲悯之情;三姐与三姐夫的爱情道路充满无尽的坎坷,他们向往着自由独立的精神世界,然而生活残忍地销蚀了他们曾经澎湃的激情。总之,津子围的《大辽河》书写了一条河流的生命传奇,在不间断的行走中抵达着星云闪烁的文明之源,他以杜甫式"怅望千秋"的心境兴发着无尽的感喟。就这样,逝者如斯的时间、浩瀚无垠的文明、浸润风霜的历史如诗如画、永不止歇地流淌过津子围的心头。

现实问题的表现与关切

对于社会现实问题的敏感一直是辽宁作家的特点,近年来,东北的人口流失以及大学毕业生就业是社会广泛关注的问题,老藤的长篇小说《北爱》同时关涉了这两方面的问题,对社会关注的焦点进行了关注和回应。《北爱》塑造了一个新时代致力于发展中国航空事业的青年科学家形象。她叫苗青，毕业于顶尖名校，掌握着尖端技术，拒绝名利诱惑，为了自己的航空梦奔赴东北大地，投身中国的航空事业，成为流俗中的逆行者。她用自己的信念、智慧和青春，在中国的航空史上写下了浓墨重彩的一笔。苗青是新时代杰出青年的代表，所谓杰出，不仅在于她拥有突出的科研水平和优异的团队管理能力，更重要的是她有着坚定的理想信念，追求崇高正大的人生理想，将个人的追求和国家、时代的需求相融合，不计个人得失，到祖国最需要她的地方去工作和奋斗，最终设计出了新一代的隐形战机，为国家的国防和航空事业都做出了突出的贡献。新世纪以来，苗青这种满载时代精神的志存高远的青年形象在文学作品中已不多见，作家们书写更多的，是在社会生活中遇到挫折和磨难的年轻人形象，他们无力承担社会责任，无法成为时代的旗帜和偶像，身处生活的泥淖或精神的困局，自顾不暇。比如郑小驴、蔡东和孟小书笔下的"失败青年"群像，这些形象表现了一个历史时期内年轻人所遭遇的困境和磨难、失落与创伤，通过他们的生活遭遇和精神处境，作家们反映了社会发展过程中所遇到的问题和状况，具有一定的认识价值，但青年形象应具有的感召功能，这些形象并不具备。

20世纪中国文学的青年形象，肇始于梁启超的《少年中国说》。在"王朝中国"风雨飘摇之际，富强繁荣的"现代中国"成为国人共同的内心呼唤，在山河破碎、民心涣散的历史节点，梁启超作《少年中国说》，一改中国风雨飘摇、日薄西山的"老大帝国"形象，将中国描述成生机勃勃、未来可期的少年，将中国置于告别传统、追求现代性的路径之上，表现了坚定的大国梦和不灭的强国心，感召国人重燃对于国家和未来的希望。到了五四时代，对少年的想象触发了对青年的呼唤，陈独秀发表《敬告青年》，充分肯定了青年的价值，并呼唤广大青年投身祖国崛起和社会变革的伟大事业，为了祖国的未来和民族的前途，贡献自己的力量。在其看来，青年不仅意味着拥有青春，更重要的是青年肩负着引领历史走向的重任。此后，鲁迅笔下的狂人，巴金小说中的觉慧，郭沫若诗作中吞食天地的天狗、令人燃烧和疯狂的年轻女郎以及浴火重生的凤凰，可以视为启蒙年代对青年形象的想象；《小二黑结婚》中的小二黑，《红旗谱》中的江涛和运涛，《青春之歌》中的林道静，《创业史》中的梁生宝，是民族动员时期和社会主义建设时代对青年形象的描摹；而《人生》中的高加林和《平凡的世界》中的孙少平、孙少安，则是城市化道路上对青年形象的赋形。这些青年形象表达了时代的需求与关切，是时代精神的具象呈现。新世纪以来，这样的青年形象谱系还没有得到延续，老藤通过创作，力图接续这样的传统，塑造回应时代命题、展现时代精神的青年形象，于是就有了苗青的出现。

苗青从小就有着航空梦，这来自其父亲的熏陶，她的父亲是个飞机迷，航空学院毕业，曾立志为国家设计国际领先的大飞机，但工厂生产计划的调整让他与梦想失之交臂，于是，他就盼着女儿可以为自己完成这未竟的事业。从小学开始，苗青每年都会收到父亲送给她的飞机模型，这些模型在苗青的心中埋下了造飞机的种子，使造飞机成了她毕生的夙愿。在这里，苗青不仅继承了父亲的爱好，更继承了父亲的志向，苗青不是一个孤立和偶然的存在，她是共和国产业工人的孩子，承续了共和国产业工人的血脉。她的奉献精神和敬业精神，不只是其个人的精神追求或人格修养，更代表了共和国产业工人的工作作风和精神觉悟。可以说，老藤将苗青放置在共和国产业工人的人物谱系之中，苗青的优秀品质，是共和国工业精神文明的当代延续。

苗青的成长不是一帆风顺的，恋人的离去、单位的雪藏、创业的艰难、下属的背叛……工作与生活的挫折纷至沓来，让她承受了巨大的压力和考验，她凭借坚定的理想和信念，突破了人生道路上一道又一道关卡，最终登上了事业的高峰。苗青所遇到的困难，很多与国有企业的管理制度和东北的社会生态有关。国有企业论资排辈的作风和东北重人情、讲关系的社会生态，是苗青不熟悉的，如何适应这样的环境，对她这样的科研工作者来说，是个不小的考验。作为一个外来的年轻人，苗青在单位没有人脉和资源，这让她在很长一个阶段没有进入核心的科研团队，让掌握尖端技术的她无处施展。但她没有抱怨，没有放弃，通过学术讲座，让同领域的民企老板发现了她的价值，获得了在经营无人机产品的飞鹰公司挂职锻炼的机会，得以施展才华，后来老板把企业完全交予苗青经营，让她这个科研人员成为企业的管理者，为日后成为国有科研院所的领导打下了坚实的基础。苗青接手企业后，厂房的建设又面临着层层审批，流程的复杂和漫长给企业带来巨大的危机。好在苗青临危不乱，积极应对，通过接洽关系让审批快速通关，让产品按计划投产，企业得以生存和发展。

在这里，老藤没有回避当下东北国有企业和营商环境等方面存在的问题，通过苗青的经历，对这些问题进行了暴露和反思。同时，他对东北民营经济的发展和营商环境的改良充满了希望。小说中，民营企业对市场的观察更敏锐，用人更灵活，让苗青这样的人才在民企得到了培养和锻炼。民营企业对飞机涂装的研究和投入，日后有力地支持了苗青主持的隐形飞机项目，民企的技术为国之重器的研制提供了重要的支撑。营商环境方面，小说里呈现出逐渐向好的趋势。苗青执掌飞鹰公司以来，公司的业绩显著上升，这让省内的竞争对手提振了经营的勇气，将原来打算卖掉的业务做大做强，这家东北的民营企业在苗青领导的飞鹰公司的带动和激励下，谱写了升级发展的新篇章。随后，苗青的前男友江峰，在南方的房地产界大获成功后，也准备携大笔资金北上，投资飞鹰公司，他看中了飞鹰公司业务的前景，也显示了对于东北营商环境的信心。这样，老藤不仅书写了苗青这个青年科学家和创业者的形象，也描绘了新时代东北的新气象，让我们看到了一个"青年东北"的样貌，在他的笔下，苗青和东北都充满了昂扬蓬勃的时代气息，焕发着青春的活力，充满了奋进的力量，让人们对苗青和东北的未来都充满了想象与希望。

竹乙的长篇小说《黑嫂》也是一部与工业有关的作品，讴歌了黑嫂这一特定人物别样的平凡与伟大，描绘了她充满艰辛与隐忍、憧憬与遐想的人生故事。《黑嫂》透过一场矿难的描写，折射出了矿工的老婆——黑嫂艰难的人生际遇。黑嫂的人生有欢乐、有磨难、有牵挂、有憧憬，作为矿工——黑脸人的老婆，她有着跌宕起伏、曲折离奇的生活。小说通过选取黑嫂这样一个特定人物，透过人物内心、现实、过往故事的描写，诠释了"如果说矿工是照亮世界的人，那么，矿嫂则是照亮矿工风雨历程的人"的深刻道理。

小说采取倒叙的手法，现实加回忆的描写方式，形成了小说的脉络骨架。作品结构由主线与辅线构成。主线描写了黑嫂幼年失去爸妈的不幸，青年被迫失身的遭遇，终于盼到成家立业，却被牵扯到对当家的——王八子这个黑脸人无尽的牵挂之中。当家的每一次入井，都可能是一次生离死别。当黑脸人难，当黑脸人的老婆更难。面对随时可能发生的矿井事故，她时刻牵挂着黑脸人的生命安危，以致扯碎了心、熬白了头、盼花了眼。这一盼，就是三十多年。门槛子与摩天轮的距离，是黑嫂每一次盼着的无限空间，盼回来了，回来的会是自己当家的；盼不回来，人世间便只剩下了看不见的空气。黑嫂把眼中的世界浓缩成了一个人的生命，如果这个人的生命完结了，则意味着整个世界的天塌地陷。小说从一场矿难说起，以一场矿难结束，情节紧凑而富有张力，通过一系列的事件和冲突，推动故事的发展并展现出人物形象的成长与变化。

小说通过黑嫂这一人物形象，展现了她的坚忍、智慧与善良，以及她在面对生活困境时所做出的选择与牺牲，折射出人性的复杂与社会的多样性。黑嫂作为小说的核心人物，其形象鲜明而深刻，具有独特的性格特征、丰富的内心世界和强烈的情感表达，她的名字本身就带有一种神秘和坚忍的意味，使读者能够深入理解和感受她的命运与选择。作为核心人物，黑嫂的人物形象不是单一维度的，而具有多面性。黑嫂以一颗善良之心，操持着一家老小的生计，承受着私生子的羞辱、当家的一度不解、街头俗人的白眼、疾病的缠身、徒弟的添乱、恶人的骚扰、生活的艰辛，当然还有着日子里的甜蜜。她让儿女活出了人生的精彩，让当家的活出了不一样的人生滋味。黑嫂在不同时期与家人、朋友、敌人等人物的关系，展现出她不同的性格特点和情感世界，同时也为故事的发展提供动力。一系列事件和冲突推动角色的发展以及黑嫂在不同情境下的反应和选择，使她经历了从平凡到非凡的转变，揭示出她内心的复杂性和矛盾性，使黑嫂这一角色更加立体和真实。

小说的语言风格简洁明快、质朴自然，能够准确传达人物的情感和故事的氛围。同时运用了富有地方特色与时代感的词汇和表达方式，增强了小说的地域性和时代感。

苏兰朵的长篇小说《吉祥如意》通过细腻的笔触描绘了东北地域的风土人情，以及人物在时代变迁中的命运沉浮。小说围绕几个核心家庭展开叙述，通过他们的故事折射出社会的广阔图景和人性的复杂多面，通过社区生活的真实再现、家庭矛盾的深刻剖析、社会问题的广泛涉及、人物形象的生动塑造以及主题思想的深刻表达等多个方面，体现了社会现实并引发了读者的共鸣和思考。

《吉祥如意》以吉祥社区为背景，这个社区作为社会的一个缩影，汇聚了不同阶层、不同背景的人，他们的生活交织在一起，形成了丰富多彩的故事。通过描绘社区内形形色色的人物和他们的故事，小说真实再现了社区内的日常生活场景，包括居民的居住环境、生活方式、邻里关系等，使读者能够感受到社区生活的真实与鲜活。此外，小说充分利用了东北地区的独特文化元素和自然景观，为故事增添了浓郁的地域色彩。

小说通过人物的命运起伏，反映了时代变迁对个人生活的影响，以及人们在面对社会变化时的选择与坚持；通过对人物性格、心理和行为的深入刻画，揭示了人性的多面性，引发读者对自我和他人的深刻思考；通过细腻的心理描写和生动的对话展现人物性格，使读者能够深入理解和感受角色的内心世界。小说中的人物形象生动鲜明，各具特色。他们有的是社区工作者，有的是普通居民，有的是外来务工人员……这些人物在小说中扮演着不同的角色，他们的言行举止、思想情感都反映了社会现实的不同方面。小说通过对这些人物形象的塑造，成功地构建了一幅丰富多彩的社会画卷。

小说采用了多种叙事手法，如多线叙事、倒叙等，使得故事更加引人入胜，同时也为读者提供了更多的解读空间。小说主要讲述了七个家庭的故事，这些家庭各有各的难处和挑战。小说通过细腻的笔触，展现了亲子关系、邻里关系等多种人际关系，以及这些关系中的矛盾与和解。小说还深刻探讨了家庭矛盾、社会问题以及人与人之间的情感纠葛，这些矛盾源于经济压力、教育观念、代际差异等多种因素，但都是现实生活中家庭普遍面临的问题。小说通过对这些矛盾的刻画，揭示了家庭关系的复杂性，同时也引发了读者对家庭和谐与幸福的思考。

除了家庭矛盾外，小说还广泛涉及了社会上的各种问题，如养老问题、教育问题、就业问题等。这些问题都是当前社会普遍关注的热点话题，小说将这些问题融入故事情节中，使读者在阅读过程中能够感受到这些问题的紧迫性和重要性。

小说通过社区工作者的视角，呈现了社区工作的烦琐与重要，同时也表达了对和谐社区、美好生活的向往。通过描绘社区生活、家庭矛盾、社会问题等多个方面，深刻表达了作者对和谐社区、美好生活的向往和追求。作者认为只有通过加强社区建设、促进家庭和谐、解决社会问题等多种途径，才能实现社会的和谐与稳定。这种主题思想的表达，不仅体现了作者的社会责任感和人文关怀精神，也引发了读者对社会现实的深刻反思和积极行动。

一向书写工厂的李铁表达了对当下乡土世界的关注。李铁的短篇小说《沟叉》书写了农村青年返乡创业的故事。小说的主人公小兰之前在城里打工,没有学历的她只能从事一些基础的服务行业,比如服务员和按摩技师。在城里她成了家,但男人车祸去世,她需要经谋生路,选择了回乡创业。小兰不是村中第一个创业的人,二嫂直播卖村里的溜达鸡已经初具规模,小兰想如法炮制,但村中的溜达鸡有限,需要投资来扩大产能。恰巧供电局要在村里投资,想把这个村建成第二个雪乡,在村主任七叔的带领下,沟叉的村民们挪用了这笔投资,集体养殖溜达鸡,把这个产业做大做强了。供电局之前的投资计划是拍脑袋的设想,没有结合地方的实际,如果按原计划投资,肯定没有村民们自己的选择好,供电局也就顺水推舟,原谅了村民们。通过小说,李铁对青年人返乡创业的未来和前景表现出了信心,但同时也对乡村的实际状况进行了反映,比如农村的基础设施有进一步完善的必要,当地领导的观念和水平也有进一步提升的空间。

梁鼐的短篇小说《彩虹城》通过打工人罗东在城里买房子的经历和遭遇,揭示了社会资源分配不平衡带给人心灵的扭曲和变异。小说中,进城打工的罗东经过多年的努力,终于在城里拥有了自己的房子,但小区里经常看不到人,是一片寂静之地。经过深入了解才知道,这里的房子比较便宜,附近A市的人买这里的房子当墓地用。这样看来,罗东花光了所有的积蓄,住到了墓地里面。这让他十分懊丧,他答应了妻子和孩子进城,却买到了这样的房子,有也不能让妻子孩子搬过来住,举家进城的愿望遥遥无期了。同时,罗东也感觉到,A市这些人死去的亲人,比他的亲人高贵,他的亲人死去后葬在山梁,而这些人的亲人死去后住进楼房,巨大的不公平的感觉让他的内心种下了愤怒的种子。他的三叔罗成帮投奔他而来,研究起把小区里的骨灰倒卖去乡下配冥婚的勾当,罗东出于对A市人的报复心理,也参与其中,心理油然升起一股复仇的快感。但终究天网恢恢疏而不漏,不久之后他们东窗事发,接受法律的审判。张鲁镭一如既往地关注当下生活的细部,书写那些充满烟火气的人间事象,短篇小说《入学记》表现了当下家长对于教育的焦虑。小说中，星火高中是一所重点学校，当地的家长都以子女能进入星火高中就读而骄傲。但进入星火高中可不容易，不但要对孩子进行考试，还要考家长。卖鸡架的毛虎为了让孩子进入星火高中，费尽心思为孩子找了一对英文流利的"父母"，为了应对可能的马失前蹄，还准备了学区房。在毛虎一切准备就绪的时候，学校录取的规则又改变了，据说还要考亲子马拉松，毛虎不得不重新筹划，还得再给孩子找个"爹"。小说表达了对教育资源过分集中的忧虑，以及对教育公平的呼唤。她的另一部短篇小说《劝学外篇》也表达了对当下教育问题的关注。小说呈现了城市中陪读妈妈的生活，她们要研究升学的政策、寻找优质的试卷、操心孩子的分班和选拔、为孩子琢磨特长班，还要承担日常的家务，她们要面对出租屋的狭小、补课费的上涨、孩子情绪的管理等繁杂的事情。陪读生活是琐碎的，这些陪读妈妈在陪读的间隙也会聚在一起享受消闲的时光，她们在一起像是一个个"陪读合作社"。小说呈现了陪读妈妈的日常生活，还原了家长群体对于孩子教育的焦虑和投入，表现了当下教育模式带给家长的压力。班宇的短篇小说《关河令》通过一个专车司机和乘客的闲聊，书写了一个普通人平凡而失败的一生，让人想起老舍的《我这一辈子》。刘驰的中篇小说《拆迁》通过一个国企房产拆迁的故事，表达了对国企改制之后，国有资产流失问题的关注。董书敏的短篇小说《荒芜之地》关注了乡村之中地方特权的问题。小说中，林洪和家里几口挤在一起住，想向村里申请宅基地自己盖房子。这一过程充满了艰难，他又是送礼，又是请客，好不容易让村里把地批了，正当他以为万事俱备的时候，五保户李根出现在这片地上开荒。李根认为自己开了荒，这就是他的地，即使村里给了林洪，他也不同意把地交出来。村里提出让林洪用自己的农田换李根开垦出来的地，林洪同意了，但新一轮的征地开始了，盖了一半的房子要拆，还没有补偿，就因为李根弄出的这个事耽误了工期，才会出现这样的问题。而李根垦荒不是平白无故出现的，李根是村主任的叔叔,是村主任授意他如此做的,林洪就这样被算计了,需要自己承担所有的损失,盖新房看来是遥遥无期了。通过这样的故事,董书敏呈现了乡村中的特权对普通人的伤害,对乡村中的特权进行了揭示与暴露。

潘洗的短篇小说《留个苹果在枝头》,书写了小城市人情社会的运行逻辑和操作方式。小说中,陶宏伟出租商铺产生纠纷,对方找来各路人士前来说情,想免去转租商铺的违约金,后来又找来一些不三不四的地痞来警告陶宏伟,陶宏伟一气之下起诉了租客。接下来,又不断有人来说和,关系套关系,折腾了一圈,最终同意和解,惊动了众多人物,最后才要回来四千来块钱,这些钱应该不够还在这件事中欠下的人情。小说表现了小城市盘根错节的社会关系和人情往来,呈现了小城市缺乏法治意识,办事效率低下的状态。薛雪的短篇小说《好好过》,书写了经济下行时代农村的借贷关系,表现了经济下行对农民的影响。田硕的短篇小说《紧箍咒》关心的是网络时代现实的荒诞。小说中,农民王图将打碎安全帽的视频传上网,他因为曝光了安全帽的恶劣质量丢了工作,也成了网红,靠直播带货谋生。直播中,网友要求他戴破碎的安全帽,一面卖惨一面卖货。网友关心的是他的悲惨的形象,并将其作为娱乐的内容,而关于安全帽的质量问题,却没人关心了,他成了网络上的奇观,尽管这样能给他带来利益,但网友们吵闹声犹如紧箍咒撕扯着他的精神,让他爆发了持续的头痛。薛雪的短篇小说《喧嚣的河流》揭露了保护生态过程中出现的弄虚作假的问题。宋睿洋的短篇小说《变形记》揭示了文化名流的欲望,表面道貌岸然,背后是对欲望的放纵和服从。苏美霖的小小说《鸭蛋男孩》对乡村留守儿童投入了必要的关注。董斌的小小说《叶问》,通过主人公在狱中坚持不懈的改造和学习,顺利地出狱后再就业,表现了对刑满释放人员生活的关心。雨擎的小小说《临终遗言》书写了曹永昆临终之时内心中的挂碍。年轻时他是摄影师,舞蹈演员肖美娜借国民党军的服装照相,被他举报了，肖美娜的一生因为这次举报被毁了，他临终之时心中难以释怀，让自己的老伴去向肖美娜道歉。张迎春的小小说《蓝颜知己红玫瑰》，通过书写丈夫对妻子写作从不支持到支持的转变，表现了夫妻间的爱。孔庆武的小小说《会饮记》，通过书写岳父招待战友，和战友的叙旧、喝酒、作画，表现了真挚而不褪色的战友情。李云华的小小说《采访》，表现了战争年代的精神对当代人的教育。李依令的小小说《三兄妹》，表现了多子女家庭家庭成员间的牵扯与纠葛。

近年来，人口的老龄化问题日趋严峻，是人们关心的现实问题，2023年辽宁的多部小说根据相关问题展开，表现了辽宁作家关注社会、介入现实的意识。于永铎的短篇小说《乌鸦走在大街上》通过书写一个老妇人的遭遇，表现了失独老人的孤独与无助。小说中，王阿姨的儿子被抓走了，孤独又无奈的王阿姨无人可以倾诉，这时，飞来的乌鸦成了她倾诉的对象，她拿出一些粮食喂乌鸦，不久，飞来的乌鸦越来越多。有的邻居投诉王阿姨投喂乌鸦，王阿姨置若罔闻，邻居使用一些手段，试图阻止王阿姨的行为，王阿姨以投喂更多的乌鸦进行报复。王阿姨投喂乌鸦是为了抵抗寂寞，与邻居的"斗法"其实也是在对抗寂寞，面对将其笼罩的无边的寂寞，王阿姨所做的都是对寂寞的抗争。然而，当邻居向她求饶，她同意驱赶乌鸦时，却发现乌鸦遍地，她赶也赶不走，这象征了她作为一个失独老人的无力与脆弱。李玲玲的小小说《悲伤的白菜》书写了经济条件不好的老人，他们生活的无奈与艰难。小说中，为了急着去超市用积分换白菜，老头在路上摔断了腿，一开始以为是车撞的，后来又以为是送外卖的撞的，结果都不是，要自己承担医药费，这就犯了难，女儿干家政，儿子开出租车，经济形势不好，挣得都少，好在老太太还有点儿积蓄，总算把费用凑上了。小说中的家庭平时生活平静安然，但一旦遇到事情，经济状况的窘迫就会显示出家庭的脆弱。尹文勋的短篇小说《柏年身之后》关注了城中老人墓地选择的问题，小说中的一对夫妻，在进入老年之后开始思考身后之事，葬在城里墓地太贵，葬到乡下又要面临没有后人，无人照料的问题，城中老人的无根之感油然而生。佟掌柜的小小说《远去的弦歌》讨论了民间老艺人的远去，以及对其图像的记录和留存，陈述了很多民间艺术形式随着老艺人的离世而行将消亡的事实。张洪霞的小小说《她，也曾是个美丽的姑娘》是对光阴的垂怜和对命运的感叹。小说中，主人公的婆婆年轻时为了救学生而面部受伤，一辈子不摘下口罩，去世后，晚辈们看到她年轻时的照片，那时她也是一个美丽的姑娘，美丽的容颜在事故中凋零，她的人生也随之偏转，变成了一个悲伤的旅程。贾颖的小小说《黑夜一分为二》，书写了离婚的女人对失智母亲的照顾，表现了暮年岁月的苦难与艰难。李长白的短篇小说《寂寞的老丁香》书写了人到中年的危机感，以及对生死的在意与反思。王梅芳的短篇小说《忽成远行客》，通过书写一对退休夫妻带着年迈父母的远行，表现出老一辈无私奉献的工作作风和乐观的人生态度。李海燕的小小说《昨日梅花》，通过书写老汉对妻子的怀念以及伴随老屋拆迁老汉记忆的消逝，表达了对老年人情感世界的关注。庞滟的小说《潜力股》，文中吴勇的父亲明知是骗子打来的电话，也要和骗子聊天，借此打发虚空的时光，表现了老年群体的孤独与寂寞。

心灵与情感世界的关注

对心灵和情感世界的关注是文学永恒的主题，辽宁的作家在表现这样的主题方面取得了丰硕的成果。赵志林的长篇小说《回望青春多憾事》通过细腻的笔触和生动的情节描绘，展现了都市男女的情感纠葛与生活百态，青春岁月的遗憾与成长。小说主要描写了杜广海和于倩华、林春祥和马芳杰两对中年男女的爱情故事。他们年轻时一起读书，一起上山下乡。杜广海和于倩华在乡下谈起了恋爱，后来杜广海当兵，二人阴差阳错地分了手。林春祥和马芳杰也是你有情我有意，可是因为林春祥家庭出身不好，二人未成眷属。小说描写了一些普通人的日常生活和生存状态，他们自觉接受社会道德的约束，在改革开放的大潮下，虽然许多人成了下岗职工，但他们在困难面前不低头不躺平，自谋生路自强不息，对生活充满热爱，对前途充满信心，成为中国社会百姓生活的一个缩影。

小说通过杜广海等主人公的经历，展现了爱情、婚姻、家庭中的复杂情感。杜广海与三任妻子的故事，尤其是与第三任妻子的离婚过程，充满了矛盾与冲突，让人深刻体会到情感的脆弱与坚韧。小说中的人物形象鲜明生动，杜广海、他的三任妻子以及其他配角都各有特色，性格鲜明，让人印象深刻。小说不仅关注个人情感，还深刻反映了社会现实。杜广海作为铁厂老板，在经营过程中遇到的种种挑战，如客户变动、货款回收等，都反映了市场经济下企业的生存现状。

安勇的短篇小说《温柔的叹息》，在一场"爱情实验"中，表现了在消费主义盛行的时代，依然有人坚守忠贞而纯粹的爱情。小说中，诗人裴国的妻子英年早逝，裴国沉浸在丧妻之痛中难以自拔。女儿不忍见到父亲憔悴的样子，向父亲的朋友们求助。父亲的朋友们策划让一个文艺女青年与其恋爱，用一段新鲜的爱情冲淡其悲伤的心情。文艺女青年与裴国的相处进展顺利，向朋友们实时汇报相处的进程。不久，她就被裴国邀请至家中，当大家都以为其二人的关系会更进一步的时候，文艺女青年的汇报却戛然而止了。裴国将其邀请至家中，文艺女青年已经做好了被他占有的准备，但裴国却勒令她离开。原来裴国和文艺女青年交往，是为了让亡妻的灵魂嫉妒，进而现身。他之所以同意和文艺女青年交往，是因为收到了"亡妻"给他发送的信息，当然这是他女儿用母亲的旧手机发送的，裴国知道是女儿的作为，但他坚信是亡妻借女儿的手给他传达信息。在爱情普遍被戏弄和质疑的时代，当对利益的算计占据人们心灵的时代，裴国依然相信爱情，表现出了爱的神圣和纯粹。张艳荣的短篇小说《一条星河半轮月》讲述了特殊年代中的爱情故事。小说的主人公林芬芳是下乡知青，因为长得好看，经常引起知青和当地农民的斗殴，长发知青冒着被群殴的风险与其恋爱、结婚，青年们对她的觊觎才告一段落。郭凯东是闯关东过来的英俊青年，心气很高，看不上一般的姑娘。村里董大春的父亲看中了他，让董大春步步为营，终于，郭凯东娶了五大三粗的董大春。长发青年因回城而抛弃了林芬芳，让郭凯东沉睡的内心又荡起了涟漪，在他给林芬芳看病之后，两个人情投意合，在林芬芳怀孕之后，两个人私奔生子。年底抱回了一个孩子，说是捡的，郭凯东一家抚养。林芬芳为此放弃了在林场的工作，远走他乡。多年以后，林芬芳重病，回村里住，董大春装作不知道她和丈夫的事，一直照顾她，待她去世，郭凯东让那个当年抱回的孩子给她打幡。郭凯东和林芬芳追求自由的恋爱，为此付出了巨大的代价，就像一对一闪而过的流星。而董大春是一位传统的妇女，为了守护自己的家庭忍辱负重，任劳任怨，也给人留下了深刻的印象。庞滟的小小说《石榴花开》书写了另一位传统女性的爱情。小说中的三奶奶十八岁就嫁进了杜家，爱人早逝，孩子也夭折了，她深怀对杜家的愧疚，终身未嫁，每日坐在石榴树下，垂头不语，除了发呆就是做鞋，在鞋底纳出福字和石榴花。其实她的爱人并没有死，当年在路途上被国民党抓了壮丁，后来又加入了共产党，负伤后被人救起，和别的女人成家生子。在得知杜家有根之后，三奶奶如释重负，她把用自己的嫁妆红缎子做的鞋交给了三爷爷的孙子，然后安然离世。当少年把这双鞋交给到他爷爷手中之后，他爷爷像孩子一样涕泗纵横，笑着离开了人世，那双鞋底像石榴花一样盛开在他的怀里。三奶奶为了三爷爷，愧疚了一世，守候了一世，这个女人用自己寂寥的一生，诠释了古典的爱情。蚊舒的中篇小说《火鸟》通过两个人的情感经历，呈现了一段执着的情感。小说中，萧晋自学生时代起就一直追求田诗然，历经磨难，终于得偿所愿，却在婚后不久重病。雪上加霜的是，又传出了他们的儿子不是他亲生的流言，无奈之下他提出做亲子鉴定，女方同意了，他却后悔了，他不愿因为这些捕风捉影的谣言毁掉他矢志不渝的爱情，他选择相信妻子，这也是对他半生执着追求的坚守，他一生的价值都压在了这一份情感的上面，对他来说，怀疑就是冒犯，就是对他生命价值的玷污，所以他选择了相信。宋长江的中篇小说《泪流满面》则写出了婚姻的背叛与情感的变异。小说中，企业高管的女人出轨年轻的司机，后来用钱把司机打发掉，但几个月之后，司机又找上门来，向她索要所谓创业资金，女人不想被司机纠缠，心生歹念，准备将司机除掉，一段婚外的罗曼蒂克即将演化成一段凶案。辛酉的短篇小说《妈妈姨》通过书写亲人间的血脉相连，表现了人间真挚而朴素的情感。小说中，英子的母亲是一个崇尚自由、浪迹天涯的画家，生下英子后就再次踏上旅途，把英子交给姐妹白秀菊抚养。白秀菊自己的孩子是桃子，身为澡堂管理员的她独自带两个孩子生活，后来又遭遇下岗，生活的艰难可想而知。为了能给英子上户口，她再婚也不能要孩子了，这耽误了她再次寻找幸福。英子无疑是她生活的负担，但她无怨无悔，对英子悉心照顾，还将家中有限的培养孩子的条件向英子倾斜，希望她能继承她母亲的绘画天赋。白秀菊虽然不是英子的母亲，但给了英子母亲的爱。梁鼐的中篇小说《阿布来接我的那一天》表现了爱对一个绝望的人的拯救。蒙古族谚语说人生最大的不幸就是年少时离开父亲，人生的中途又离开自己的马。小说的主人公阿古拉就遭遇了这样的处境，连连遭遇人生的不幸，有些呆滞的他被奸人哄骗，输了经营牧场的钱款，又输了自己的马匹，自己的女人还出轨了自己的朋友。遭逢不幸，他万念俱灰，在准备自我了断的时候，有人交给了他一个孩子，这个孩子比他还惨，还没出生就被抛弃了。阿古拉感觉自己和孩子同病相怜，决定收养这个孩子，用自己的爱与关怀浇灌这个生命。阿古拉拯救了被遗弃的孩子，他也被这个孩子拯救了，抚养孩子的使命让他重新燃起活下去的动力，新的人生也因此而徐徐展开。梁鼐通过小说让读者看到爱的伟大,爱的存在让接受爱的一方和施与爱的一方都获得巨大的能量。马晓丽的短篇小说《非洲鹩哥》讲述了一个军人和动物的互动,在表现军人无私奉献精神的同时,也表现了大自然的丰富与神奇。小说从"我"的一次抗险经历写起,"我"和司机乘车接一个需要做手术的士兵返回营地,司机是一位已经退伍的战士,他违规带了一条狗乘车下山,虽然"我"极力反对,但他执意如此,因为这条狗也参与了抢险,他将狗当作自己的战友对待。他对动物有如此情感,源自他在维和部队的一段经历。那时,有一次他为了救一只非洲鹩哥掉进了陷阱之中,一只叫黑头的鹩哥模仿长官讲话,带人过来救了他。黑头非常通人性,但副队长不喜欢它,把它栖息的树给砍了,黑头奋力保护这棵树,结果队长失手弄死了黑头。他知道此事之后,动手打了副队长,他因此转业了。"我"想通过报道帮他留在连队,但他早已办完了转业手续,这次来抢险纯粹是出于义务。在我的功利意识的比照之下,专业军人的朴素与纯真分外鲜明。洪兆惠的小小说《那弯月虹》通过书写一个守林人的生活,表现了其不同于当下社会浮躁焦虑的安然的内心和平静的生活。他守护一片山林,在青山绿水之间,过着神仙一般的日子。他的家里没有电视和收音机,但能看到银河、落日余晖、山川林莽。他在一片丛林之中,安然而知足地活着,内心平静,生活安宁。牛健哲的短篇小说《堂巫》,写一对夫妻两年前训斥了一个年轻的饭店服务员,导致服务员被饭店重罚,事后服务员跳楼轻生,这件事带给了他们夫妻二人难以抹去的梦魇,让他们的良心备受折磨。然而,两年之后他们重返这个饭店,得知服务员的轻生实际上不是他们造成的,另有缘由。但自责并没有因此而烟消云散,"他们身上的断裂的茬口必然已经陈旧霉变不堪直视,谁瞟上一眼都会暗自战栗起来",良知的创伤给他们的精神造成了影响,如同肉体的创口一样,也需要时间去抚平和修复。津子围的小小说《满绿》通过一对夫妻的聚散,表现了当代男女情感的脆弱。小说中,贝鹿的父母年轻时生活在辽河的两岸，两个村子为了争夺河滩地每年都要打架，成了世仇，这对来自世仇村庄的一对男女经历千难万险才艰难地走到了一起，结合生子。但当他们的儿子长大成人之后，他们计划在儿子升学宴过后就要各奔东西，当年坚贞的爱情已经随着生活的消磨而烟消云散，让人唏嘘和遗憾。李铭的短篇小说《春风斩》通过两个被歧视的人的爱情，表现了爱的炽热与纯真。小说中，光棍满堂青娶了抽羊角风的彩凤，彩凤疾病的发作让满堂青难以接受，他嫌弃彩凤，所以在彩凤怀孕之后，他就抛下彩凤，进城打工去了。彩凤有一次犯病，是满强救了她，满强据说当年在城里猥亵过妇女，也是一个被人们所歧视和嫌弃的人。这两个被人们歧视的人，大胆地结合了，即使被游街也不后悔。事后人们得知，当初犯流氓罪的是满强他哥，犯事儿的时候他哥刚订婚，满强顶了罪。付桂秋的中篇小说《收梢》讲述了继子对继父的临终关怀，在生命的末段对其的照顾和陪伴，动人的往事在最后的陪伴中一幕幕闪现。赵宇的短篇小说《旧时光》，书写了女知青在北大荒支教的经历，表现了她与当地人的隔膜，又写了小女孩偷了她的手表，没及时还给她，表现了小女孩对她的愧疚，女知青的青春和时间正像她的手表一样，遗失在东北的大地上，这是一段被淹没的命运，也是一段被遗忘的历史。黑铁的短篇小说《金无足赤》，书写了一个女孩的奋斗与磨难、欺骗与救赎、报恩与拯救。小说围绕着老钢笔展开，钢笔的磨损与修复和情感关系的磨损与修复构成了一种同构的关系，钢笔作为一种书写工具，其功用已经被尘封在逝去的岁月中，但那些对老物件情有独钟的人，还是会珍视那些历史尘埃中的老钢笔，就像有些重感情的人，虽然被一次又一次地伤害，还是会珍视曾经的情感，选择宽容和接纳，满身伤痕却依然选择相信伤害自己的朋友的难言之隐和苦衷。洪水的中篇小说《仿真》通过一个画家的遭遇，表现了在浮躁的时代里，坚守初心的难得。小说中，马途是一个很有天分的画家，但他无门无派，也无学历，无法跻身于美术界。美协的副主席带着所谓的冯大师,想以利益为条件将他收编,他一身傲骨,宁可在小区中做保安,也不与他们同流合污。金子身处淤泥还是会发光,经由伯乐的推荐,马途得以结识职业学院的院长,受邀成为学院的兼职教授,并以其画工,在当地美术界暴得大名。之后,想利用他圈钱的人大有人在,长久不联系的家人亲属来找他帮忙让他不堪其扰,他把自己藏了起来,屏蔽外界的干扰,专心作画,终成名作。小说塑造了在利欲熏心环境中一个执着而纯粹的艺术家形象,仿佛是一朵白莲,在污泥之中卓然不群。陈萨日娜的短篇小说《看不见夜的人》通过书写一个崇尚自我、乐于漫游的女性,表达了对自由的向往的追求。小满是一个杂货店的女老板,天马行空,热爱自由,在恋爱的过程中,经常会不辞而别,进行说走就走的旅行,并且执着于自我的精神满足,独自欣赏大千世界,很少与人分享自己的旅途。在别人眼中的她有些个性,甚至有些自私,但她以自己的方式经验着世界,她并不在乎别人的眼光,超凡脱俗,气象万千,这是一个无拘无束的自由飞翔的灵魂。迁夫子的小小说《庄周钓鱼》同样表达了对于自由的追求,小说中庄周宁愿自己钓鱼果腹,也不愿接受威王的高官厚禄,就好比神龟,宁愿在泥地里爬,也不愿死了之后被人供奉在庙堂之上。双雪涛的短篇小说《香山来客》,通过一个电影人的人生的起伏,表现了欲望对人心的异化与腐蚀。石也的中篇小说《簸箕谷》,通过描写一个杀人者七年的逃亡,即使逃得掉法律的惩罚,也逃不掉良心的审判。闫耀明的小小说《猪事》,书写了一个有前科的人,在被误会之后对自己的证明与救赎。颜洪斌的小小说《城里有套房子》,书写了父亲对女儿的激励,以及女儿用努力回应父亲的期待。于永铎的短篇小说《捉迷藏》书写了父母对闯祸儿子的放逐,以及儿子历经的凶险和父母内心的挣扎,表现了社会的复杂和父母对子女的牵挂。曲德君的小小说《老兵重聚》,书写了志愿军老兵对战友的怀念。李铁的短篇小说《双蝶图》通过革命年代一个男人杀妻的故事,书写了爱情与使命的纠葛。力歌的短篇小说《回不去的缘》，书写了一个国企老总青年时代的单纯与莽撞，以及女友和同学们因呼应他的鼓动而做出的牺牲，青春的单纯与冲动造就了他们不同的命运，后悔在现实面前毫无意义，在那个时代，每个人都无法掌控、预知或者设计自己的命运，时过境迁，只有感慨、无奈和一声叹息。羽瞳的短篇小说《线》书写了一个电网巡线工和高铁巡道工互相的遥望，他们一个在对方身上看到了曾经的自己，一个在对方身上看到了父亲的影子，表现了男人之间的理解与同情，让读者看到了粗粝中的温柔、荒寒之中的温暖、孤独中的情义。佟掌柜的中篇小说《疑凶》书写了一桩命案，通过书写一位美貌的女医生的离奇死亡，揭示了现代人内心的孤独与惶惑。娟子的小小说《咬老婆》关注矿工的生活，表现了矿工的辛劳，也表现了矿工对老婆特别的爱。李伶伶的小小说《风很大》关注误解对人命运的改变。小说中，柳月小时候丢了一面镜子，误以为是杨花偷的，其实她不过是无意中捡到的，杨花被贴上了小偷的标签，早早地就辍学了。十几年之后柳月才意识到是自己误会了杨花，鼓起勇气向她道歉，但命运的齿轮已然转动，杨花无法再回到青春的时代，也无法改变自己的人生。曲文学的小小说《光阴的故事》通过朋友欠账和还钱的故事，表现了光阴易逝，岁月如梭，货币在岁月中失去了往日的购买力，青春和友谊也在岁月的剥蚀下不复当年。任永胜的小小说《有风的雨夜》书写了人的自私与懊悔，小说中，主人公因为顾忌可能的讹诈而没有对一对遇险的母子施救，事后他才知道，那是他工友的妻子和孩子，他的内心无比懊恼和悔恨。原来那看起来毫无关联的人，都可能与我们密切相关。马贵明的小小说《听来的故事》，通过一个老兵拒绝接受首长的报答，表现了其对革命事业的忠贞和纯粹。李海燕的小小说《远去的徒河》讲述了失明老人抚养地下党员临危托付的小孩的故事。李季的小小说《相逢是本书》讲述了老师对学生的关爱，以及学生对老师的误会与愧疚。梁玉梅的小小说《门上的镜子》，讲述了老邻居之间的隔阂与理解、关爱与同情。闫耀明的小小说《学习微笑》，书写了老杜为了对抗小混混，生出了一副恶相，后来为了生意，要找回自己，练习微笑。于复财的小小说《正常》呈现了残疾人敏感而丰富的内心。颜洪斌的小小说《作料》，书写了母子之间的关爱与温情。王立群的小小说《时间煮雨》，书写了时间带给人的同情与宽容。阎秀丽的小小说《萧生》表现了物质推崇对美好情感的破坏。刘希千的小小说《花婆》，讲述了爱种花的花婆对搞破坏的小哑巴的宽容。李海燕的小小说《流远的徒河》，通过书写失明老人收养地下党人临危托付的孩子的故事，表现了老人的身体虽然残缺，但他的爱与承担无比坚强。段锡民的短篇小说《牛之初》，通过丧偶百天的年轻寡妇独自完成牛的配种，表现了她的坚强和精神的成长。

先锋性的探索与实验

先锋意味着对小说这一文体形式及其讲述方式的探索与突进，是具有创新意识的小说家的执着追求，辽宁的很多小说家在这样的路径上一如既往地艰辛耕耘。盐和的长篇小说《比喻》具有深刻的内涵和独特的艺术风格，借助辽西一个叫作烟火的滨海小镇，讲述了烟火镇的变化兴衰和烟火人的命运。故事以20世纪初的鼠疫事件为切入点，勾连起跨越百年的东北传奇，甚至更为久远的历史风云，讲述了中国几千年人文精神与传统的缩影。小说隐喻了人类思想史的生发、冲突和归宿，在失落、纠结和悲壮中探讨存在的价值。小说以独特的叙事方式、丰富的意象与象征、深刻的人物刻画以及多重主题与意蕴展现了东北地区的历史变迁和文化传承以及人类思想史的生发、冲突和归宿等宏大主题。

《比喻》以先锋的姿态展开叙事，将历史与现实并置，想象大胆，隐喻色彩浓厚。先锋的叙事方式增加了阐释的空间，使读者在阅读过程中能够深入思考历史和现实、个人和民族乃至全人类命运的复杂关系。这种历史与现实的交织，不仅展现了东北地区的沧桑巨变，也隐喻了人类社会的共同命运。小说展现出历史的厚重感和现实的复杂性，促使人们思考历史如何影响现实，以及个人和集体在面对历史变迁时的选择与责任。小说还展现了东北地区的独特地域文化。这种地域文化的展现不仅为小说增添了浓厚的地域色彩，也让读者可以更加深入地了解东北地区的文化底蕴和人文精神，增强文化自信和民族自豪感。

小说的人物刻画令人印象深刻，作者通过凝练、陌生和思辨的笔触刻画了众多性格鲜明、命运多舛的人物形象，如孙灵问、孙莫问、梁先生、大皇姑、张楚云等，这些人物的命运与时代背景紧密相连，展现了人性的光辉与阴暗、生命的坚韧与脆弱，他们的命运和选择也反映了时代的变迁和人性的复杂。这些人物的命运轨迹能够引发读者对生命意义的深刻思考。我们不禁要问，是什么力量在推动着人物的命运？在面对困境时，人们应该如何选择？是追求物质财富和名利地位，还是寻找内心的平静和满足？这些思考不仅有助于读者更好地理解小说中的人物，也能让读者更深入地反思自己的人生，更好地理解生命的意义和价值，从而更加珍惜和热爱生命。

小说体现出作者丰富的写作技巧。《比喻》充满了丰富的意象和象征，如骆驼山、一星河、杨树林、南山、小石桥、大海和码头等。这些意象不仅为小说增添了浓厚的地域色彩和艺术魅力，还寄托了作者对于故乡的深厚情感和对生命、历史、存在的深刻思考。隐喻和象征是文学作品中常用的表现手法。它们通过具象的事物来暗示或表达抽象的概念和思想。在《比喻》中，这些隐喻和象征的运用让我们更加深入地理解了小说的主题和意蕴。同时，它们也促使读者思考如何运用隐喻和象征来表达自己的思想和情感。

《比喻》中的隐喻和象征丰富而深刻。骆驼山在小说中不仅是一个具体的地理实体，更象征着坚韧不拔的精神和承载历史的重量。它像一匹卧倒的骆驼，静静地守护着烟火小镇，见证了小镇的兴衰变迁。骆驼山象征着小说中的人物和整个民族在面对历史变迁和困境时所展现出的坚韧与毅力。它提醒我们，无论遭遇多大的困难，都要像骆驼一样，默默承受，坚持前行。烟火小镇是小说中的核心场景，它既是一个具体的地理空间，也隐喻着整个中国社会乃至人类社会的缩影。小镇的兴衰变化，反映了历史的沧桑巨变和时代的风云变幻。烟火小镇象征着人类社会的多样性和复杂性。在这里，不同的人物、不同的命运交织在一起，形成了一幅生动而真实的社会画卷。它让我们看到，在历史的洪流中，每个人都是渺小而又伟大的存在。

作为小说的切入点，20世纪初的鼠疫事件不仅有着具体的历史背景，更隐喻着人类社会的灾难与重生。鼠疫的肆虐象征着人类在面对自然灾害和疾病时的脆弱与无助，但同时也激发了人类的抗争精神和生存意志，表现了人类社会在面临重大挑战时的团结与抗争。它告诉我们，无论遭遇多大的困难，只要人类团结一心，就能够战胜一切挑战，迎来新的生命和希望。

小说中人物的命运、选择和经历也都充满着隐喻色彩。例如，孙灵问的留学经历象征着对知识和真理的追求；孙莫问的沉默隐喻着对现实的无奈和妥协；梁先生的传教则象征着对信仰的坚守和传播。这些人物的命运和选择不仅代表了他们个人的经历和追求，也象征着整个社会和人类在面对不同问题和挑战时的态度和选择。它们让我们看到人性的光辉与阴暗、生命的坚韧与脆弱以及存在的价值与意义。

小说中还有许多自然景物的隐喻。如一星河、杨树林、南山、小石桥、大海和码头等。这些自然景物不仅为小说增添了美丽的风景画面，也隐喻着人类的内心世界和情感世界。例如一星河象征着人类对于未来的憧憬和向往，杨树林象征生命的顽强和坚韧，南山象征着人类在面对困境时的坚韧不拔和勇往直前，小石桥象征着人与人之间的连接和沟通，大海和码头象征着人类社会的广阔和复杂。

大连的谈波在这一年出版了小说集《大胆使用了绿色》。谈波的小说惜墨如金，文字俭省，一篇小说往往只有几千字，最短的只有百余字。谈波的小说不重视情节，也不重视人物，往往都是生活中的碎片，无头无尾，人物也可能面目不清，只是一个面影，一个闪现，一个生活中的瞬间，却能呈现东北城市生活的现实状况，讲述大连这座城市中芸芸众生的悲欢离合。这些小说集聚在一起，呈现的是东北城市生活的特征和面貌，在某种意义上，谈波小说真正的主人公是大连这座城市，每一篇小说也许面目模糊，却建构起大连的清晰样貌。他的小说像一团团烟火，短暂，却绚烂。此外，谈波小说的语言非常具有辨识度，简单、直接、冷硬，是东北男人粗犷性格的表征，这些特点，让他的小说与众不同。

牛健哲继续着他的先锋探索，在短篇小说《声音轶话》中，他书写了一个进入"精神夹层"的中年男人，在一次聚会中听到了用洛佐语唱的歌谣，从此对洛佐语产生了迷恋，非常投入地学习这种语言，以致用原来的语言模拟洛佐语的音调与他人交流，对方由于无法准确理解他的话，经常给出意想不到的回应，他的生活因此变得扑朔迷离，充满了未知和不确定性。小说中，语言是秩序的表征，语言的秩序意味着生活的秩序，主人公打破了语言的秩序，就是在挑战和颠覆既有生活的秩序，僭越他所面对的规制性的生活桎梏，从而逃离被设计和规定的生活，在语言的颠沛流离中寻求生活的另一种可能。男人的行为也呈现了男人的处境，想必这是一个被单调乏味又没有希望的生活折磨的男人，在生活的泥淖中无力挣扎，只能通过破碎的语言争取心灵的逃遁。当然，对于这样的小说，仁者见仁，智者见智，它的朦胧感和多义性使小说具有被多重解读的可能，其价值也正在于此。陈萨日娜的短篇小说《热冰》，通过一个人偶演员和一个女粉丝的故事，写出了偶像崇拜的虚妄。小说中，一个不得志的学表演的人，只找到了在游乐园中表演动物人偶的工作，他演的是小羊桑尼。小羊桑尼有一个狂热的女粉丝，总来看他的表演，跟他分享自己的心情，有小男孩攻击他，她会第一个冲上去保护他。有一次演出的过程中，女粉丝裙子的拉链与人偶服装的长毛卷在了一起，工作人员忙活半天也没能将他们分开，那是一个炎热的日子，在蒸笼般的人偶服装中，演员非常难受和狼狈，但无奈游乐园有规定，在演出的过程中，无论如何演员也不能脱离人偶，一旦演员脱离，人偶的形象就将崩塌，所以他不能脱下服装，只能硬撑。但突然小男孩又攻击了他，女粉丝起身去追那个小男孩，这一起身，把人偶的服装弄破了，里面的演员暴露了出来，女粉丝看到了不堪的演员，对小羊桑尼的喜爱顿时破灭了。通过小说，陈萨日娜表现了偶像崇拜的荒唐与脆弱，以及在这种崇拜关系中，偶像的压力和崇拜者的迷狂。迁夫子的小小说《时光窃贼》，通过"我"与时光窃贼的过招，表现了对时光易逝的感慨。小说中，"我"自认为是个高明的窃贼，但人外有人，有一个专门偷别人时光的窃贼，少男少女的时光他都会偷，通过让他们沉溺一些无意义的事情，消耗他们的生命，"我"和他进行了一次短暂的对话，交流过后，"我"发现自己已经从一个青年人变成了一个老人。小说将现实和幻想融合在一起，对当下有太多事物诱惑年轻人虚度时光表达了忧虑。

历史与战争的讲述

也有些作家将注释的目光聚焦于历史和战争，希望以史明鉴，通过以历史重述的方式观照当下。才春新的长篇历史小说《于谦》以明朝重臣于谦的生平为蓝本，讲述他在国家危难之际挺身而出、力挽狂澜的传奇故事。小说围绕"忠诚与牺牲""智慧与勇气"等主题展开，展现于谦作为一位杰出的政治家、军事家和诗人的多面形象。小说描绘了于谦在土木堡之变后的北京保卫战中的英勇表现，以及他如何力排众议，拥立明代宗为帝，稳定朝局。同时，也讲述了他在地方任职期间的清廉为政、平冤治贪等事迹。小说采用多线叙事的方式,将历史事件的宏大叙事与人物内心的细腻描写相结合,使读者在了解历史的同时,也能感受到人物的内心世界。小说中的于谦,是一位性格刚毅、正直无私、才华横溢的忠臣形象。他面对国家危难,不惧强敌,勇于担当,以非凡的智慧和勇气保卫了国家的安全。除于谦之外,小说还塑造一系列生动的配角形象,如明英宗、明代宗、王振等历史人物,通过他们的言行举止,进一步衬托出于谦的高尚品质。

于谦作为明朝历史上的重要人物,其事迹和品质对后世产生了深远的影响。于谦对国家和君主的忠诚无可置疑。在国家危难之际,他挺身而出,不惜一切代价保卫国家,展现了深厚的爱国情怀。他身居高位,却始终保持清廉正直的作风,不贪不腐,不受贿赂。这种高尚的品德在官场中尤为难能可贵,赢得了人民的广泛尊敬。在面对复杂的政治局势和军事挑战时,于谦展现出非凡的智慧和勇气。他能够冷静分析形势,制定出有效的策略,并亲自指挥战斗,取得了显著的胜利。在国家面临重大危机时,于谦没有选择逃避或妥协,而是勇敢地承担起责任,挺身而出,为国家和人民的安全和利益而奋斗。他的一生都在为国家和人民奉献,从未考虑过个人的得失和利益。他的这种无私奉献精神,让人们深感敬佩和感动。在官场中,于谦始终保持着自己的原则和立场,不随波逐流,不阿谀奉承。他敢于直言不讳地指出问题,为正义和真理而斗争。这些品质不仅在于谦的生平事迹中得到了充分体现,也在后世对他的评价和传颂中得到了广泛认可。因此,在小说《于谦》中,这些品质也成为塑造于谦形象的重要支撑。除了紧张的政治斗争和军事行动外,小说还穿插于谦与家人的深厚情感,以及他与同僚、朋友之间的复杂关系,使人物形象更加立体饱满。小说采用简洁明快、富有张力的语言风格,以符合历史题材小说的特点。同时注重对于谦诗词的引用和解读,从侧面展现出于谦的文学才华。

王图、孙焱莉的长篇小说《锦绣·无衣》包含着丰富的服饰文化内涵。服饰作为文化的重要载体，能够反映出一个时代的审美观念、社会等级和人物性格。小说在服饰描写上独具匠心，通过细腻的笔触和丰富的想象力，将服饰与人物命运、情感变化紧密结合，是小说独特之处之一。小说通过服饰文化探讨人性、命运、爱情等永恒的主题，传达出积极向上的价值观。在小说中，"锦绣"不仅仅是对服饰的直接描述，更是一种象征，代表着主人公及整个故事中高尚的品质、理想的追求与文化的繁荣。小说以战争或民族危机为背景，通过主人公英勇抗敌、保家卫国的行为，体现了强烈的爱国主义精神。这种爱国主义精神是中华优秀传统文化的重要组成部分，也是激励人们团结奋斗、自强不息的重要力量。

小说注重情感的细腻描写和历史的真实再现，同时融入一些现代元素或创新手法来使故事更加引人入胜。小说以特定历史时期为背景，通过对社会风貌、风俗习惯、政治格局等方面的描绘，再现了一个时代的文化景观。这种再现不仅有助于读者了解历史，更能激发读者对于传统文化的兴趣和思考。在再现历史的同时，小说融入了现代文化的元素和视角，实现了对传统文化的传承与创新。这种传承与创新体现在对历史人物的重塑、对历史事件的新解以及对传统文化符号的现代诠释等方面。小说在叙事结构上采用了独特的技巧，如多线叙事、倒叙插叙等，穿插了多条支线情节，丰富故事的内容和层次，使故事更加紧凑而富有张力。同时，在语言风格上也独具特色，如运用生动的比喻、形象的描写等手法，使文字更加鲜活有力。小说语言流畅而富有表现力，能够准确地传达人物的情感和内心活动，同时也运用一些修辞手法来增强语言的表现力。

小说围绕多个主要人物展开，通过他们的命运起伏、情感纠葛来推动故事的发展。小说主人公具有鲜明的个性和复杂的内心世界，他们的成长历程、情感变化是故事的核心。其他主要人物则各具特色，与主人公形成鲜明的对比或互补。除了主要人物外，配角和群像也得到充分的展现。小说通过深入挖掘人物的内心世界，展现他们的喜怒哀乐、爱恨情仇，以及面对命运挑战时的坚韧与无奈，以深刻的人物塑造和情感描写引发读者的共鸣和思考，并通过不同人物的性格、行为和心理变化，展现了人性的善恶、美丑、强弱等各个方面，有助于读者更深入地理解人性，思考人生的意义和价值。除了具体的情节和人物外，小说还通过一些寓言、象征或哲理性的语言，向读者传达了一些人生哲理，涉及人生的意义、价值的追求、道德的选择等方面的内容。

杨福君的长篇小说《喧嚣》反映了新世纪以来东北城市的发展变化。小说从2006年东北口岸城市衢市的一起工地讨薪事件写起，讲述了衢市经济逐渐下滑，市里政商核心筹划盛世破产重组、操持广厦苑回迁奠基，但最终都未能阻止盛世集团倾覆的结局。后来，以市政府副秘书长齐修平为代表的一批具有创新思维的新秀打破陈旧局面，带领衢市走出困境。小说以东北口岸城市衢市为背景，通过一系列生动的故事情节，深刻反映了城市在经济发展过程中遇到的困境和挑战，以及人们面对困境时的勇气和智慧。作者以此传递了积极向上的生活态度和价值观。小说故事情节紧凑、扣人心弦，通过一系列突发事件和激烈冲突，将读者带入一个充满张力和悬念的世界。同时，作者也巧妙地运用了闪回、倒叙等手法，使故事情节更加丰富多彩。小说开篇以工地讨薪事件为引子，这一情节迅速将读者带入了一个充满矛盾与冲突的现实世界。工人们为了讨回应得的薪酬，不惜采取极端手段，这一场景不仅展现了劳动者的艰辛与无奈，也引发了人们对社会公平与正义的深刻思考。随着故事的发展，盛世集团的破产重组成了一个重要的转折点。这一情节不仅揭示了企业经营中的风险与挑战，还展现了政商关系的复杂与微妙。同时，它也引发了人们对经济发展与社会稳定之间关系的思考，以及对企业家精神与社会责任的认识。在盛世集团倾覆之后，以市政府副秘书长齐修平为代表的一批具有创新思维的新秀逐渐崛起。他们不畏艰难、勇于担当，带领衢市走出困境。这一情节不仅展现了新一代领导人的智慧与勇气，也传递了积极向上的正能量，激励人们面对困境时保持信心与希望。小说中的人物形象塑造得生动鲜活，他们各自有着不同的性格特点和命运轨迹。作者通过细腻的笔触，展现了这些人物在时代变迁中的成长和变化。小说中的人物命运错综复杂、相互交织。无论是政界要员、商界精英还是普通劳动者，他们都在时代的洪流中奋力挣扎、寻求出路。这些人物之间的情感纠葛、利益冲突以及最终的命运抉择都深深触动读者的心灵。特别是那些在困境中依然坚守信念、不屈不挠的人物形象更是让人肃然起敬。《喧嚣》中触动人心的情节众多，它们共同构成了一幅生动而真实的社会画卷，让读者在感受人性的光辉与复杂的同时，也思考着社会变迁中的个人命运与选择。作者通过讲述人们面对困境时的勇气与智慧、坚持与奋斗的故事，鼓励读者在面对生活中的困难和挑战时保持积极的心态和坚定的信念。这种积极向上的主题不仅让小说更加具有感染力，也让读者在阅读过程中获得了更多的启示和力量。

宋华的长篇小说《钟爱一生》以东北国有企业改革发展为宏大背景，通过主人公陈重望和韩雪娜的坎坷、励志的人生经历和催人泪下的爱情故事，展现了国有企业几十年改革振兴发展的辉煌图景。小说讲述了陈重望从知青到钢铁厂工人、劳模、工会主席的成长历程，以及他如何在困难面前勇于担责，维护职工利益，最终带领老国企成长为高科技智造集团公司的故事。陈重望和韩雪娜在紧要关头相互帮助、不惧强权、忍辱负重，完成了党和政府交给的历史使命，体现了对事业和爱情的执着与忠诚。这不仅是一部工业题材的长篇小说，更是一部反映时代变迁和社会发展的力作。它通过对国有企业改革发展的描绘，展现了中国工业化的艰辛历程和辉煌成就。小说通过略写、闪回、白描等手法，全景式地描绘了新中国成立前至2023年几代人不同的人生经历和思想境界。这种历史与现实的交织让读者真切感受到时代的变迁和社会的发展，深刻领悟到人生的真谛和意义。作品详细描绘了国有企业的改革发展历程，展现了老国企从困境中突围、重获新生的壮丽图景。这一过程充满了挑战和机遇，也充满了希望和梦想。主人公不畏艰难、勇于创新的精神风貌令人深受鼓舞。故事情节紧凑，跌宕起伏，扣人心弦，通过一系列突发事件和激烈冲突，展现了主人公的坚韧不拔和顽强拼搏精神。人物形象鲜明，陈重望、韩雪娜等人物形象塑造得生动鲜活，具有时代感和代入感。他们不仅有着鲜明的个性特征，还有着丰富的内心世界和情感世界，平凡中见伟大，真实地反映了工业战线上的工人、劳动模范和工会主席的光辉业绩。语言流畅，以平实的语言讲述了一段不平凡的故事，使得小说读起来亲切自然，易于引起读者的共鸣。小说主人公陈重望从知青到钢铁厂工人、劳模、工会主席的成长历程充满了艰辛与挑战。他在困难面前勇于担责，不畏强权，始终维护职工利益。这一系列的奋斗历程展现了主人公的坚韧不拔和无私奉献精神，令人深受感动。陈重望与韩雪娜之间的爱情故事更是催人泪下，他们在历史紧要关头相互帮助、共渡难关，展现了忠贞不渝的爱情。尤其是在面对重重困难和挑战时，他们依然坚守彼此，这种深情让人动容。小说中还不乏主人公在家庭与责任之间的艰难抉择，他们为了事业和国家的利益，不得不牺牲个人情感和家庭幸福，这种为了大局着想、勇于担当的精神令人敬佩不已。《钟爱一生》中的诸多情节不仅展现出主人公坚韧不拔和无私奉献的精神，还深刻反映了人与人之间的深厚情感和时代背景下的社会现实。这些情节让读者深受感动和启发，也有助于读者对历史和人生有更深刻的认识和理解。

汪恩赐的长篇小说《风雨开明街》讲述了改革开放初期沈阳布商的创业奋斗历程。20世纪90年代到21世纪，沈阳个体经营者乘改革春风，艰苦创业、改变人生命运。小说以沈阳开明街布料市场为背景环境，生动塑造了一系列的布商形象，如沈国强、老周、冯雷、萧丽等，通过他们的奋斗历程，展现了沈阳乃至整个东北老工业基地在改革开放中的发展与变迁。

《风雨开明街》不仅是一部描写个体经营者奋斗史的小说,更是一个城市、一个群体乃至整个国家的发展进步历程的缩影。以真实历史为背景,记录了改革开放初期沈阳个体经济的发展历程,以及国家政策的变迁对个体经营者的影响,通过展现沈阳布商在改革开放中的奋斗历程,热情讴歌了他们的拼搏精神和自强不息的人生态度。同时也揭示了商业世界的残酷和无情,以及真正的从商之道——团结、诚信、坚定的原则信念等高尚品格。小说结构布局严谨,悬念设置巧妙,通过倒叙、插叙等手法,使故事情节更加紧凑和引人入胜。人物形象饱满鲜明,沈国强、老周、冯雷等角色各具特色,他们的奋斗历程和人生选择都充满了戏剧性和感染力。大量运用沈阳方言,使作品充满了地域特色和生活气息,让读者仿佛置身于20世纪90年代沈阳的街头巷尾。《风雨开明街》深刻反映了改革开放初期沈阳的社会风貌和时代变迁,深入探讨了改革开放的国家政策对个体经济的影响。随着改革开放的深入,沈阳的个体经济逐渐兴起,开明街布料市场也迎来了前所未有的发展机遇和巨大的挑战。这些情节不仅反映了当时的社会现实,也让读者更加深刻地理解了改革开放的历史意义。开明街布料市场作为小说的主要舞台,充满了激烈的商业竞争。不同商家之间的明争暗斗、价格战、质量战等情节,不仅展现了商业世界的复杂性,也让读者深刻体会到了市场经济的竞争性。

小说中的人物关系错综复杂,既有友情、亲情,也有爱情甚至背叛。沈国强与老周、冯雷等伙伴之间的深厚友情,与妻子二凤之间的爱恨纠葛,都让读者为之动容。这些人物关系的描写不仅丰富了小说的内容,也增强了故事的感染力和吸引力。作为小说的主要人物,沈国强的奋斗史贯穿全书。他从一个贫困的个体经营者,通过不懈努力和聪明才智,在开明街布料市场中逐渐站稳脚跟,最终成为行业的佼佼者。这一过程中,他经历的种种挑战和困境,以及他如何克服这些困难,都让读者深感敬佩和鼓舞。在激烈的商业竞争中,小说并没有忽视对人性的探讨和展现。沈国强等人在面对困境时展现出的坚韧不拔、乐观向上的精神风貌,以及他们在关键时刻对朋友、家人的无私帮助和关爱,都让读者感受到了人性的温暖和光辉。这些情节不仅提升了小说的思想深度,也让读者在阅读过程中获得了更多的感动和启示。

《风雨开明街》以真实的历史背景、鲜明的人物形象、生动的语言和严谨的结构布局赢得了读者的喜爱。通过这部小说,读者可以更加深入地了解改革开放初期沈阳个体经济的发展历程以及沈阳人民在时代变革中的奋斗精神和自强不息的人生态度。

于永铎的长篇小说《独立营》聚焦于九一八事变后东北的抗日斗争。《独立营》以九一八事变后东北山河破碎为背景,讲述了共产党员、知识分子、农民、爱国士兵在民族生死存亡的时刻,如何走上历史舞台,用鲜血和生命书写自己的人生,同时也书写了抗日义勇军的历史。小说中,皇庄堡的百姓原本过着"与世无争"的生活,但在战火烧到皇庄堡后,他们不得不面对残酷的现实。在曲副团长的带领下,义勇军独立营与汉奸、日寇展开了殊死搏斗。共产党员楚红等积极发动群众,争取了一部分群众的拥护,但汉奸的挑拨和日寇的威胁让独立营陷入了困境。最终,独立营顾全大局,冒险退出皇庄堡,一部分队伍突出重围进入大山,加入了共产党领导下的抗联。

《独立营》体现出东北人民浓厚的爱国主义情怀:通过人物的言行和命运展现了中华民族在危难时刻的团结和抗争,组建抗日义勇队、英勇抗敌、不怕牺牲、密切联系群众以及面对困境的坚韧不拔等情节都深刻体现了爱国情怀。这些情节不仅展现了个人和集体的爱国行为和精神风貌,也为我们提供了宝贵的历史经验和精神财富。在国难当头之际,年轻的士兵们怀着家仇国恨,在陈家湾小山村组建了抗日义勇队。这一行为本身就是对国家命运的深切关怀和积极回应,展现了个人在国家危难时刻的责任感和担当精神。义勇队后来被八路军一一五师收编,改为独立营建制。独立营的战士们在肖锋的带领下,追随一一五师跋山涉水、南征北战,进行艰苦卓绝的抗日斗争。他们在战场上英勇无畏、浴血奋战,用实际行动诠释了"国家兴亡,匹夫有责"的爱国情怀。小说中不乏为了大局而牺牲个人利益的情节。例如,为了掩护战友突围或完成重要任务,有的战士不惜牺牲自己的生命。这种牺牲精神是对国家利益的最高忠诚和热爱,是爱国情怀的极致体现。在抗日斗争中,独立营不仅依靠自身的力量,还积极发动群众参与抗日。群众的支持和参与不仅壮大了抗日力量,也体现了全国人民对抗日战争的共同支持和坚定信念。这种全民抗战的场景深刻体现了爱国情怀的广泛性和深厚性。《独立营》作为抗日题材的长篇小说,不仅丰富了文学创作的题材和内容,也为读者提供了了解历史、认识人性的重要途径,激发了读者的爱国热情和民族自豪感,为后人铭记历史、珍惜和平提供了重要的精神食粮。

于永铎的长篇小说《望海埚》具有深厚历史底蕴和爱国情怀。《望海埚》以明朝永乐年间为背景,讲述了著名将领、辽东总兵官刘江率领将士备战抗倭,并取得载入史册的"望海埚大捷"的英勇事迹。这次大捷不仅是中华民族历史上的抗倭首胜,而且比戚继光、俞大猷抗倭早了130年。小说情节紧张激烈,展现了明军与倭寇之间的殊死搏斗,以及辽东人民团结一致、共御外侮的爱国情怀。《望海埚》以真实历史事件为背景,通过生动的人物形象和紧张的故事情节展现了中华民族不屈不挠、勇于抗争的精神风貌。小说采用了多种叙事技巧,如倒叙、插叙等叙事手法,使故事情节更加紧凑有趣。人物形象鲜明生动,个性突出,特别是刘江和刘荣等抗击倭寇的重要角色,他们的英勇事迹和爱国情怀深深打动了读者。小说通过刘江坚定的抗倭决心、明军的英勇战斗、曹云和的壮烈牺牲以及百姓的支持与援助等多个情节深刻体现了爱国情怀,这些情节不仅让读者感受到了历史的厚重和民族的伟大,也激发了人们的爱国热情和民族自豪感，例如辽东总兵官刘江在面对倭寇侵扰时所展现出的坚定决心和英勇行动。他们不仅为了保卫家园，更是为了维护国家的尊严和安宁，毅然决然地率领军队与倭寇展开殊死搏斗。这种为了国家和民族利益不惜牺牲个人生命的精神，是爱国情怀的最高体现。小说详细描绘了明军与倭寇之间的多次战斗场景，这些战斗场面惊心动魄、扣人心弦。明军将士在战斗中英勇无畏、顽强拼搏，用鲜血和生命捍卫了国家的领土和人民的安宁，不仅展现了明军的英勇善战，更凸显了他们对国家和民族的深厚感情。在小说中，曹云和作为被倭寇挟持的明军守岛官，他在危难时刻没有选择屈服，而是冒死登上烽火台点燃报警烽火。他因此遭到敌人围攻，最后与情人侯许氏双双跳入火堆，用生命洗刷了屈辱。这种为了国家和民族大义不惜牺牲个人生命的壮举，是辽东总兵将士爱国情怀的生动写照。在望海埚大捷的战斗过程中，方圆百里的百姓积极参与其中，他们在林子里敲锣呐喊为明军助威，提供物资和人力支持。这种全民动员、共御外侮的场景不仅展现了中华民族团结一致、同仇敌忾的民族精神，也深刻体现了广大人民对国家和民族的深厚感情。

2023年，辽宁的作家为读者带来了精彩而厚重的作品，作家们的努力和创作成就让我们看到辽宁文学从高原向高峰迈进的整体态势，让我们对辽宁文学的未来充满了希望和期待，希望在接下来的日子里，辽宁的作家们可以再接再厉，用创作回应时代的关切，表现火热的现实生活，挖掘现代人深邃幽微的心灵世界，探索文学表意的可能，开拓进取，勇攀高峰，为辽宁文学带来更多辉煌的成就。

（此文章为2023年度辽宁省教育厅基本科研项目：东北城市文学与东北城市形象建构研究JYTMS20231667，2023辽宁省哲学社会科学青年拔尖人才委托课题：辽宁城市文学研究［1949—2023］2024lslqnbjrckt-12阶段性成果）

散文：抒情风暴与散文诗心

◎李耀鹏

卡佛曾说："作家要有为普通的事物，比如为落日或一只旧鞋子感到惊讶的禀赋。"这意味着散文主体情绪的表达或可从宏旨的遐想"向内转"至心灵的浪漫耽溺，进而确指查尔斯·泰勒所言及的"个人"被赋予具有深度"自我"的现代主体。郁达夫曾直言，五四运动最大的功绩便是发现"个人"，奠定了其在现代散文中的主体地位并激活了散文的"心"。就散文的个性而言，叶圣陶也指出："我要求你们的工作完全表现你们自己，不仅是一种意见、一个主张，要是你们自己的，便是细到像游丝的一缕情怀，低到像落叶的一声叹息，也要让我认得出是你们的而不是旁人的。"这一切似乎都能统摄到蒙田"我所描写的是我自己"的经典性论断中。2023年度的辽宁散文是异彩纷呈的抒情盛宴，散文家们品茗观物、追忆故友、想象历史、回归自然、游历山川，他们的创作接续了古典诗性和现代美文的传统，心绪和情感皆不约而同地指向了"至情"。诚如汤显祖在《宜黄县戏神清源师庙记》所言："人生而有情，思欢怒愁，感于幽微，流乎啸歌，形诸动摇。或一往而尽，或积日而不能自休。"

周作人在《中国新文学大系·散文一集》导言中认为，"公安派的人能够无视古文的正统，以抒情的态度作一切的文章，虽然后代批评家贬斥他们为浅率空疏,实际却是真实的个性表现,其价值在竟陵派之上";同时又指明"中国新散文的源流我看是公安派与英国的小品两者所合成"。周作人反复重申的问题就是散文创作的个性特质与抒情风格。毗邻之见便是林语堂提出的与精神和神感相通的"性灵",即"有真喜,有真恶,有奇嗜,有奇忌,悉数出之,即使瑕瑜并见,亦所不顾,即使为世俗所笑,亦所不顾……自己领会之事,信笔直书,便是文学,舍此皆非文学"。此意强调的"心的革命"与章太炎的"大独""无我之我"、朱谦之的"唯情",乃至于李泽厚的"情本体"等共同构筑了现代中国的"抒情考古学"。辽宁散文家咏万物以明志,如同衣袂飘然的诗人健笔纵横、飞花回雪,以诗情画意的力量抒写"天之辽,地之宁",在散文的江河与卷帙中寻找晶莹的诗心。"物"与"情"的辩证互动内生创造的动力,"岁有其物,物有其容;情以物迁,辞以情发。一叶且或迎意,虫声有足引心。况清风与明月同夜,白日与春林共朝哉!"2023年度辽宁散文家感物而联类不穷,他们于流连万象和沉吟视听徘徊之际留下了抒情的印记,让一切成为可能并化身为"美"和"自由"。

一、历史兴怀与文化随笔的幽光

王充闾深厚的文化修养和儒雅的学者气度决定了他的散文创作始终执意探寻新的美学表达,既能够游刃有余地在细微中仰望文明的星空,又可以在豪放之风与婉约之势间纵横捭阖。他融通古今而学贯中西,历史的浩瀚雄姿、人文世界的万里江山、日常生活的清风明月展现着他对传统和当代的哲思。《烛光照着的关闭的窗》是关于诗学观念和艺术创造的文化随笔,彰显出王充闾在中国古典诗词和中西方文论领域的惊人底蕴。波德莱尔在其散文诗《窗户》中指明:"一个从打开的窗户向里看的人,绝不如一个只看关闭着的窗户的人所看到的事情多。一扇被蜡烛照亮的窗户,是最深邃、最神秘、最阴郁、最刺眼的。人们在阳光下看到的东西，永远不如在一块玻璃后面发生的事情更有趣、更吸引人。在这个或是黑洞洞或是光亮的窗洞里，生命在生长，梦想，受难。"波德莱尔神往"亮着灯的窗"在于那个"世界"若即若离，虚实相生，让人获得无穷的想象和遐思，而"敞开的窗户"一览无余则缺乏了让人期待的具有创造意义的隐晦和朦胧。崇尚句的余味和篇的余意，或者说以"有尽之言"传达"无穷之意"是历代诗家不遗余力的追求，进而形成了古老的文艺传统，诗人、词人和画家都希冀在自己的艺术王国中登峰造极于"不著一字，尽得风流"的余韵和旁白境界。鲍照在其《舞鹤赋》中以"精含丹而星曜，顶凝紫而烟华；引员吭之纤婉，顿修趾之洪姱；叠霜毛而弄影，振玉羽而临霞"，写出鹤舞"返虚入浑"的空灵唯美之境。姜夔在《白石诗说》中强调"语贵含蓄"；严羽的《沧浪诗话》论及诗歌"四忌"时讲道"语忌直"，倡导如空中之音、相中之色、水中之影、镜中之象的"兴趣"；王国维在《人间词话》中对于诗词幽微境界的推崇备至，很大程度上源自不可言尽的隐秘之境和带有"隔"的性质的表达能够赋予作品更伟大的生命力，所以他激赏杜甫的"细雨鱼儿出，微风燕子斜"和秦观的"无边丝雨细如愁，宝帘闲挂小银钩"。中国古典艺术中的蕴藉朦胧、象征多义、比兴想象在世界文化史中堪称独树一帜，黑格尔就曾对中国古典诗歌的语言形式不吝赞叹，他认为东方诗人爱用具体的图像和暗喻的方式，使人兴起对所写对象之外的与其本身有联系的东西的兴趣，也就是说把人引导到另一境域。由言及此物到联想彼物，进而开辟出新的审美疆域，这就是诗歌语言最大的魅力所在。刘勰在《文心雕龙》中反复论及语言与艺术创作（尤其是诗歌）之间的关系，其中以"神思"和"辞令"的阐释最能体现出他的语言观念。他深解"故思理为妙，神与物游。神居胸臆，而志气统其关键；物沿耳目，而辞令管其枢机。枢机方通，则物无隐貌；关键将塞，则神有遁心"。刘勰想要阐明的便是语言（艺术表达）是"神思"（艺术构思）的重要载体，他进一步指出"是以陶钧文思，贵在虚静，疏瀹五脏，澡雪精神。积学以储宝，酌理以富才，研阅以穷照，驯致以怿辞，然后使玄解之宰，寻声律以定墨，独照之匠，窥意象而运斤。此盖驭文之首术，谋篇之大端"。而在《隐秀》篇中直接揭示了诗歌语言构造意在言外的审美功能，"夫心术之动远矣，文情之变深矣，源奥而派生，根盛而颖峻，是以文之英蕤，有秀有隐"。刘勰所谓的"辞令管其枢机""驯致以怿辞""隐秀"其实都指向语言，语言是中国诗学传统的核心要义。对于西方诗学观念的隐晦之美，王充闾同样做出了简要的"知识考古"，海德格尔认为"语言本身在根本意义上是诗"；哲学家利科则阐述语言的神奇与魔性就在于它的"指明"中包裹着新的"隐藏"；美学家英伽登主张"作品是一个布满了未定点和空白的图式化纲要结构"；伊瑟尔通过文本的"召唤结构"唤醒读者阅读的结构机制，通过再创造实现作品的重构。正是因为对文艺创造的不确定性、语言的隐藏之美的关切，王充闾尤为重视艺术鉴赏的生命和心灵体验，他无比认同"文学创作说到底是生命的转换、灵魂对接、精神契合"。厨川白村在《苦闷的象征》中说"烛光照着的关闭的窗是作品"，在王充闾多年来笔耕不辍的散文创作中，我们强烈真实地感受到"烛光照着的关闭的窗"。

素素的《读荷笔记》（三篇）清丽淡雅而超凡脱俗，《远香》篇写就的是荷花生命图谱的考古史和博物学；《翠盖》篇赞咏的是"皎若太阳升朝霞""灼若芙蕖出绿波"的荷叶之美；《以素为绚》则以"观物比德"的方式况喻君子的不染隐逸之风，荷花濯清涟不妖而香远益清的气质令无数文人墨客心向往之，如光风霁月远离世俗浸染感召着士大夫清冷孤傲的人格。荷花在漫长的文明史中完成了自身的神话书写，作为侏罗纪和白垩纪时代的古老植物幸存者和活化石，它历经难以计数的绝望和伤痛向死而生，顽强的生存欲望让我们有幸与抱香而来的荷花相遇，人类错过的那些光阴和故事都被荷花默默地铭记。荷花似乎拥有超自然的神力，即使短暂的枯寂和凋落亦无法隐藏它的万古历史，渺小卑微的人只能对其顶礼膜拜。古往今来，荷花从未间断被吟咏，可远观而不可近在咫尺亵玩焉的望尘莫及之美已然成为中国人古典美学无法缺席的存在，那种色绝尘惊的"无斯华之独灵"，无与伦比之余令人相思怅望。"芙蓉发红晖"的盛开绚烂，"含芳垂荣，倚风自笑"的待放之姿，"半在春波底，芳心卷未舒"的羞赧，荷花就这样陪伴着人们涉渡四季流逝的时光之海。荷花同样在诗人和词人的墨迹中留下了清冷绝美的身影，那是李重元的"风蒲猎猎小池塘，过雨荷花满院香"，黄庭坚的"四顾山光接水光，凭栏十里芰荷香"，周邦彦的"叶上初阳干宿雨，水面清圆，一一风荷举"，孟浩然的"荷风送香气，竹露滴清响"，秦观的"月明船笛参差起，风定池莲自在香"，杜甫的"圆荷浮小叶，细麦落轻花"。他们彼此文心相通，以荷花的丰美喻自然与人生之洒脱静观，荷花之义因此明朗自在。秋荷"无情有恨何人觉？月晓风清欲堕时"的朴素清贞向来为人盛赞，与幽客的兰花和雅客的荼蘼相较之，荷花以净客"标格"，君子般的人格气质魅力成为士人立身处世和自修心性追求的典范，正所谓"行发乎迩而见之乎远"。荷花以素为绚，从不争奇斗艳遮挡万物的灿美，而总是以超然物外的朴素隐于天地之间，不动声色中傲视群芳。《庄子·天道》和《庄子·刻意》篇中曾论及"夫虚静恬淡，寂寞无为者，万物之本也……朴素而天下莫能与之争美""淡然无极而众美从之"，清代石涛在《石涛画语录》中强调"太古无法，太朴不散"。由此观之，质朴素雅乃美之大者，天然去雕饰的纯粹令所有美无可争锋，荷花的这种自然本性也就成为君子之风的比况。于是，我们或可知晓那些钟情眷注荷花的文人雅客在观荷赏荷时，更寄寓着对红尘俗世的逃离，亦如那"熏然蓄积为德馨，表里绝尘无与比"的失意书生颜子云，"行到水穷处，坐看云起时"，凡事皆风轻云淡而自在逍遥。刘勰在《文心雕龙·神思》篇中指出，"登山则情满于山，观海则意溢于海"，素素的心中定是情满于荷，意溢于荷也。

刘兆林的《彭定安先生的微笑》是充满温馨之感的回忆性散文，通过日常生活的细微呈现出先生治学与为人的风骨。作者有意规避对彭定安人生阅历和显赫学术的赞誉，而是通过他的微笑展现出先生儒雅的学者气度和谦逊的品格。"硕彦名儒，毕生问学"的彭定安是享誉中外的文化学者，在文艺理论和创作领域取得了卓越成就，他的《走向鲁迅世界》《鲁迅思想论稿》《创作心理学》《离离原上草》等具有广泛深远的学术影响力。彭定安先生是真正的侠之大者和儒之大者，作为时代思想的巨擘，他的微笑中带着君子之风和端正之义，内心中充满真诚善意与浩然坦荡，殷殷之情和切切之意的微笑总是令人难以忘却。彭定安的大师风范首要体现在对人与物的尊重，他对于陌生的事物不是敬而远之，而是以温文尔雅和如沐春风的笑容惬意地面对。生活中的彭定安并非书斋里的闲适者，而是奔波忙碌学术著作的撰写和各种会议的邀约，"在路上"的他如此珍爱生命中的吉光片羽，纵使困顿疲倦也仍旧以淡定的微笑面对周遭的现实。彭定安的微笑中还寄寓着他对后学晚辈的包容和鼓舞，先生对于青年人浅尝辄止的肤浅言论并非不屑一顾，而是给予中肯的评价和莫大的宽宥。先生凝结毕生的心血献给了他赤诚热爱的学术和事业，他的处世哲学和人生气节令人难以望其项背，他的才华和瞩目的贡献已经无须赘述，但是他幽默风趣的情致唯有想象可以抵达。"他的衣着是雅致而有生气的，冬天他喜欢穿一件黑呢大衣，戴一顶黑呢贝雷帽，再加上一条鲜红的领带和一条同样火红的围脖，一下子让人感受到他内心的热情和对美的追寻。"如此热爱生活的人，他的平静与微笑是历经无数岁月风雨和波澜后的智慧，一个心中生长着美的人注定了他的生命闪耀着圣洁的光辉。"平生不羡黄金屋，灯下窗前长自足。够得清河一卷书，古人与我话衷曲。"彭定安先生对于唐弢题赠的七言自题小像推崇备至，这样的人生境界何尝不是我们心之向往的。

鲍尔吉·原野是唯美主义的散文家，他的文字宛如天空中的飞鸟灵动自在，好似大地上盛开的花朵春意盎然，他写万物低语和流水落花，执意于雪山草原和那飞上唐古拉山的蝴蝶，他与自然生灵融为一体，为所有事物精诚谱写抒情诗篇。《走过汪曾祺的高邮》透过对汪曾祺故乡高邮的见闻所感重新赏鉴他的审美情趣和语言魅力，肯定了"中国最后一个士大夫"的散文和小说在20世纪中国文学史无法撼动的地位。高邮之地风光旖旎，物华天宝而人杰地灵，这里不仅是宋代词人秦观的故地，而且还留有苏东坡、文天祥和蒲松龄等文豪的足迹，这里的风物、颜色和气味都以无意识的方式植根汪曾祺心灵深处，进而建构了他的文学地理学。汪曾祺的高邮如同莫言的高密东北乡、苏童的枫杨树故乡、贾平凹的商州等，为其文学灵感和想象提供不竭的源泉，他将童年记忆中的清风明月、山川湖泊乃至动植物与他的审美艺术融会贯通，焕发出极致的平淡美学世界。高邮日常所见的香樟树、桂花树、龙爪槐、菖蒲、斑鸠和鹭鸶鸟等都可在汪曾祺的文学王国中寻觅到踪迹，他让这些凡俗的事物浸润着玲珑剔透的烟火气息，它们较之西湖雪浪、河光塔影、邗沟烟柳等高邮景观更胜一筹。汪曾祺以他全部的心血滋养呵护着高邮，他是真正的"高邮的儿子"。高邮是水乡，水哺育了高邮的古老文明，滩荡成片而湖渠结网，俯瞰万顷碧波浩瀚无际的高邮湖令人诗兴勃发，汪曾祺笔下的水质地柔软，他像温润的雅士一般于烟波浩渺中尽情恣意畅想，他的水犹如川端康成的雪，隐约静谧中带着自然主义的肌理，真淳雅致，无限轻盈。汪曾祺有着悲天悯人、多愁善感的心性，内心永远生长着爱与真，"他心地童真，珍怜草木，对弱者寄予同情，以超凡功力营造简洁纯净的语言；他不屑于书写无美学特质的大路货；他敏感于声音、色彩、腔调，倾情南北文化的异与同；他把美与善的意旨放于作品的首位"。汪曾祺的文化修养和追求决定了他的文字珠圆玉润，让现代汉语获得了自在飘逸的美感，文学的高邮因此灿烂生辉。鲍尔吉·原野走过了汪曾祺的高邮，与此同时，他笔端的牧民走马、蓝天星群和篝火童心如修道问佛般无比纯粹，温柔地流淌心间。

　　周建新的《东兰的颜色》和张鲁镭的《走进这片红色的热土》写的都是革命历史圣地广西东兰，周建新以东兰的自然风光、风土人情、革命传统和人文地理全景观的方式表达对东兰由衷的爱慕和敬畏，张鲁镭则单刀直入地讴歌东兰的红色文化精神。周建新的散文叙事与抒情张弛有度，他的叙事温雅舒缓而抒情又能理性节制，他对东兰最切实的情感体悟是"绿的颜色，甜的味道"。大自然的鬼斧神工造就了东兰令人痴醉的风光——"坡毫湖的湿地、泗孟和太极的田园、骆驼山与小象山的奇异，山的阳刚与水的阴柔相互叠加，云雾的朦胧与树木的青翠相互映衬，确实似梦如画。更莫说被上帝遗落的人间仙境——红水河第一湾了。"宛若人间仙境的盎然绿意如诗如画让人流连忘返。东兰的红是热血沸腾的革命传统铸就的，这种红色文化精神已然流淌进代代东兰人民的血液和骨髓，"东兰的红，是烈士鲜血浸泡的，深沉、深厚，深藏在枝繁叶茂的绿色中，毫不张扬，就像东兰星罗棋布的革命历史遗址，普通、朴素，一个溶洞、一幢民居、一座古迹、一条山道就是曾经改变历史的地方"。那些激活记忆的红色遗址无声讲述着烽火燃烧的革命往事，忠烈的英魂星火燎原，普照着东兰的每一片热土，历史后来者永远铭记着他们不朽的丰功伟绩。此外，东兰还有着宣泄丰收狂欢的金色和历史悠久的铜鼓文化，东兰的铜鼓穿越千年传承至今，它承载着壮乡儿女的精神寄托，见证着历史的变迁和时局的动荡。雨打芭蕉般高亢的鼓曲、震颤人心的鼓音奏鸣东兰古老的文化之声，五色的东兰气壮山河而盛世太平。张鲁镭对革命热土东兰肃然起敬，她内心深处被那些浩瀚历史长河和腥风血雨斗争中的英雄赞歌折服，在回顾东兰的峥嵘岁月时由衷地感佩那些叱咤风云铁骨铮铮的革命儿女。东兰是百色起义的发源地，素有"将军之乡"的美誉。开国将军韦国清、韦杰、覃健、韦祖珍、覃士冕都是东兰这片热土哺育的革命领袖和热血男儿，他们"去留肝胆两昆仑""我以我血荐轩辕"，凭借着满腔的热忱用鲜血祭奠青春,在革命年代谱写了动人的传奇故事。张鲁镭在追忆东兰的革命史诗时内心为之动容,韦拔群艰苦卓绝的斗争和坚毅的革命信仰会成为中华民族弥足珍贵的精神财富,吾辈青年应当永远铭记他们用生命凝聚而成的意志。东兰的列宁岩、魁星楼、革命博物馆并未随着时间消隐于我们的记忆,它们将会在东兰大地上永生,以耀眼的中国红照亮踔厉前行的民族复兴道路。

董晓奎的《弱德之美》获得了第十届冰心散文奖,她写出了自己与绿茶间的不解之缘。茶是中国人日常生活的重要构成,茶文化更是中国文化传统不可或缺的存在,茶香四溢的人生淡泊名利、清静无为。唐代茶学大师刘贞亮就曾指明,茶具有顺心意、助行道的十德之美,茶乃至清之物,与老子强调的"清静为天下正"的哲学思想和禅宗之理不谋而合。因为对茶的偏爱,文人将嘉木、瑞草、灵芽、龙团、琼蕊浆、草中英等动人的昵称赋予茶,人们对各种佳茗的留恋其实是对某种理想生命方式和精神境界的追求。品茶时仿佛世界唯我独尊,熙攘的人世与纷扰的争执被短暂地消融,手持茶盏,心灵如夜阑风静的湖面,清冷的月光照彻出澄明,啜饮之际胸中荡开了无垠的广阔,冬窗里烹茶扫雪,一碗读书灯是苦读人无上倾心的氛围。白居易"起尝一瓯茗,行读一卷书",陆羽"千羡万羡西江水,曾向竟陵城下来",苏轼"且将新火试新茶,诗酒趁年华"等都是对"茶而静,静而安,安而定,定而慧"的茶之风骨的执迷。诸多茶类中,绿茶格外引人瞩目而倍受青睐,西湖龙井、洞庭碧螺春、信阳毛尖等都颇负盛名,煮茶焚香而五蕴皆空,沉寂中藏蓄着风雅。"喜欢绿茶的人,大多向往简单平和、清静自然的生活。在一杯绿茶里品尝出喜悦与感恩,一定是走过千山万水被岁月长久善待之人。"古人品茶之性情与心境与今人大抵相通,"坐酌泠泠水,看煎瑟瑟尘""素瓷雪色缥沫香,何似诸仙琼蕊浆""铫煎黄蕊色,碗转曲尘花""芳丛翳湘竹,零露凝清华。复此雪山客,晨朝掇灵芽",绿茶天然地带着为人激赏的"弱德之美","弱者也有力量,弱者也有美德。'弱'并不代表懦弱,'弱'是一种精神弹性。在逆境中守心克己,在人生的责任田里尽心尽力,谁说这样的人生不美?"换言之,"弱"中带着更加遒劲桀骜的刚健力量,它让世人不惧泥泞风雨勇敢前行,成为中国人坚如磐石的心灵契约。喝茶亦是无法逾越的修为之路,茶道也即是人道。"烹茶,新试水,人间清楚,物外遨游"中随心所欲的洒脱自由谁人不念,"僧窗夜雨,茶鼎熏炉宜小住,却恨春风"又让多少人为之神往沉醉。

  王梅芳的文化散文具有海纳百川而博古通今的雄浑气势,她是历史烟尘古道上的逆行者,在时间的褶皱和故纸堆中发现和书写着并不如烟的往事。她的文化修养、学者气度和史家笔法决定了她的那些散文篇章豪放而有灵气,细腻的"针脚"中蕴蓄着超拔的精神。王梅芳执意在中国文化史的星空中采撷荟萃本土的浩瀚与璀璨,她纪事状物洞悉历史的风云变幻,让无声的纸页和刀笔焕发出历久弥新的生命活力。王梅芳的散文接续着古老的史传文学传统,较之那些拘囿个体经验的女性散文,她的视野襟怀无疑更为开阔,默默地耕耘着自己的"文化苦旅"。他承续着余秋雨、张中行和周涛等的文化立场,同时又与同时代李舫、祝勇、李敬泽、陈福民等的散文求同存异,隐形的文化羽翼使得女史王梅芳自在从容地胸中有山河,执笔写春秋。《"闯关东"的蒲松龄》详尽地叙述呈现了蒲松龄《聊斋志异》手稿被发现的曲折过程和诸多鲜为人知的细节,曲径通幽的历史得以光照世人。半部《聊斋志异》手稿是迄今为止中国古典文学名著中唯一的存在,它的史学价值不言而喻,如若不是刘伯涛在辽宁西丰无意间的发现,蒲松龄的"闯关东"之路会以遗憾的决绝方式被埋葬,中国文学艺术的殿堂会黯然失色。《聊斋志异》堪称中国志怪文学的高峰,蒲松龄作为短篇小说大师比肩马克·吐温、杰克·伦敦和欧·亨利等世界文学巨匠的成就,他的那些令人心惊胆寒的狐仙鬼怪故事和人格魅力丰饶了我们的文学记忆。《聊斋志异》和《农桑经·草虫篇》的手稿尘埃落定,它们是蒲松龄曾经跋涉求索的精神痕迹，历史的真相和时间的奥秘就深隐其中。中正隽秀的手稿字迹与虚无缥缈的人鬼之事折射出一颗伟大心灵的幻灭与挣扎，"他冷峻地传达出哀伤的诗意，轰轰烈烈的欢爱繁花似锦，那些花妖狐精幻化的女性，热烈、纯洁、美丽，在爱情中一任感情之真，没有分毫的利害与算计，称得上是史上最干净、美丽的女人，最终也都消于无痕，踪影全无，怎不使人悲从中来"。蒲松龄始终守望着清澈纯洁的人情世态和爱情，但事与愿违的是他终其一生都在苦闷困厄中搏斗，而历史选择忘却那些同时代的幸运儿而铭记住"失败"的蒲松龄或许是"真理在时间中暗自运行"的外化，蒲松龄以一己之力完美地诠释了失去与得到之间的辩证。"将自己与广大的人世、文明的命运、永恒的价值，以道听途说的异事融合起来，写下那些异质的文字，完成了与时间的对抗。可见，人生因果的跨度并不止于生命的长度，蒲松龄的跨度是文明史的长度。"无立足境中的蒲松龄坦荡地面对天地、众生和自己，他如此干净地立足，被历史后来者景仰。《聚散》抚今追昔的是国画大师齐白石，考古那些价值连城画作背后的人与事——那是热忱慷慨的乡绅胡沁园对齐白石的启蒙教诲和知遇之恩，是齐子如与父亲绘就工笔虫草的旧时光，更是胡文效为齐白石写作传记的深厚情谊，亦是胡朝晖追忆往事时的唏嘘慨叹。王梅芳翔实地探究了齐白石与沈阳方寸之地间的因缘际会，她复活了其生命中不易被觉察的暗影，正是这些盘根错节的讯息让我们更切近地抵达齐白石复杂的艺术人生。齐白石擅画花鸟、虫鱼和山水，笔墨雄浑润泽而意境古朴醇厚，以"妙在似与不似之间"开一代绘画之风。时至今日齐白石苦心经营的画作或许还有散落民间，但他始料未及的是他的墨宝却让儿媳王紫佩和胡朝晖母亲度过了生活的困境，变卖的那些作品如今已经成为博物馆中的瑰宝。个体生命的归宿变化无常，齐白石生前未曾到访过沈阳，他绝不会想到他的无数画作有朝一日会在这里焕发光泽。周铁衡和齐灵根都是齐白石与沈阳"相遇"的使者，正是他们让白石老人的传奇人生和辉煌艺术成就光照后世。"时代对齐白石的认同、否定、再认同，如过山车一样，也让胡朝晖家里一百六十余幅齐白石的画作，因胡家的德行而聚，又因时代的变迁而散。她也有遗憾，但，她已不再执着于失去的一切，令人追悔的一切。一切因齐白石而来的荣耀和财富成为历史。"成为璀璨耀眼的星辰必定要经历对黑暗的承受，人生有涯而聚散无涯，聚散离别犹如流水潺潺、风中的飘絮和时光的流沙，"春梦秋云，聚散真容易""万事转头空，聚散匆匆"，齐白石生命的际遇悲欢伴随着时间而被铭记和遗忘，我们因铭记而动容，因之忘却而伤怀。

钟素艳的《我的襄平我的城》以气贯长虹的春秋笔法写千年古城辽阳，让一座城在她豪放、雄迈无敌的历史和文明追忆中斩获新生，她如此恣意地在古旧的文献、饱经风霜的建筑、刻录文明的碑文以及画家的速写中游走，用切近的生命感悟让历史有了余温。作为文化的行者，钟素艳信马由缰地驰骋于无比谙熟的精神圣地。辽阳是她的故乡，这里的历史残简、风物人情、神话传说等早已融入她的艺术和情感的河流，她逆光的旅程中涵容着女性散文家的气象、襟怀和宏阔。钟素艳感慨于画家李如彪的辽阳古建筑速写，那些墨迹与线条勾勒出深邃悠长的文化隧道，"颓废的身形和斑驳的体表里，深藏着四朝旧京的峥嵘岁月、家国民族的英雄气节、山川河流的浩然壮美、艺术珍馐的精妙绝伦、千古传说的神秘凄婉"，碎石砖瓦与色调笔画成为历史的生动注脚。于是，她以文学方式开启自己神奇瑰丽、悠远曼妙的辽阳印象，母亲河太子河、沉睡的汉魏壁画、临水的燕州城、丁令威仙话华表山、东北古寺广佑寺、城市地标白塔、后金国都东京城以及曹雪芹、王尔烈、李兆麟、白乙化和雷锋等尽收笔端。她写历史有史家意识和史传气魄；她写英雄有家国情怀和宏大叙事；她写建筑名胜有人文精神和文化意蕴。汤因比在《历史研究》中曾指出："如果你一开始把《伊利亚特》当作历史来读，你将会发现它充满了虚构；同样，你一开始把它当作虚构来读，你将会发现它充满了历史。"当然，汤因比要阐明的是历史与事实之间并没有明晰界限，而钟素艳的散文则弥合了历史与文学的沟壑，她的襄平书写被视为历史，其中伴随着浓郁的文学性，而如果将其看作文学，又漫溢着鲜明的历史感。写绵延逶迤的太子河，不仅着意它的风光和景色，还有"荆轲刺秦"的历史和太子丹的悲惨命运；寻访汉魏墓室壁画之余记述了汉代"以孝治天下"的治国谋略和"事死如生，事忘如存"的生死观念；写华表山的神话故事，没有忘却道家的文化哲学和中国人的修行传统；写燕州城的人文地理，但更加彰显的是典籍史志中的战争烽火和朝代更迭；写广佑寺的僧众云集和香火缭绕，更为重要的是佛教文化的久远历史。总之，女史钟素艳巧夺天工的历史写意如同绚丽的焰火照亮了纸上的辽阳，那些行将毁灭的时刻、清晰毕现的刀戈风云和王朝面影以及悲怆、愤怒、凄楚、绝望、辉煌和胜利的历史表情在燃烧的火光中渐近。《我的襄平我的城》恰似黑暗中绽放的花朵，虽模糊不定却不乏想象中极致的美丽，辽阳因其厚重的历史文化自古便被不断吟咏，在诗行中抵抗着时间和遗忘。李世民《辽城望月》"玄兔月初明，澄辉照辽碣"，康熙《广佑寺》"禅宫多岁月，瑞塔积风烟"、《巡幸辽阳》"肃将轩驾向辽阳，暖日晴熏百草芳"，沈佺期《古意呈乔补阙知之》"九月寒砧催木叶，十年征戍忆辽阳"，白居易《闺妇》"辽阳春尽无消息，夜合花前日又西"，王寂《渡辽》"尽道辽阳天样远，渡辽何况更东行"。一个人，一座城，一部时间简史——钟素艳，辽阳，《我的襄平我的城》。

刘文艳的《水之江汉星之斗》写的是唐宋八大家中并不被多数人熟知的曾巩，他虽然没有脍炙人口的诗文流传于世，但是其散文成就堪称孤绝。曾巩是北宋时期杰出的文学家、史学家和政治家，是没有高贵显赫身世却能够成为闪耀百年的思想巨擘，时至今日依旧名噪后世。曾巩家境贫瘠却毫不气馁，内心纯净又勤学苦读，靠着坚韧不拔的毅力进士及第，《宋史·曾巩传》记载："性孝友，父亡，奉继母益至，抚四弟、九妹于委废单弱之中。宦学昏嫁，一出其力。"逆境中永不言败，凭借着强如磐石的内心和胸怀成就雄图伟业。同时代人对其不吝赞誉，欧阳修称曾巩"百鸟而一鹗"，苏轼激赏他"曾子独超轶，孤芳陋群妍"，好友王安石在诗文《赠曾子固》中写道"曾子文章众无有，水之江汉星之斗"。曾巩的诗在八大家中毫不逊色，赠别、读书、咏物、自然风光等包罗万象，写西楼上观海听雨情景"朱楼四面钩疏箔，卧看千山急雨来"，城南秀丽景色"一番桃李花开尽，惟有青青草色齐"，咏柳"乱条犹未变初黄，倚得东风势便狂"，谈读书和追求真理"灯影疏星落画檐，独将书卷拥寒衾。明朝又是孤舟客，愁见江南日暮云"，写游山"青山叠翠入云霄，流水潺潺绕山腰"；怀古之思"千秋功过谁人评，唯有青山依旧长"。作为古文运动的推动者，曾巩强调文章"先道后文，文道结合"，他的散文古雅中正、章法谨严，义理精深而内潜净洁，"文章上下驰骋，愈出而愈工，本原六经，斟酌于司马迁、韩愈，一时工作文词者，鲜能过也……纡徐而不烦，简奥而不晦，卓然自成一家。"曾巩的散文名篇《唐论》《战国策目录序》《墨池记》《上抚州执政书》《寄欧阳舍人书》为时人推崇称道，因之思想纯良，以冲和见称，更是被清代读书人奉为圭臬。曾巩为人与作文堪称楷模，做官之道更是清廉有为，每到处皆留下不朽政绩并深受爱戴，他体恤民情、扶危济困、造福黎民，齐州百姓更是在千佛山和大明湖畔为曾巩修建生祠。曾巩的生命道路虽荆棘密布，却玉成了他锲而不舍的个性和温厚淳朴的文风，那些散文经典终没有被历史风尘完全湮没。励志传奇和明远识见，为理想而战的倔强铁骨之躯，"千年之最"的曾巩真的如长江和汉水那样博大，明亮如同高悬的北斗星。

王本道《未泯的诗魂——重读杨朔琐记》追忆当代散文家杨朔在创作题材、语言和构思方面的鲜明艺术个性，他的流风遗韵对作者的散文道路产生了深远影响，某种意义上杨朔成为其文学启蒙者和精神引渡人。杨朔与秦牧、刘白羽、碧野和袁鹰等是"十七年"

文学时期成就卓越的散文家,《荔枝蜜》《雪浪花》《香山红叶》《生命泉》《泰山极顶》《樱花雨》散文佳作极具文学史经典意义,开创的意境和美学风格在20世纪50年代的散文格局中独树一帜。杨朔亲身经历过枪林弹雨、硝烟弥漫的战场,是信仰坚定的无产阶级战士,这内在性决定了他的散文中浸透着浓郁的民族主义情感,革命、祖国和人民是其最为重要的语义磁场。杨朔以见微知著的方式将寻常的事物托物言志为宏大主题,《茶花赋》中将婀娜清丽的茶花喻为国家的欣欣向荣,《雪浪花》以浪花对礁石的冲劲歌咏人民创造江山的顽强毅力,《泰山极顶》用日出的壮观景象喻指朝气蓬勃的生机,《渔笛》借由永不凋零的木槿花赞美渔民进入幸福新生活。总之,杨朔对一片枫叶、一只蜜蜂、一堆蝼蚁、一株茉莉等都会触目兴感,托物言志。正如散文家魏巍所指出:"散文它可以记载一人一事,一个场面,一丛思想火花,一曲感情的波澜……它虽然每次描写大时代的一枝一叶,革命洪流中的一朵浪花,但是,透过这枝叶、这浪花,也可以望见原野上丰茂的森林和汹涌的江流。"杨朔散文的特质还体现以诗入散文卒章显志,他将对古典诗词的熟稔化入散文立意中,散文集《海市·小序》认为"好的散文就是一首诗",《东风第一枝·小跋》指出"我在写每篇文章时,总是拿着当诗一样写……常常寻求诗的意境",因此,司空见惯的生活场景、风土人情、日常伦理和家国情怀都以诗情画意的方式予以呈现,他以真挚的婉约之辞书写热情豪放的华章,诗与散文、旷达的胸襟与高远的精神交相辉映,他身上流淌的诗魂永远溢彩流光。杨朔葳蕤多姿的散文写作在当代散文史中无疑具有里程碑意义,但并非完美至极到没有任何审美缺陷,剥离具体的历史语境其散文流露出的辞藻胜于质地、模式化痕迹却不容规避,"风格即局限",杨朔散文表征出傲视群雄魅力时,也为对其散文的批评预留了足够的空间。1944年冬杨朔在延安写下"自题小像"七绝诗《雨夜遣怀》——"四山风雪夜凄迷,夜色浓中唱晓鸡。自有诗心如火烈,献身不惜作尘泥。"杨朔散文创作的得与失暂且不提，他甘愿尘泥的精神和燃烧的诗心就足以让我们肃然起敬。

二、地域风情与乡土中国的想象余晖

老藤的《渔客芦花》是《烟火人间》专栏中不可多得的散文名篇，由芦花触及远去的渔雁文化和苇客的故事，老藤不仅在小说中建构着神圣瑰丽的东北，又在散文中开辟出"东北学"的广阔新天地，他的北中国想象摇曳多姿而唯美诗意。婀娜的芦苇素有"禾草森林"的美誉，自古以来便被历代文人所钟爱，溯源至《诗经》中的"蒹葭苍苍""蒹葭萋萋""蒹葭采采"就是对芦花之美的描刻，芦花同幽兰、落梅、菊花、丁香等成为传统诗词和中国美学的重要写意。戴复古《江村晚眺》"白鸟一双临水立，见人惊起入芦花"，汪崇亮《青溪主客歌》"一声横玉西风里，芦花不动鸥飞起"，林逋《泳秋江》"最爱芦花经雨后，一蓬烟火饭鱼船"，杜牧《赠渔父》"芦花深泽静垂纶，月夕烟朝几十春"。老藤同样不吝言辞表达对芦花桀骜高雅自然美的艳羡，蔚为壮观的芦花海洋气势磅礴，一望无际的芦花犹如远行者心中的远方，让人油然而生无限向往和震撼。"芦花的神奇在于能催生幻觉——当你出神地凝望广袤的芦花海时，会有一种心窗洞开的感觉，你仿佛化身为苇地的一只鸥鸟，在没有羁绊的天空中自由飞翔。"尤其在渔雁和苇客内心，充满着浓郁暖意的芦花象征着他们生活和希望的永不凋谢，芦花如同活化石见证着季节的交替更迭、渔雁文化的隆兴及古老生活的光影。渔雁后裔声称"芦花在渔雁的生活中像月光一样重要"，洁白盛开的芦花让渔雁拥有了与大地朝夕相处的勇气和毅力，"立冬芦花赛过霜，摇橹扬帆回家乡"的农谚中也浸透着渔雁人乡愁的情愫。苇客的生活比渔雁更为艰辛，他们要在寒风凛冽的冬季相遇苇甸和芦花，生存的严峻哺育其守信重义和隐忍不拔的文化性格。割芦苇是苇客谋生的重要方式，他们对芦苇有着爱恨交织的复杂情感，而不染纤尘的芦花陪伴着苇客度过漫长的冬天，天鹅绒般纷飞的芦花让枯燥乏味的打苇劳作无比浪漫。渔雁和苇客对芦花的眷恋便是他们对生活和梦想永不止歇的追逐，作为精神航渡的芦花让他们有足够的韧劲和恒心无畏地面对自然，使得周而复始的迁徙和跋涉获得了生生不息的动力源泉。老藤让自然的芦花有了生命活力和文化属性，"芦花白，芦花美，花絮满天飞，千丝万缕意绵绵，路上彩云追……"歌曲《芦花》的唱词和旋律尽显芦花的轻盈曼妙，让聆听者仿佛置身芦花漫天飞舞的世界，那个时刻与自然共情，与芦花共生。

女真善于写出轻盈自在、闲适恬淡的诗篇，她的散文像时间的沙漏集散着生命岁月的流逝与顿悟，她以大地、炊烟、村庄、果园、季节等揭示出没有波澜和惊涛的生活之海中"万物静默如谜"的奥秘，与时舒卷抵抗着荒唐与轻狂。女真的散文如清风拂面，让人在不急不躁中感受着她的人间情怀，她如闲云野鹤般"采菊东篱下，悠然见南山"，清新素雅的文风接续着周作人平和恬淡和梁实秋"温柔独语"的现代小品文传统。"鼎沸市声，陌巷柴米，皆为烟火；稼穑躬耕，翁媪絮语，俱是人间"，《东北赶大集》有浓郁真实的市井气息，川流不息的引车卖浆是东北集市独有的景观和盛况，东北人热情淳朴和豪爽不羁的文化性格淋漓尽显。远近闻名的"哈尔套大集"让人倍感"那种远征般的赶集属于怀旧、猎奇而不是日常"，虽有熙来攘往的味道，却无法满足对碎屑日常生活的切身感受。女真倾心的是蒲河大集和造化大集，蒲河大集有着百年的悠久历史，这里曾经商贾云集无限繁华，明朝末年朝廷与建州女真在此互市。努尔哈赤和皇太极曾在这片土地金戈铁马开启了清王朝的序章，据考证蒲河镇的"鞑子营"还是锡伯族英雄图伯特的故里，底蕴厚重的蒲河大集着实让人有垂涎体验的欲望。然而，女真流连忘返不舍离去的却是造化大集，此起彼伏的吆喝声和眼花缭乱的景象才是期待的理想圣地，唯有这里让人切实感受到泥土的气息和种植者的温度，生活的情趣与意义俱在其中。造化大集的秋天和冬季简直是饕餮食客的天堂，千百年来北方人民的饮食习俗和农业文明的印记代代相传从未中断，"四季分明的大东北，季节在田野上，在集市里，在人的心中"。因为集市，让我们觉得"生活在别处"有着新的可能。

李轻松的《迎仙堡记事》以精神寻根的方式记述魂牵梦萦的故乡，那些熟悉的乡音、故去的亲人、遥远的村庄、温馨的生活和风土人情如同奔涌的河流袭袭而来，地理上的村庄或许微不足道，但是进入生命和血液后便会如影随形，永难忘记。"我"虽没有完整详尽地写下这方哺育之地的前世今生，却在诗篇中感情充沛地将其复活。迎仙堡曾经商贾云集繁荣昌盛，目睹着大时代的风云激荡，村庄的历史鲜有人问津，而那里活着和故去亲人的召唤成为不断重返故乡的契机。我们终究无法完全走出乡情的牵绊，它如风筝的线紧紧地攥住心飘动的方向。奶奶、二伯父、三姑已经与世界诀别，他们的音容笑貌清澈地浮现脑际，伴之而来的是"我"对"昨日"光阴的伤怀。奶奶出身卑贱寒微，自幼成为孤苦伶仃的童养媳，凭借着聪慧和永不言败的韧劲成为家族中的主事者，她驱邪望病、预测生死和未来的本领使其成为迎仙堡的"神"。在充满禁忌和所谓"神仙"的生活时代，奶奶为那些因无法解释的神秘深感困惑的人寻找精神慰藉，她与金牛洞层出不穷的故事更是成为迎仙堡人传承的佳话。奶奶带给我们认知世界新的眼光和渠道，懂得万物有灵而心存感恩和敬畏。二伯父是民间艺人，性情豪爽、为人忠厚，他记忆超群又聪颖绝顶，能够声情并茂地说《三国演义》和《水浒传》，将每个人物的表情和语态都演绎得活灵活现。二伯的人生履历复杂丰富，辽沈战役和抗美援朝都有他的身影，因粗通戏文还在村剧团演过《小二黑结婚》《小女婿》。二伯如同村庄的活化石，年少懵懂的"我"曾絮烦他的闲话家常，如今多么希望作古的二伯能再传神地娓娓道来那些琐碎的往事。三姑远嫁北镇闾阳，在最美的年华遗憾地与理想失之交臂，贫寒交迫的生活无情地摧残青春健美的堂嫂，她身体枯槁，目光早已失去了光彩。即使物是人非，"我"的心仍旧为迎仙堡跃动，"我发现，几乎所有的回乡都是跟各种仪式紧密相连的。似乎我那些故去的亲人，依然在每个节日里活着，与我保持着神秘的血脉联系。我从未与他们彻底断绝过，而是以一种不可言说的通道沟通着，交流着。在这个意义上说，他们从未消失"。某种程度上，不断地回望故乡抑或走在回乡的路上就是对故土的凭吊和纪念，归乡的征途就是最好的诗文，现代人都会不约而同地行走在"回乡路上"。如今的迎仙堡与记忆中的模样不啻天壤，"春天时曾经漫山遍野的花海不复存在。而小满过去铺天盖地的鸟群和夏夜里此起彼伏的蛙声不知去了哪里，那清明过去嘴里吹着柳笛奔跑的少年，也已隐没在时光的深处了"。人文地理学的村落随风飘逝不复存在，作为精神原乡的"迎仙堡"亘古永存。

李皓《秋天的记忆（二则）》彰显散文的"极简主义"，透过抓河蟹遥想逝去的童真和乐趣，追忆掰苞米眷念精神原乡。李皓散文的简约之美如同白居易通俗易懂的诗歌，清新自然的文风让人油然心生亲切之感，在平凡朴素中创造动人心弦的无穷力量，诗和远方如清风般徐徐而来。李皓书写了真实易感的日常生活，在时间河流中捕捉难忘的光景，他对秋天的记忆如此清澈洁净，没有远行者的羁旅之思和倦客游子的孤寂，而是慢慢地重温回顾那些熟悉的岁月。古人和今人逢秋多悲伤沉郁，时而"夕阳西下，断肠人在天涯"，有时"今夜月明人尽望，不知秋思落谁家"，或有"金陵城上西楼，倚清秋。万里夕阳垂地大江流"，诚然也不乏"月黑见渔灯，孤光一点萤。微微风簇浪，散作满河星"。李皓的秋天似乎胜过春朝，有着"晴空一鹤排云上，便引诗情到碧霄"的闲情逸致，那样的秋天令人心驰神往。抓河蟹和掰苞米都是北方生活场景，它们曾填充着乡间少年清贫的童年生活。秋日夜晚与同伴相约捕捉河蟹无比愉悦畅快，虽偶有斥责，更多却是收获人间美味时的满足，那样的日子无忧无虑。欲望丛生的现代城市生活被人厌倦和唾弃，我们多想重新回到无邪的青葱年月,再度感受奢侈难得的惬意温馨,真是"久在樊笼里,复得返自然"。掰苞米是北方秋季最为重要的农事活动,它承载着农民全部的希冀,当田野绿意荡然无存而披戴着金黄的盛装时,季节钟声已然鸣响。掰的方式虽有差异,但是带来对秋天的感觉和丰收的热烈却是殊途同归。苞米叶子的侵扰和其天然的草木气息都留下关于乡村的印痕,泛起内心深处乡愁的涟漪。纵使我们的肉身可以行至任何角落,心灵却将永远留在故乡,秋天的记忆便是生命的蜕变和返璞归真。

郑文革《水村山郭藏古风》写的是一系列具有地域风格、民俗传统和历史文化内涵的古村落,那是传统文化与革命文化融合的孙家店村、大山深处的江南水乡稍良子村、弥漫着满族风情的西胡杖子村、饮食文化丰富的烧锅地村、因老井和石碾闻名于世的石灰窑沟村。这些村落青山隐隐而绿水迢迢,有的花开如雪、奇峰怪石林立,有的山川铺锦、永绽芳华,还有的秀色与红色相得益彰,它们的风景"断霞低映、小桥流水,一川平远";它们的历史如黄钟大吕响遏行云,英雄的壮烈与战场的硝烟连绵不绝,古老的村庄仿佛时间的碎片讲述着并未远去的往事。门对青山、古风犹存的三家村群落让人流连忘返,"沿着小桥流水、自然纯朴的原生态景致往村里走去,由远而近的传统风韵如一缕清风拂上脸颊,悠远的历史似一轴古画缓缓打开,还没来得及细细观赏稍良子古村的风土人情,就已然掉入如湿地流水泛波般的岁月里,似乎穿越了百年的烟雨沧桑,触摸到稍良子村那些沉淀在山水之中的故事"。如此恬淡清雅的乡村风光在后现代历史时刻只能成为想象中的奢望,这些充满着原始乡土中国气息的空间和场景在城市化进程中被无情淹没。"满族风情园的秋天最美,园内开满金黄色的向阳花,还有五颜六色的格桑花,漫步园中,引入的青龙河水潺潺流淌,着满族服饰的格格、阿哥在园中或嬉闹或歌舞,格格坊、狩猎场传出的笑声歌声,民宿屋里飘出的八大碗的香味,令人心旷神怡,陶醉其中。"村庄的古风中绵藏着悠久的传统，它们如同沉落时间谷底的神话牵绊着现代人的思想和情感，重新体悟行将远去的乡情和民俗，为精神的归乡之路寻找新的停泊港湾。我们终究无法走出故乡的"灰阑"，纵使望乡依旧在心中铸造水村山郭恒久的魂魄，"当我们早已淡忘了自己故乡的模样，当我们的故乡再也没有了从前的影子，当城市的繁华与喧闹铜臭了心灵的纯净，石窑沟清澈的泉水会洗亮你的双眼；悠长的石墙、古老的石碾石井在沉默中守望着你回家的方向，而那质朴的乡音、淳朴的民风却又让你找回遗失的美好……"对故乡的眷念伴随着生命始终，其中裹挟着长河落日的妙不可言以及永不陨落的"元记忆"。古圣先贤同样寄情于村庄郭舍，那是"树绕村庄，水满陂塘；倚东风，豪兴徜徉""孤村落日残霞，轻烟老树寒鸦，一点飞鸿影下。青山绿水，白草红叶黄花"，抑或是"千里莺啼绿映红，水村山郭酒旗风""簌簌衣巾落枣花，村南村北响缫车，牛衣古柳卖黄瓜""板桥人渡泉声，茅檐日午鸡鸣"。这里没有倾诉的浪涛，没有缠绵悱恻的涟漪，有的是知音者秘而不宣的共情。

崔士学是"乡村之子"和田园散文家，他的"词与物"构建了乡土文明中熟悉的风物伦理和生活日常，那些带着泥土气息的文体风格和表达修辞决定了他在辽宁散文创作格局中独树一帜。崔士学的乡土散文中异常清晰地弥漫着他的情感记忆和真切的生命体验，那些质朴温婉的乡间故事从心灵深处舒缓地流淌，犹如周作人小品文写喝茶于瓦屋之下、故乡的野菜和乌篷船的轻灵曼妙，也颇有张岱《陶庵梦忆》写"天台牡丹""梅花书屋""秦淮河房""湖心亭看雪""西湖香市"的静谧唯美。《乡村叙述：薅》是融合叙事、抒情和哲理不可多得的散文佳作，在"薅"的往昔印记中绵藏着农人面对和征服土地的生活图景和"我"对离逝母亲的深情念想。"薅，是不知疲倦的村人在田垄里做的减法。""薅是关于叙述的，关于田野的，关于生长的，关于天地的，抒情、议论、说明的意思都有。乡下人的一辈子，也就是这么过来的。""日出而作，日落而息"，永不止歇的劳作几乎是乡下人终其一生的命运,他们伴随着光阴的流逝在土地上攫取生存的梦想,对周而复始的生活和无常的命运显得无能为力。"我"的母亲同样在乡间地垄薅的农事中走过了属于她的时间,"地里的草薅不完,耗尽母亲这一生,也只是让地里的草远了一点,给喂养我们的庄稼暂时挪出了母亲活着的那么多的时间"。最懂得"薅"的母亲虽然永远离开了这个世界,但是"薅"的一切仍在继续。"薅"字并非"我"从字典中识得,而是母亲最初启蒙和教授了"我"这个最为常见的乡村语词,因此"薅"的乡村叙述便是"我"对母亲的缅怀和眷念。"五月间的辽西丘陵大地里,是薅,在演绎着有声有色的图画……母亲是这幅画的主体,她所有的心思和眼力都在看着一株苗和一棵草的不同,她的双手食指,满拢着天底下的那些田野,还有高处的天和远处的山。"母亲在无尽的"薅"中度过了全部的生命时光,"我"也只能在"薅"的叙述中重新感受母爱的博大与真挚,"薅"连通了"我"与母亲再度相遇的时空隧道,人世间最永恒的爱得以重温。马尔克斯在《百年孤独》中曾讲述道:"父母在的时候,你对死亡好像没有什么感受,等到父母离世,你才会直面死亡。父母是隔在你和死亡之间的一道帘子,把你挡了一下,没有了父母就好像突然失去了一个世界,再也没有了依赖。死亡,从此在心里留下烙印,似乎所有的美好,都要一件一件离去。"崔士学肯定懂得其中的深义,因此他看似云淡风轻的独白中蕴蓄着石破天惊的无边大爱,那种赤诚的母子之爱感天动地。散文《乡村叙述:薅》还充斥着浓郁的哲理之思,那些关乎生活和生命富有启迪意味的真知灼见令人醍醐灌顶,"可是答案,总是要等到秋天才可以呈现""被呵护的,总是比不过被冷落的倔强""垄土里,生长着最柔软的包容和希望,也躲藏着最隐秘的伤害和意外",这些发人深省的箴言使得崔士学的散文境界日益精进,他的散文好评如潮被广泛赞誉真是实至名归。

王玉彪的《千里槐花一脉香》写的是辽西槐花,沐浴着槐花恩泽的人却从未真正欣赏和读懂槐花，然而用心体味过后却难以忘怀，那些与槐花有关的记忆便如影随形地荡漾心头。当无数植物争先恐后地博取春光眷顾姹紫嫣红时，槐树却选择安静地伫立和等待，在不知不觉之间形成槐的世界和槐花的海洋。"原来槐自有它独特的性格和禀赋，那就是不从众，不媚俗，不与万木争荣，不与百花争艳，一切都遵从于自有的生命信条和节律。"槐就是这样无意苦争春，傲然独立群芳之外，顺应自然和天道，俯仰品察天地之间，让芸芸众生为之沉醉而羡慕不已。如果说挺拔的槐树给人以壮阔，那么凝脂美玉般的槐花则让人顿生神圣和不染纤尘、羽化登仙之感，洁白缤纷的花朵洗涤了尘世间的忧愁烦恼，净化了芜杂的心境意绪，它的馨香沁人心脾之余还有着万物难以企及的本事，槐花的香气从古典诗文中就已经缓缓溢出。那是白居易"黄昏独立佛堂前，满地槐花满树蝉""槐花雨润新秋地，桐叶风翻欲夜天"，鲍溶"宫槐花落西风起，鹦鹉惊寒夜唤人"，姚合"今日槐花还似发，却愁听尽更无声"，朱庆馀"绿槐花堕御沟边，步出都门雨后天"，许浑"雨过前山日未斜，清蝉嘒嘒落槐花"。由此观之，人们对槐花的喜爱古已有之，髓滑如洗的槐花就这样悄无声息地征服着古往今来的人的心。槐花不仅具有极强的观赏价值，医药典籍中记载其还是重要的蜜源植物，香气四溢、芳醇甘饴的槐花蜜具有不可替代的药用功效，生槐花、炒槐花和槐花炭均有各异的食疗保健之用。槐花的花语是"含蓄素雅"，其义在于内敛有余不张扬，高贵端庄不失淡美之风，与"偶然相遇"的天竺葵、"永恒微笑"的黄蔷薇、"永远怀念"的风信子、"等待爱情"的薰衣草相比拟，槐花更加朴素动人，实乃花中沉稳的君子。赏其花、嗅其香、品其味、饮其蜜，这是槐花对辽西人的慷慨馈赠，相遇槐花是人生的幸事，王玉彪清新隽永但又舒缓节制的义风中透着袭人的幽香，真是"辽西大地槐千里，千里槐花一脉香"。

杨雪松的《想念乌镇》宛若空灵的抒情歌谣，乌瓦白墙、小桥流水的江南之地轻逸缥缈地尽显眼中，青石板路、旧屋檐、古老的酒坊、拙朴的木建筑、咿呀悲喜的戏腔如梦境般在寂静的午后或黄昏惊扰着躁动的心。乌镇历史文化源远流长，古名乌墩、乌戍，素有"中国最后的枕水人家"的美誉，这里风光秀丽名人辈出，文学大师茅盾和木心、山水诗开创者谢灵运、江西诗派的陈与义、南宋中兴四大诗人范成大等都是乌镇的名人雅士。乌镇的旧颜色和原始是骨子里的奢华，那是经年累月沉淀出的精致，是无与伦比的优雅和浪漫。乌镇是素朴的诗，它漫无边际地雕刻着时间的年轮；乌镇更是至美的散文，如舒缓的夜曲撩拨心扉。今人念及乌镇缘于它的风花雪月、亭台楼阁漫溢着深邃和厚重，古人亦是如此。宋伯仁《夜过乌镇》："望极模糊古树林，湾湾溪港似难寻。荻芦花重霜初下，桑柘阴移月未沉。"陈与义《虞美人》："去年长恨拏舟晚，空见残荷满。今年何以报君恩，一路繁花相送过青墩。"范成大《乌戍密印寺》："青堆溪上水平堤，绛瓦参差半掩扉。我与圣公俱客寓，人传帝子尚灵威。"立虚舟《乌戍屯兵》："溪藻影沉思北隐，野梅香动忆西禅。招鼍咒歇神僧去，上智潭空起暝烟。"乌镇就这样千百年来无私地给予人关怀和抚慰，有幸邂逅和走过乌镇，此后心田便会氤氲着无穷的想念。相遇乌镇固然可以日夜守候，但匆匆的瞥见同样有着漫长余生的牵念，晦暗的灯火、燕子呢喃的长巷、褐色的乌篷船、漫不经心的船桨以及戏台上黄衫水袖的吟唱都是重返和想念乌镇的理由，但真正让脚步迟疑徘徊的是乌镇的黑夜。"乌镇的夜与世隔绝，你看得见一层层从天空弥漫过来的蓝色气体，感觉得到从木屋里扩散出来黝黑的木头的呼吸，听得清石桥下汩汩的流入心底的水声……信步走进一家小酒馆，用青花碗盛下你的心情，或漂泊，或是回归。"这就是乌镇不可替代和言说的魅力，它让走进乌镇的欲望之火炽烈燃烧，"但我从没有急切地动身回到乌镇，相见不如想念"，也许王维的"隔浦望人家，遥遥不相识"即是最好的抵达。

卜丽爽是草原的诗人和散文家，她笔端的隽永山河亦如席慕蓉心中七月盛夏的草原，温润如玉而无限旖旎。《草原，越走越辽阔》充盈流淌着浓郁的乡愁和静穆的美学气息，她潜移默化地在风景、历史、生命和文化的融通中织就了塞北草原的雄阔伟岸，尽情恣意挥洒的辞章如同光芒万丈的朝阳照耀着星云闪烁的不朽神话与茫茫远方。卜丽爽以非虚构的行走方式表达了"反现代的现代性"，她本能地拒斥都市文明的冷漠荒诞，而是在一望无垠的乌拉盖草原、奔涌不息的乌拉盖河及伫立在天地之间的可汗山中思接千载地冥想着悠悠的岁月和无常生命的启悟。沧浪之水般洁净的夜露、微醺沉醉的北风、蒙古战马奔驰的尘烟、纯洁如眸的流云、抱朴守真的老黄榆，自然之物无声地见证和演绎着时间的变迁，这是草原赋予文明与生命的光影和印记，激荡着四季的轮回和重生的喜悦。乌拉盖河以"龙跳天门，虎卧凤阙"之势哺育着万物，"乌拉盖河包容所有生长的意愿。这里是绿色的伊甸园。任何生命的生长在这里都是一场喜乐汇，旺盛得只争朝夕。再有一场雨飘来，河水鼓涨四溢，汪洋出更浩大的生命交响，万物生长和死亡，汇聚成宏大的草原命运，长过乌拉盖河的婉转，长过敖包长调的咏叹"。草原的道路之所以无边辽阔通向一切可能，源于它蕴藏着敬畏文明的隐秘和生命的磅礴，这里既有漂泊的宿命，亦喧嚣躁动着叶落魂归的圆满，成吉思汗的英雄史诗扶摇万里而直冲霄汉。苍凉遒劲的呼麦仿佛诉说着帝王的千秋伟业，蒙古高原和喀尔巴阡山埋葬的忠魂烈骨仍是中华民族复兴的精神泉源。草原是心要抵达的方向，它让我们懂得寂寞和孤独是爱的本质，温馨的草原梦境能够疗愈心灵的伤痛。醇厚呜咽的河水与布满希望生机的草原讲述着"万物皆是过程""万物顺其自然"的亘古真知，念乡远游的浪子在草原的暗夜中重生，化为燃烧的烈焰于星光中飞向精神的故园。自由蓊郁的草原、涓涓不息的溪流、卷舒有致的天光云影、羁恋的落日霞光、绚烂盛开的夜空、柔和妩媚的月色，连同那无数的卜骨、陶片、断简、残碑，如此浪漫优雅，如此庄重诚笃地摹刻着对草原的记忆与博爱。自然地理空间意义上的草原是有限的,然而裹挟生长着丰沛的历史、梦幻和乡愁的草原却是没有穷尽的无限广阔,那里的风雨花香弥留着沁人心脾的温暖和感动。

陈柏清的《增家寨的山水间》写的是翎羽飘舞的白鹭鸟,但骨子里讴歌的是绿水青山的美好生活。优雅矜持、性情沉稳、象征着吉祥的白鹭如诗如画般地在增家寨游弋追逐,与碧蓝的天空和苍郁的群山相映成趣,就像行吟诗人般留恋相守着凤凰山民。白鹭仿佛凝聚着神奇的力量,它们迁徙跋涉于鄱阳湖与增家寨之间,已然跟世代耕作于此的人们有着亲人的情感,为他们带来绵延的希望和期待的曙光。与其说陈柏清如此深情地挚爱着白鹭,毋宁认同他欣慰感怀的是增家寨人正行走在幸福的康庄大道,以物的比兴言及人与现实的咏辞。中国古代文人同样偏爱以白鹭传情达意,精灵唯美的白鹭鸟建构了韵味高贵的美学肌理,让惶惑不羁的心灵拥有驻足停泊的港湾。"西塞山前白鹭飞,桃花流水鳜鱼肥"中的自由惬意,"漠漠水田飞白鹭,阴阴夏木啭黄鹂"的宁静悠远,"三山半落青天外,二水中分白鹭洲"里金陵古城的壮美,"何故水边双白鹭,无愁头上亦垂丝"的忧伤愁思,"霜姿不特他人爱,照影沧波亦自怜"的清高孤傲和顾影自怜,"白鹭下秋水,孤飞如坠霜"的孤独寂寞,白鹭的不同姿态中浸透着迥异的心境和思绪,或喜或悲,亦忧亦患,让不尽如意的愁苦人生不乏诗性的缱绻遐思。陈柏清在白鹭和自然中感受着生活的波涛,像婉约的诗人于现实的激流中流淌着古典和浪漫,翁郁的柞树、雪白的飞鹭、如约而至的春天、值得顾盼的梦幻就这样在增家寨的山水之间真实写意。

三、叙事的"春水"与哲理的"山巅"

高海涛的散文创作气度恢宏而意境高远,掩卷后余韵悠长。《八月之光》是一篇带有小说性质的叙事散文,时间与空间、现实与记忆的错位使其更加具有震撼心弦的力量。散文开篇写的是中国传统的二十四节气立秋,它意味着四季交替与时间轮转,在父辈们熟悉的农谚中便是"七月在野,八月在宇"的时节,他们意绪高古地宣告和召唤着凉意日渐的光景。高海涛印象中的初秋既不是"秋风万里动,日暮黄云高",也不是"春风桃李花开日,秋雨梧桐叶落时",诚然亦不是"砧杵敲残深巷月,井梧摇落故园秋",他深情铭记的是老榆树下吸着旱烟的父亲如同乡村的先知对流年在手、尔汝万物的慨叹。那个物质匮乏的年代已经远去,真正令"我"意犹未尽却是童年时代那个穿着青花布小褂名叫王明琴的女孩,那段美妙的旧时光挥之不去。重启"我"的立秋感怀是20世纪80年代在大洋彼岸伊利诺伊聆听詹姆斯讲授福克纳的小说《八月之光》,来自乡间的莉纳历尽艰难始终行走在寻找的道路上,她永不言弃的毅力便是闪耀着人性光辉的"八月之光",体现了人类"心灵深处的亘古至今的真实情感、爱情、同情、自豪、怜悯之心和牺牲精神"。福克纳小说中莉纳的价值和韵味令"我"恍如隔世地记起关于王明琴的往事,正是她立秋之日偷偷送来的饺子使"我"清贫的童年变得充实、明亮而余晖脉脉。年少时的王明琴如同《城南旧事》中天真善良的小英子,"我"与她之间有着欲说还休的隐秘情谊,然而时过境迁、物是人非,多年后的王明琴却因下岗而辗转到"我"生活和工作的城市。性格刚毅要强的王明琴并没有选择向"我"寻求帮扶,而是继续一个人孤单地行走着没有尽头的路,"我"同样以残酷的方式拒绝见证王明琴被生活岁月无情侵蚀的芳华,由此懂得了"人的一生中,总会有那么一段神奇的时光,让你得到提升或拯救"。福克纳在小说《八月之光》中试图表达"一个人本来只是要寻找另一个人,而找到的却是生活的价值和意义",对于"我"和王明琴而言,美好的记忆永远停驻在昨天,我们虽不曾再度相遇和重逢,却在寻找的路上对人生拥有新的理解。面对那个给我清贫的童年带来慰藉的王明琴,"我感到惶惑,原来自始至终,王明琴都在路上,就像那本小说,直到结尾，莉纳还在路上，依然那么沉静、安详、柔和……很多女孩，如果她们的名字更长一点，她们身上那种仿佛来自古老神话的、自然人性的光辉，也许同样会更长一点，再长一点，照亮八月，照亮秋天，照亮我们岁岁年年的记忆"。但愿每个人的生命道路与刻骨铭心的记忆都会不约而同地被属于自己的"八月之光"照亮，旧事如花落，人情逐流水，愿历尽铅华和沧桑后，仍旧能够内心安然无恙。

散文《园中岁月》若隐若现着陶潜乌托邦式的桃源境界和返璞归真的生命追求，园中的花草、树木和小动物陶冶着性情，让人短暂地远离尘世的喧嚣与纷争，获得片刻宁静惬意。园中的世界和天地是现代人渴望驻足、停泊心灵与诗意栖居的港湾，或许这种深刻批判省思现代文明的方式就是梭罗《瓦尔登湖》中想象的"简朴生活"。梭罗尝试的避世隐居生活并非个人心性的实现，而是在他的"湖泊""乡村""种豆""贝克农庄"中思索着人类生存的境况。女真是生活的诗人和哲学家，她以虚静超脱的方式与自然融通，在动植物的生长衰亡中感受时序更迭、生命律动和对万物的悲悯。置身行色匆忙的时代，"慢"的生活美学成为一种奢侈的状态，还未曾思量生活的意义，时间却悄然流逝。"从前的日色变得慢，车、马、邮件都慢，一生只够爱一个人"，木心对"从前慢"的体悟同样成为更多人的慨叹。莎士比亚在其剧作《皆大欢喜》中说："我们的这种生活，虽然远离尘嚣，却可以听树木的谈话，溪中的流水便是大好的文章，一石之微，也暗寓着教训，每一件事物中间，都可以找到些益处来。"华兹华斯也指出："我学会了如何看待自然，不再像没有头脑的青年人一样。我经常听到那平静而悲伤的人生的音乐，它并不激越，也不豪放，却具有纯化和征服灵魂的浩大的力量。"莎士比亚与华兹华斯都不约而同地在自然中寻找到心灵的愉悦，女真同样在蜜蜂、蜻蜓、蝴蝶飞舞的园中感受世间万物周而复始的递变并为孤独寂寥的心绪寻求慰藉。园中的世界与蔬菜为伴，敬佩生命力顽强的杂草和昆虫，静观麻雀和喜鹊栖落繁衍，不速之客野猫唤起对成长经历的记忆,这些具有威尔逊"亲生命性"意义的剪影让人独享岁月静好。就像昆虫诗人法布尔,在他喜爱的蚂蚁、蟋蟀、圣甲虫、蝉等昆虫世界中思索"为开始而结束,为生命而死亡"的真知;也如德富芦花那般,于自然中体悟人生的悲喜——"在风平浪静的黄昏观看落日,大有守侍圣哲临终之感。庄严之极,平和之至。纵然一个凡夫俗子,也会感到已将身子包裹于灵光之中,肉体消融,只留下灵魂端然伫立于永恒的海滨之上。有物幽然浸乎心中,言'喜'则过之,言'哀'则未及。"风物人间缓缓而行,女真写出了日有小暖、岁有小安的平淡理想生活,亦如姑苏阿焦的《人间小满》:"烈日晒,河塘摸鱼戏水,北风吹,围炉烤雪吃肉。养鸟人,有些闲事懒得管。绘画人,挥霍自由和时间。知世故而不世故,处江湖而不江湖。"这般人生状态和生活美学是所有人渴望相遇和抵达的,"苍山负雪,明烛天南""山川止行,风禾尽起""青山有思,白鹤忘机",回归自然和顺应天道便是最好的旨归。"我在园中读书,观风起花落,看草长虫飞",那一刻女真内心定是无比安然和逍遥。

《小宋屯的老房子》是回忆性叙事散文,温情脉脉的时光逆旅中独语着"言有尽而意无穷"的绵长深意。孙新发的散文创作并不多见,有限阅读的篇章中亦没有先锋式的观念、语言和形式,诚然他更无意于开创散文写作的"新革命"先河,但就是朴实无华中带着震撼人心的力量。现当代文学史中不乏写房子的散文名篇,梁实秋《雅舍》、汪曾祺《造屋为人》、贾平凹《谈房子》、余秋雨《老屋窗口》、梁衡《深巷里的老墙》、鲍尔吉·原野《草原上的房子》、蔡瑛《房子,房子》、丁立梅《最后一片老房子》等,孙新发记忆中的"老房子"虽与其有情感共鸣,却独辟蹊径地在时间意义上连缀了一座房子的"生命史",将行将远去的人、岁月和生活重新浮泛起波澜。根深蒂固的农业文明铸就了中国人的文化传统和情感心理,对房子的依恋,房子意味着家,它让人有落叶归根的踏实,更为重要的是房子已经成为乡土中国的精神标识和参照。孙新发深情地回望着那段与房相伴的艰难时日,脱坯、上梁、盘炕、窗花这些北方农村熟悉的事物成为难以磨灭的印记,这些难忘的经历成为日后人生道路上的思想明灯,筹措建造房屋的过程还让"我"体味到母亲的坚强与博爱。母亲善良笃信而又勤俭持家,秉持着中国女性的美德和品质,她总是能够以恒心和毅力面对生活的周遭与困苦,负重前行的劳作场景让人终生难忘——"太阳渐渐西沉,将母亲的身影拉得很长,让我感觉母亲一下子高大起来。母亲劳动的时候很认真,心无旁骛,灵活而细致……西面的天空被烧成一大片橘红色的彩霞,铺满了半边天,美得仿佛是一幅油画,却正好成了母亲挥汗如雨的背景,画面是那么唯美。"看清生活的真相依然选择热爱,这是无畏的勇气,无论前行多久多远,故乡的老房子都承载着生命跋涉时的痛与爱、喜与悲,它是"我"精神漫溯的原点,如斑驳的光阴烙印历经时间和风雨的淬炼,成为午夜梦回时深情的守候。"小宋屯"和"老房子"如古歌和轻音回荡在清贫童年的夜空,需要用余生慢慢回味和重温。

巴音博罗《在陶源谷》讲述传统技艺烧窑,以高度抽象哲理的方式用烧陶过程隐喻现实人生的选择。陶源谷是好友黄老师倾心建造的赫赫有名的柴烧名窑,就像陶艺大师田承泰那样,将全部热情和心血沉浸到古代石窟和寺观壁画中,他天性偏爱历史,甘愿在古岩窑中与火焰为伴,犹如清静无为的道家隐士同天地和自然心魂相惜。外在谦逊的黄老师骨子里桀骜不驯而特立独行,"他就像北方的古岩石文化中古法柴烧的陶器,用手工制作出泥坯,再以黑松为柴烧制,气承高古陶瓷之浑朴,形接自然万物之厚重,釉色斑驳沉郁,仿佛千山顶矗立的千年古佛,佗儌而又大气"。黄老师"少无适俗韵,性本爱丘山"的性情决定了他无意现实的功名利禄和欲望纷争,而是倾心于那些古窑遗址,津津乐道宜兴西晋的小窑墩遗址、唐代的涧溱窑和宋代小王村的古窑群,唯有这些能够带给他真正的愉悦。黄老师透过陶艺言说他的生命追求——"传统是慢慢积累的,他说我们要重新爱上故乡的土地。他还说，别让梦中呈现的美在醒来时枯萎。"黄老师既在熊熊燃烧的窑火中承续着传统技艺，同时又实现了归乡的夙愿，尊重和顺应天道，回到哲理原初意义的事物本身，进而流露最本真的情愫。黄老师的价值选择和文化认同是"我"心之所向，陶源谷幽静古朴的意境和原始风貌令人流连忘返，陶罐石玩、芦苇蒲草、陶器碎片以及布满青苔的火山石恍若天成，让躁动不安的心获得短暂的休憩。"我"以自然万物的法则衡量对泥塑的理解，捏制烧窑的过程让"我"经受着涅槃式的洗礼，"从清晨到傍晚再到黎明，火光映红了我们的脸和胸脯，火焰烤热了我的瞳仁和思维。我觉得我的思想冒烟了，我心中涌出的诗句焦煳不堪……啊，我的汗，成为这火的诗行里的逗点和句号；而远处的青山，则成为庇护我的巍峨卫士"。正所谓"点燃火的人，就是燃烧着的火"，"我"的烧窑并不尽如人意，泥土和火焰打败了"我"，却因此成就了真正的自己。黄老师曾经即兴挥毫泼墨《远古高士图》题赠于"我"，端详中发觉"高山峻岭远黛含烟，平林漠漠孤帆远去"，空茫旷远中"我"与黄老师心意相通而物我两忘，此乃"沛乎其为万物逝"，"天无为以之清，地无为以之宁，故两无为相合，万物皆化"。

  文化读书随笔占据着王雪茜散文的半壁江山，她倔强地在文学和历史密林深处寻找自己散文的"矿藏"，尤其是19世纪以来的西方经典文艺作品启迪了她纵横捭阖的创作灵感。《每棵树都是自己声音的囚徒》《灰烬里的光亮灼伤野蛮的焰火》《鸟儿们冲出笼子的N种飞翔轨迹》《花园尽处的风光》及《轻盈者的翅下藏着闪电》等名篇一览无余地彰显着王雪茜的卓尔不群和才华横溢，她是辽宁散文江湖的"女中豪杰"。王雪茜努力回到特朗斯特罗姆、卡夫卡、博尔赫斯、菲茨杰拉德、克莱尔·吉根等文学大师的世界，走进他们的内心并与之对话激发了她散文"迷宫"的建构，"内敛的镶嵌并绽放"。《青春的课桌》叙事中带着质疑和批判的锋芒，它开创了王雪茜"问题散文"的写作先河，将思想触角直抵青年人的心理和情感教育，叙事中带有鲜明浓郁的社会学和教育学意义的拷问。35号是性格孤僻沉默寡言的男孩,眼神中闪烁着湖水般忧郁的蓝色,像遥远群山的晨雾那样迷人。他酷爱阅读那些与升学无关紧要的书籍,因特立独行被学校视为病态的异类,只能无奈痛苦地活在自己的世界中,寻找不到能够给予他温暖和同情的陪伴者。35号喜读马尔克斯短篇小说集《蓝狗的眼睛》,弥漫在字里行间的疾病、死亡、孤独和腐烂或许恰如其分地弥合着他的心境,而后他又迷恋上里尔克的诗歌,那些隽永忧伤的语词疗愈着他难以言说的伤痛。"谁这时没有房屋,就不必建筑,谁这时孤独,就永远孤独,就醒着,读着,写着长信,在林荫道上来回不安地游荡,当着落叶纷飞。"年轻的35号吟咏这些诗行时内心到底翻腾着怎样滚烫的落寞,分数教育无形地摧毁了热血青年激情澎湃的心,他们绝望地挣扎而无力自拔。如同"我"学生年代偷看闲书被发觉的悲惨经历——"我的书刹那间变成了一簇火,烧疼了青春期少女敏感的自尊心,那少许灰烬变成了我学生时代巨大的阴影。整个下午,我被孤零零丢在操场罚站,铺天盖地的孤独像一场瓢泼大雨淋湿了我。"如此晦暗不堪的"凌辱"折射着教育的悲哀,35号的死讯如约而至,"我"设身处地想象35号从高处跌落时内心的思绪,那样坚硬的水泥地,他永远告别这个世界的瞬间该有多疼只有他自己最清楚。还有迷恋告密的文文,她内心极度畸形扭曲,父母离异的原生家庭状况使她沦落为被侮辱和损害的累赘,爱的缺失使文文在揭露她所谓的真相时感受到宣泄的快感。文文流露出的早熟性和庸俗的市侩气息是教育的悲哀,精神疾患让她彻底失去了校园的美好时光,令人扼腕嗟叹。还有与弟弟相依为命的大壮,他鹰隼般的倔强目光中闪烁和颠簸着生活的辛酸,母亲病故后酒鬼父亲厌弃和鄙夷他,心灵的戕害使大壮对外在的善意和怜悯嗤之以鼻,那些温暖的同情使他不寒而栗。而后,大壮被电线击掉了双臂,拿到赔偿款的父亲并未兑现为他安假肢的承诺,离家出走的大壮不知所终。德国哲学家雅斯贝斯曾指出:"教育就是一棵树摇动另一棵树，一朵云推动另一朵云，一个灵魂唤醒另一个灵魂。"蔡元培认为，"教育者，养成人格之事业也"。他倡导教育界中所不可或缺的理想在于调和之世界观和人生观，担负将来之文化，独立不惧之精神，安贫乐道之志趣。这样振聋发聩的强音理应在今日之中国教育中嘹亮，唯愿"青春的课桌"不再有任何的孤独、恐惧和惶惑。

杨明的《山中夕阳下》朴素温暖感人至深，十八岁的"我"无奈结束学习生涯而成为一名普通的养路工人，从此蜿蜒的山中铁道、一座深山小站和百米有余的养路工区几近成为生命的全部，"我"开始出门远行。那是与文学和阅读完全无关的时光岁月，单调乏味"日不出而作，日落也不肯息"的生活周而复始，暮色苍茫月上东山的美景成为日常劳作的真实映现。耳聋其实阻隔了"我"对外部世界的真切感知，却没有妨碍"我"欢乐地走过了童年到少年的光阴，这一切在"我"成为工人后便戛然而止。对于生活本身而言，文学可能是无用和廉价的，但是拥有文学的人生肯定焕发出夺目的光彩，繁忙的体力劳作、原始笨重的工具和粗粝锈蚀的钢轨让"我"毅然决然地放弃了阅读。工长陈志军尽职尽责、铁面无私，他恪守规章不苟言笑地面对日常作业，然而他却如同伯乐延续了我的阅读生涯，正是源自他热忱的精神鼓舞和"逼迫"，"我"才得以重新走上文学道路。"我"成为工区专职报刊委员，工作重担轻缓而开启新的生活篇章，读报阅刊最初只是为了单纯满足陈志军的期待和提问，而后愈发地点燃了"我"的创作欲望，"我"要极力写出小站人物的生存状态，让他们的艰辛、平凡和伟大不被淹没。就在"我"的阅读之桥濒临彻底崩塌之际，是陈志军在寂寥贫瘠中为"我"撑起一道通向未来的津梁。每个人的生命和成长历程中都会在某一时刻相遇带给我们巨大启迪和激励，有幸邂逅陈志军无疑欣喜若狂，没有他，"我"的命运可能永不改变。"我"终生难忘小说处女作发表的春末午后，"那一刻，旷野空寂，暮春的太阳正在偏西的山巅轻轻跳动，放射着一天中最后的余晖。工区在车站的更西面，中间隔着一片幼苗刚破土的广袤田野和一条穿过田野的蜿蜒小径,远景则是村庄错落和炊烟袅袅……夕阳照着我的背和手上的杂志,从目录到正文,每个字都像镀了金一样暖暖地熨到视网膜上,令人无比惬意"。古往今来,无数文人墨客都钟爱阅读,阅读在不同意义上影响或改变了他们的人生轨迹。刘向"书犹药也,善读之可以医愚",杜甫"读书破万卷,下笔如有神",欧阳修"立身以立学为先,立学以读书为本",莎士比亚"生活里没有书籍,就好像没有阳光,智慧里没有书籍,就好像鸟儿没有翅膀",库法耶夫"书不仅是生活,而且是现在、过去和未来文化生活的源泉",歌德"读一本好书,就如同和一个高尚的人在交谈",季羡林"书能给人以知识,给人以智慧,给人以快乐,给人以希望"。一个未曾幻想还能继续读书的铁路少年居然走进了文学的神圣殿堂,阅读让"我"前行的道路无比广阔。

渊子的《生死之间》捕捉了知青耳泉生命中三个惊心动魄的瞬间,历尽岁月沧桑后感悟人生和命运的无常骤变。耳泉曾经是红旗公社的知青,不堪回首的年代里"相信未来",他面临的不再是革命与启蒙、书斋与十字街头,取而代之的是劳动和身体改造。农业学大寨的爆破任务中,负责核对炮数的耳泉险些酿成祸端,与死神擦肩而过的队长和其他知青毫无怨言,惊悚和荒诞偶有发生的时代,他们的宽容与善意让耳泉心生融融暖意。"因为年轻,耳泉觉得英雄主义就是敢于面对各种恐惧,多少年以后才终于明白,温柔,也是一种勇敢。"采石场劳作时耳泉与苹果姑娘心有灵犀搭档默契,苹果姑娘心中孤独地埋藏着爱恋耳泉的秘密,即使她深知这份爱未必有结果,但她仍旧期待着"美好的事情",默默地守护着这份无言的爱。如若不是苹果姑娘刺破青天的厉喊,耳泉可能已经葬身穹顶塌方的石海。苹果姑娘将她的爱情留给"明天":"明天"她要带针线为耳泉缝补衣肩;"明天"将做好的布鞋放到耳泉的包裹里;"明天"采摘山芹菜为耳泉包包子。苹果姑娘的心思耳泉是否知晓不得而知,但不置可否的现实是基建队解散,耳泉没有跟苹果姑娘作别道谢,

"也许他不知道是苹果姑娘救了他,也许知道,但他什么也不想做"。而苹果姑娘的"明天"或许很快就来临,亦可能永远都不会到来,如同《可可托海的牧羊人》中的唱词:"那夜的雨也没能留住你,山谷的风它陪着我哭泣,你的驼铃声仿佛还在我耳边响起,告诉我你曾来过这里。"耳泉与苹果姑娘并非爱情悲剧,我们都无比渴慕终得圆满的爱情,但是等待中和未抵达的爱情或许更有况味。尔后,耳泉在火车站货场又因本队姑娘姚大辫献殷勤而招致许疤瘌的暗算,由于经验匮乏,进山打柴的耳泉跌入山谷,最终化险为夷挣脱了死亡的召唤,经过屡次命悬一线的危急时刻,耳泉依然觉得自己是幸福的人,这就是生与死之间的透悟。渊子的散文让我们静心思索生死,如何想象表达生命的"终结"是古已有之的命题。阮籍"死生自然理,消散何缤纷",老子"人之生也柔弱,其死也坚强。草木之生也柔脆,其死也枯槁。故坚强者死之徒,柔弱者生之徒",李白"生者为过客,死者为归人。天地一逆旅,同悲万古尘",苏轼"九死南荒吾不恨,兹游奇绝冠平生",陶渊明"死亦何所道,托体同山阿"。人生海海,山山而川,不过尔尔,生命的尽头是"死亡",而死亡的终点又是"新生"。

车承金的《夫妻豆腐坊》是"新写实"叙事散文的典范,老赵夫妇是善良淳朴的中国劳动人民的缩影,他们秉持着勤劳节俭、知礼诚信的传统美德,在生活的时代熠熠生辉。现代化历史进程的发生使得乡村空心化问题日益显现,进城的风潮使得老赵乡间的豆腐作坊难以维持生计,教育、医疗窘迫的现实生存困境迫使老赵获得了在城市谋生的机会。老赵的进城之路是中国现代性的必然结果,当然他的现实选择与陈奂生和高加林迥然不同,陈奂生进城的意义在于揭示中国农民面对现代化内心的惶惑与欣喜,高加林奔向城市是青年人实现人生理想的勇敢抉择。对于老赵而言,欲望与权利纵横交错的城市并未带给他痛苦和不幸,取而代之的是欣慰和愉悦、幸福和满足,老赵进城后的生活状貌与精神姿态建构了底层写作新的美学面相。新世纪文学中的底层书写几乎成为痛苦和不幸、艰难与眼泪的化身,悲剧和苦难是底层文学"超稳定"的情感结构,刘庆邦的《神木》、陈应松的《马嘶岭血案》、阎连科的《黑猪毛,白猪毛》等以不同的方式完成了对底层表述的确指。车承金抱着独辟蹊径的锐意和勇气,以散文的方式开掘和表达另类底层生活经验,让我们在既有的审美惯性中感知到新颖的气息。李修文在创作其散文集《山河袈裟》时感叹道:"是的,人民,我一边写作,一边在寻找和赞美这个久违的词。就是这个词,让我重新做人,长出了新的筋骨和关节。"继而他又找寻到人民和美两座膜拜的神祇,车承金同样在《夫妻豆腐坊》的写作中发现了属于自己的"困顿里的正信"和"游方时的袈裟",他为散文中的"新人民性"书写提供了更广阔的可能性,延展了"人民性"应有的语义和范畴。俄国文艺理论家别林斯基和杜勃罗留波夫时代主张文学应该尽可能反映出"人民的意识"和渗透"人民的精神",伟大的文学肯定让人"感受人民所拥有的一切质朴的感情",列宁也认同"文艺必须在劳动人民底层拥有深厚的根基","人民性"始终是文艺创作最为根本的核心要义。老赵的豆腐坊虽然只是略有盈利,但是他和妻子能够无私地关爱敬老院的孤寡老人,善念如水般的人间大爱犹如和煦的阳光温暖着世人,至情、至真而又至义。

沈从文认为,变化、矛盾和毁灭乃是生命的常态,生命本身不能凝固,凝固即意味着临近死亡。在其散文《抽象的抒情》中,他指出:"唯转化为文字,为形象,为音符,为节奏,可望将生命某一种形式,某一种状态,凝固下来,形成生命另外一种存在和延续,通过长长的时间,通过遥远的空间,让另一时另一地生存的人,彼此生命流注,无有阻隔。"沈从文在生命低谷时期意识到唯有文艺能够使生命不息,言外之意表明唯有抒情主体能够游走于历史的缝隙和困境,唤起不同时空的共鸣和救赎的契机,或许只有抒情才能成为对抗黑暗的光明之源、拯救时间劫毁的力量泉源。2023年度辽宁散文家以抒情的眼睛管窥天地，他们书写历史的炬火、生活的玫瑰以及遥问苍穹的志向，就像鹰隼穿越现实的狂风暴雨寻找"诗"与"真"。散文家李舫定义作家："就是智慧和担当，作家以笔、以命、以心、以爱、以思，铺展历史的长卷，讴歌生命的宽阔，时而悲怆低回，时而驻足仰望，在暗夜里期冀星辰。他们宛若子规长歌，恰似啼血东风，幽微中蠡窥宏阔，黯淡里喜见光明。"2023年度辽宁散文篇章让我分明感受到散文家们显现着李舫那样的期许，他们清澈的哲思和轻逸的趣味，那种不言自明的悠然与淡定让人无比钦佩和羡慕。有幸相遇这些散文佳作实乃生活的馈赠，它们陪伴着我度过虫鸣聒噪、晚风拂柳的夏夜和凉意袭袭的秋日，并成为此间最为重要的文学阅读。这些抒情之音让我们得以通透彻悟人生，对"毕竟几人真得鹿，不知终日梦为鱼""世间行乐亦如此，古来万事东流水""人生到处知何似，应似飞鸿踏雪泥""心如止水鉴常明，见尽人间万物情""满目山河空念远，落花风雨更伤春"等宇宙生命之道有了鞭辟入里的理解。这个夏天刀郎的音乐让我们怀想已然告别的青春和中年人面对生活的无奈和辛酸，而如约到来的辽宁散文则带给我们久违的古韵诗情。因为篇幅和目力囿限，还有诸多2023年度辽宁散文名篇与这份拙劣的创作扫描失之交臂，愧疚和歉意中也让我对辽宁的散文未来充满更多的期待，我冀望辽宁散文创作的"金芦苇"和"火车头"，散文家们能够尽情绽耀抒情的"摩罗诗力"。

诗歌：脚踏现实大地，吟唱诗意星空

◎ 杨 晶

一、诗歌总体概貌

2023年的辽宁诗歌，是在辽宁这一中国工业化转型最为典型同时也最具文化多样性的区域，同时在后疫情时代历史进程被改写、生活方式改变，并给全球带来不确定影响的特殊时空下发生的。辽宁诗人在后工业时代与后疫情时期以努力奋进的诗艺探索，在文学版图上留下了累累硕果，呈现出新的诗学气象、精神向度和艺术思考。

综观辽宁诗坛，有几个主要趋势和特征值得关注。首先，对"时代性"的探索与强化。辽宁诗歌创作时代特色鲜明、生活气息浓郁、人文关怀强烈，尤其表现在主旋律诗歌对时代主题积极回应和深度介入上。无论是新工业诗歌的创新、繁荣，还是对乡村振兴、红色精神的关注与表现，本年度都出现了一批具有时代特色的代表性作品，在诗艺与诗情上都呈现出鲜明的辽宁地域特色和浓郁的现实主义传统。此外，个人化的心灵写作也常常与时代联结在一起，不做有意的隔离。其次，艺术探索的多样化。在诗艺的多样化与个性化上，辽宁诗坛可以说百花齐放，形成生机勃勃、富有活力的创作生态。最后，辽宁的地域诗群阵营强大，梯队结构稳固，辽宁诗歌事业不断发展与提升。经过以阿红、刘文玉、晓凡、牟心海、刘镇等为代表的老一辈，到李松涛、萨仁图娅、胡世宗、柳沄、王鸣久、张笃德、阎月君、林雪、东来，再到巴音博罗、李轻松、赵明舒、宁明、宋晓杰、李见心、娜仁琪琪格、李皓、刘川、王爱民、孙担担、侯明辉、隋英军、邵悦、哑地、苏笑嫣等为代表的中、青年群体，历经几代诗人的不懈努力和探索，辽宁诗歌已在全国呈现鲜明的个性与影响力。2023年辽宁诗人获得了多项奖项，相当数量作品发表在国家级极有影响力的重要刊物上，各种诗歌活动频繁，影响广泛，引起了全国诗坛关注，说明了辽宁诗歌整体实力的日益提升。

二、主旋律与新工业诗的开拓创新

2023年是主旋律诗歌丰收的一年。适逢从全面建成小康社会向全面建成社会主义现代化强国的第二个百年奋斗目标迈进的重要一年，中华民族伟大复兴进入了新的历史进程，这是世界百年未有之大变局下的新形势。辽宁诗人围绕重大任务和中心工作，踏上新征程，书写新时代的史诗。主旋律诗歌具有广阔的历史视野和扎实的现实关注以及火热豪迈的理想，来奔赴充满光荣和梦想的远征，表现出政治性、思想性、艺术性的有机结合。

李皓、东来、吉尚泉、季新山的主旋律写作是2023年度的最重要收获。作为"70后"诗人的重要代表，李皓已成为诗坛的中坚力量。他的诗歌内容丰富，我们既能看到诗人对生活的高度敏感，同时更能感受到他丰盈的心灵和饱满的激情。从早期的《我得坐车去一趟普兰店》《带着野菜去看母亲》《母亲的雨》《哭泣的玉米》《春天的冰河》《苹果独语》，到近年的《在松涛文苑过中秋》《佚园的假山》《山是长高的海岸》《到凤凰山寻找不明飞行物》等，是他持续带给文坛的佳作。2023年李皓以《花生里的家国》（《诗刊》2023年第5期)、组诗《时间之间》(《北方文学》第1期)、《较劲的人总是互交白卷》(《文学港》2023年第10期)、《血缘,或如血缘一般》(《鸭绿江》2023年第3期)、《我的喉咙里窜出一条火龙》(《青春》2023年第9期)、《返青集》(《诗潮》2023年第6期)、《梅花落,或春归》(《雨花》2023年第4期)等作品继续着自己的精神探索。《花生里的家国》称得上是主旋律写作的年度力作。与以往冷静、智性的哲思风格不同,这部作品增加了许多单纯、质朴、明澈的质素,融合了智性与感性、激情与优美,呈现出诗人繁复、多面的诗艺面貌。"中国是我胸怀坦荡的祖国／墨盘是我魂牵梦绕的老家／就像一颗具有两室的花生荚果／它们亲密无间地住在同一个果壳里／唇亡齿寒一般,相互依偎""一粒花生呈现出的家国／它的嘴唇是红润的,鲜嫩如婴孩／它的果肉是雪白的,超越了自己／一年又一年,对黑暗的容忍／像一个隐忍的民族,从不曾回头∥一颗花生于我而言／就是心心念念的老家的方向／而墨盘之于祖国,或许只是一粒／不起眼的花生,沉默寡言／但小小墨盘里一定盛着丰收的蜜汁∥我用信念和赤诚,蘸着蜜汁／写出稗子与秕谷的羞愧／写出麦浪和稻穗的自信／写出十四亿个沸腾的中国梦以及对镰刀和锤头的无限深情"。从花生到家乡墨盘、到祖国民族,显然诗人的歌吟不在于个人的乡愁回望,不是一次抒情灵感与故土风物的偶然契合,而是自觉的心灵之思,思辨之旅,内涵深刻。由隐忍、诚实、坚韧的墨盘花生到魂牵梦绕的家乡,再到同样品格的祖国,用赤诚之心传达出对祖国的无限深情和沸腾的中国梦的赞美、讴歌。独特的审美和至臻的诗艺,使得李皓的诗歌质地深邃,形成了独属于诗人自己的风景,迷人而幽深。

作为"新英雄主义"写作的倡导者和践行者,东来在2023年收获满满:获得第四届国际诗歌节"金骆驼奖"、沈阳第十届"四佳人物""最佳写书人"称号,诗集《掠过弹孔的风音》获十一届辽宁文学奖,还出版诗集《英雄诗选》,在《解放军报》《中国国防报》等报刊发表了《断桥上的铆钉》《邱少云那块心形军装残片》《历久弥新的精神高度》《钢,鞍钢的钢》《眼泪凝固了,就是雪花的模样》《屈原祠》《鸭绿江水,英雄之水》等十余篇作品。作为"新英雄主义"的代表诗人,东来已成为全国有影响力的作家;作为诗人,东来在不懈地跋涉、不断地探索,保持着充盈的活力,在诗歌精神之旅中,以才情和激情激发出丰富的想象力与创造力,不断地拥抱现实,进行独特且卓有成效的写作实践。"鸭绿江断桥上的铆钉是铁的见证／当年从它身边通过的英雄部队／雄赳赳盔明甲亮,气昂昂列阵齐整／铆钉连起盾牌的长城,封堵血腥的弹孔／／桥被炸断,铆钉变成碎片／即便沉到江中,也迸出浪花／铆钉,我知道你的脾性／更知道你根系大地的使命／／几十年过去,历史折戟沉沙／断桥周身缀满累累繁星／你仍健在,依然仰望天空／战争的阴霾不散,你就瞪大眼睛／握紧武器,枕戈待命"(《断桥上的铆钉》,《解放军报》7月21日);"相信你的存在,如相信我的存在／知道你已不在,像知道我的将来／仅凭这块烧成心形的军装残片／就知道你曾经来过,并知道你已永生／你亲吻土地的方式很特别／牺牲的方式更烤炙灵魂／这儿不是故乡,但它连着故土／英雄儿女裹着地狱之火、回归大地／龙的图腾,深深烙进紫色的土壤"(《邱少云那块心形军装残片》,《中国国防报》7月27日);"脚步,不停地向上行走／时常要铲除毒蔓和荆棘的羁绊／有时需要剜疮去茧、刮骨疗毒／这是通往至高境界的必由之路／做'一个高尚的人,一个纯粹的人／一个脱离了低级趣味的人／一个有益于人民的人'／雷锋精神,给了我们最好的解读和注脚／恪守理想信念,坚守精神高地／前行,桃花盛开的三月／向着历久弥新的精神维度"(《历久弥新的精神高度》,《解放军报》3月5日)。从断桥上的铆钉、心形的军装残片到界河鸭绿江水、雷锋精神,诗人在对历史的钩沉与现实的观照中,以抒情主人公与山河大地、志士仁人交融在一处的生命律动,构建起独特的诗歌领地与气象。东来的文字辽阔苍朗、豪迈凌厉,同时饱含人间温情与昂扬的战斗姿态,诗有血、肉,更有筋骨与力量,闪烁着英雄主义的光芒，容纳了令人难以忘怀的诗性的活力与魅力。东来最注重的是对英雄人物心灵的贴近与体悟，对民族脊梁雄健灵魂下的挺身而出、舍生取义、无私奉献、恪守信仰的精神进行了高度礼赞，传达出不屈的民族精神和深厚的家国情怀。在强烈的责任感与使命感的召唤下，诗人一直执着于寻找烛照中华民族奋然前行的那缕光亮、那份传承，将今天主旋律诗歌创作推进到更高的水准。

目前，辽宁的经济社会与产业发展经过艰难的转型与阵痛，已由工业时代的重镇进入以第三产业为先导和主体的后工业社会的新发展阶段。这种从传统工业向信息技术产业为龙头的"新工业"的转型，是后工业阶段的"中国特色新型工业化道路"的典型代表。据2023年统计发布显示，2023年辽宁全年地区生产总值30209.4亿元，比上年增长5.3%，在三大产业稳步发展前提下，其中第三产业增加值15823.9亿元，增长5.5%，增速最快，占比最高，增加值占比已达到52.4%。从20世纪80年代国企转型开始，在东北的社会生活和社会发展中，推动东北振兴一直是一个重要的议题。从2002年开始，中共中央、国务院就陆续出台了多种关于东北振兴的意见和方案，到现在已经走过了二十多年的时间。虽然从现实层面上来看，东北振兴的道路仍需继续努力，但可以欣喜地看到的是，振兴东北作为一种主流的社会力量或思潮已渗透到社会生活各个层面，东北振兴也取得了阶段性的成绩，在经济、文化等领域完成了时代性转型，这必然为这个时代的文学创作提供新的动力和经验表达。

从某种意义上说，文学创作及其发展始终是与时代大背景相结合的。文学没有宏阔的社会视野，呈现正在变化的时代生活，作家是无法完成自身使命和实现文学自觉的。作为"共和国工业长子"的辽宁是新中国工业的"火车头"。作为重工业基地，辽宁曾经为我国工业贡献了1000多个全国第一，在国民经济41个工业大类中，辽宁就有40个。厚重的工业文化为辽宁作家在工业题材文学创作方面奠定了基础，辽宁工业题材创作在中国当代文学发展上做出了重要贡献，是推动这一题材的"火车头"。草明以开山之作《火车头》成为中国工业文学创作的拓荒者。草明的《火车头》《乘风破浪》与萧军创作的《五月的矿山》、艾芜的《百炼成钢》使辽宁成为新中国工业文学的奠基地和重要发源地。之后辽宁工业题材在各个时期都创作繁荣，工业文学的创作传统得到很好的传承与发扬。20世纪80年代，是工业题材创作的黄金时代，工业题材在文学史上首次引起广泛关注，辽宁出现了一系列重要的工业题材作品，并引领了那个时代中国工业题材创作潮流。邓刚的《八级工匠》《阵痛》《全是真事》、孙春平《分局长的早晨》等是这类文学的代表作品。之后出现胡小胡《太阳雪》、李铁的"女工系列"，到21世纪后津子围的《一顿温柔》等作品，可以说，辽宁是当代中国工业文学创作的一个重镇，对中国当代文学创作产生了深远影响。在诗歌领域，辽宁诗人对工业题材同样充满了热爱与激情，延续了工业文学的创作传统。80年代刘震、晓帆、毕增光、郎恩才、高东昶、徐光荣等抒写的工业生活诗歌《单等汽笛一声》《矿山的怀念》《致普罗米修斯们》《写给冷却后的钢》《锻工汉子的心态》等都成为时代很有影响的作品。21世纪后，商国华、张笃德、林雪、巴音博罗、邵悦、宁明等成为新工业诗歌的代表诗人。

2023年，巴音博罗、邵悦、宁明、张笃德、程云海等诗人的新工业诗歌创作均获得了令人瞩目的成绩。巴音博罗的诗歌《晨光中升起的炼钢厂》获2021、2022《民族文学》年度奖；执着于煤矿诗歌创作的邵悦以《每一块煤，都含有灯火通明的祖国》获第八届全国煤矿文学乌金奖，在新工业诗歌领域散发出耀眼星光。2023年巴音博罗发表《光芒涌入》（《诗刊》2023年第13期）、《我就是那个从大海归来还口渴的人》（《中国作家》2023年第7期）、《一匹马就驮来了整个北方》（《民族文学》汉文版2023年第8期）等多首诗歌，成为2023年度工业题材的代表性作品。组诗《光芒涌入》仍延续诗人新工业诗歌系列中"炼钢厂"的场域和核心意象，显然这不仅仅是一个地理空间，更是一个历史符号和一种时代精神。这里以工业社会典型空间的"转型"对中国工业进程做了诗性记录，真切而深刻地反映了时代的变迁和个体命运的激荡，抒写着工业时代的命运史和启示录，更有对新时代工业崛起的讴歌、工业精神的谛听与赞美。"在炼钢厂，仅有一部小说显然不够我们阅读／我在黑铁上呼吸到的，是咸腥得让血脉偾张的热度／和力量，我的肩膀呼呼作响，我已从大地／的肚腹中／呼唤出一列长长的巨轮滚滚的玄色山脉"（《请你放下肩头耸立的山峰》）；"当时代的骨骼用夜和黎明炼成／当那头雄狮在工业文明到来的宣言中／发出沉沉啸叫，光芒——也叫太阳之血的／一次脉动／巍峨的狮吼，也叫这新时代的勃勃心跳"（《在轧钢车间》）；"在炼钢厂，看见铁苏醒的样子／看见它披着火焰的外套行走的样子／我还看见它挺起腰杆，航海的英姿／当那本著名的小说也以它命名时／我又看见了山脉崛起，在炉膛前的／一首豪迈庄严的进行曲的样子"（《在炼钢厂，看见铁苏醒的样子》）；"空气多么清凉，大地的孕身多么丰盈／新生命正以磅礴的姿势从转炉上现身／我灵魂的赞美诗将以巨河突现的节奏从我／凝痴的／舌苔上飞泻而下……我听见一声尖啸自历史深处递出／记忆在召唤我们，目光坚定的人站在操控／台前……假设我们的语言是矿石，在事物的凝望中／我们轻易说出的，既不是耐火砖／也不是斑驳的锈斑／而事物的生长更靠近冶炼，语词颤抖／跳跃，像一匹雄鹿越过清涧／当光芒重新涌入，我愿意和群山一道／为缓缓升起的炼钢厂提供奋飞的翅翼！"（《光芒涌入》）诗人笔下还有对工人精神宽阔质朴的胸怀与坚韧、奉献的劳动精神的铭记与赞美，"他梦见的／是在厂区内，一棵老柳树下的幽会／他送了她一双毛线手套，而她给他的是钢笔／和日记本。但他粗糙的手只适合握紧钢钎／只适合在老式熔炉前忙碌／他劳动的身姿，也是那个年代／所有炼钢工人的伟岸身姿！／他们质朴得仿佛一首老歌词"（《看，那个苍老的喂钢者》）。同样，在张笃德笔下，也激荡着新工业诗歌的激情与豪迈，饱含着对工人品格的致敬与讴歌,"埋藏了、孕育了千万年／油母页岩像一块废弃的石头∥是时候了,谁都能看出／你渴望被开采提炼的心情∥从心底里升腾起抑制不住的热流／披星戴月地登上赶往炼厂的班车∥心中有石油,即使身心俱焚／经九九八十一难／也要成为燃烧的火种"(《燃烧的石头》,《阳光》2023年第1期);"渴望被开采、发掘／在太阳下闪光∥然后燃烧或者升华／光荣和骄傲∥您站过的地方,招手、微笑／体会光和热的温暖∥沿着幸福的走向／煤有了高度——壮观的高度∥灵魂的高度／矿工的高度。"(《矿工的高度》,《阳光》2023年第1期)。当代"工匠型人才",要守"匠心"、习"匠术",更要明"匠德",这些品质是中国强国建设的坚强力量。

宁明发表在《诗刊》2023年第15期的《中国空间站》(外二首)、程云海发表在《上海诗人》2023年第1期的《让这个春天充满诗意》等作品也让人印象深刻。研制和拥有先进的大国重器是现代化国家的重要标志之一,以此为对象展开文学创作,展示其精神内涵和时代价值是诗人们的创作初衷。宁明在诗中写道,"这座建在太空的中式院子……一根基桩,都打在中国航天人的心上／当航天人将自信的目光投向太空／近百吨重的民族自豪感便被轻轻举起／他们勇于担当的坚实肩膀／就是支撑起空间站的四梁八柱"(《中国空间站》);"它不断壮大的飞天骨骼／充满了实现中华梦想的优良钙质／使一个民族挺拔的身姿／在世界航天领域愈发威武自信／……代表一个腾飞中的大国／跨入新时代的崭新形象"(《走近酒泉》);"我要用太空之旅／为全人类寻找更多幸福的理由／此刻,我摒弃一亩三分地的狭隘观念／在太空种植一种崭新的大爱精神／并把它成熟的种子带回家园／让所有贫瘠的土地喜获高产／让地球上风到之处都飘满爱的花香"。诗人将目光聚焦于航天科技这一新工业时代的代表领域,通过开阔的视野和"要抄写一首饱含敬仰之情的小诗,贴在天和舱鲜红国旗的身旁""与高耸的发射塔留一张合影""飘移在太空里最小的云朵"种种亲切新奇的想象,高度礼赞了高科技工业在新时代的蓬勃发展，展现了一代建设者深沉的家国情怀、坚定的理想信念和丰富的精神世界。程云海深情赞美，"辽宁舰航母甲板上／沈阳赤子曾留下印迹／歼击机羽翼上／也凝聚着沈飞人的心血""这是新中国辉煌篇章上／浓墨重彩的印迹／这是奋斗者砥砺前行的旌旗／这是用梦想和期盼编织的时代写意／这是春天里辽沈乐章的大美主题"。自近代开始，中国的工业自强不息，到新中国成立以后工业始终立足于自力更生，改革开放以来工业发展更是坚持自主创新和科技自立自强，贯彻在中国工业文化中是强烈的自强精神和"发展"导向，中国工业顽强不屈、由弱到大、由大到强，面对新一轮科技革命和产业变革这一重要机会，中国工业实现了由大到强的跃迁、从追赶到超越的华丽转身，作为科技强国的中国已经崛起。

辽宁是中国当代工业文学创作的一个重镇，对工业文学的创作产生了深远影响，同样对这一领域的时代发展承担着重任。应该说，从新中国成立以来，工业文学一直被放在重要的位置，但从实绩来看创作始终是个难点，这一创作困境即使在世界文学范围看也是如此。提高辽宁乃至中国当代文学的工业题材创作，具有重要意义。近些年包括诗人在内的辽宁作家为文坛提供了更为新鲜的审美体验和新的阐释空间。

可以说，工业题材的创作是东北作家真正的"乡愁"。工业文明的漫漫历程呈现出复杂的现代性经验，以怎样的姿态和立场去认识这一历史进程，即作家创作的价值取向是工业题材创作的关键所在。与20世纪80年代以来二三十年间的有关工业叙事相比，与同时期的其他作家相比，以商国华、张笃德、巴音博罗、邵悦、宁明等诗人为代表的辽宁诗人在近年的创作中几乎看不到凝重、沉滞的灰色情感，也几乎看不到中间地带。这样的创作构思和表达方式是较少见到的。在作品意义的表达上，我们既能看到在新时代的现代化建设中所具有的工匠精神，又能看到东北地域所特有的开阔、从容和乐于奉献、牺牲的精神。文艺是时代前进的号角，最能代表一个时代的风貌，最能引领一个时代的风气。"文变染乎世情，兴废系乎时序"，辽宁工业诗歌关注的都是时代重大主题。新时代十多年来，中国迎来了由富起来到强起来的巨大转变，进入了建设社会主义现代化国家阶段。辽宁工业诗歌中能看到传统与现代的转化问题，大国重器以及与之相关的现代化建设、工业振兴、文化自信等多个方面，作家总是将自己的创作寓于新时代东北振兴的背景之下，更是与国家富强、民族复兴有机结合起来，使得辽宁的新工业诗歌成为一部新时代的国家叙事，传达出作家强烈的使命感、责任感，为新时代东北叙事建立了新的美学原则。习近平总书记在文艺工作座谈会讲话中指出："古人云，'乐而不淫，哀而不伤'，'发乎情，止乎礼义'。文艺创作如果只是单纯记述现状、原始展示丑恶，而没有对光明的歌颂、对理想的抒发、对道德的引导，就不能鼓舞人民前进。应该用现实主义精神和浪漫主义情怀观照现实生活，用光明驱散黑暗，用美善战胜丑恶，让人们看到美好、看到希望、看到梦想就在前方。"在这个意义上，2023年度与近年的辽宁工业诗歌创作正是对习近平总书记关于文艺问题要求的最好实践之一，是新工业诗歌的代表作。

中国现代文学自诞生初就带有强烈的使命意识，并一直延续到当代文学，在民族、国家发展的重要关头表现得尤为鲜明。在一定意义上，使命意识是社会主义现实主义文学的核心意识。文学创作及其发展始终是与时代相结合的。没有宏阔的社会视野，是无法完成自身使命和实现文学自觉的。辽宁新工业诗歌既是对这种传统的继承，也是对题材、主题的新开拓。这种更新包括艺术手法上的，更包括审美倾向和思想意识方面的。当这种使命意识与特定地域的文化相结合的时候，便会出现新质的文学作品，建构起独有的辽宁工业叙事体系，带给我们新感受和新内涵。这种积极向上、充满理想主义光芒的叙事姿态，凸显出东北特殊的昂扬奋进的工业文化属性、精神内涵，为认识东北、了解辽宁提供了新的经验和脉络。最重要的是，在这些诗歌中，作家们站在文化自信的角度，为时代精神、工业文化赋予了更为新质的意义，这是对有关工业文学创作所关涉的文化内涵的重要启示和开拓。究其原因，当然首先与作家的创作心理有关，也与他们的创作情感相关。就作家的创作姿态而言，不同的情感体验会使作家在创作中呈现不同的价值取向。正是生于斯长于斯，对工业熟悉和炽热的爱，让作家能够与时俱进，真正谛听与发现"新工业"的巨变。正是对新时代崛起的"工业文化"的理解与嵌入，夯实了辽宁诗人作品思想内涵和艺术魅力的表现基础，使得新工业诗歌迈向新境界，这必然为这个时代的文学创作提供新的动力和经验表达，为新时代现实主义写作提供最为新鲜的文学样本。

三、心灵漫游与艺术探索

吉登斯提出了"生活政治"的概念，这一概念的提出是置于全球化后传统社会框架中展开的，以此区别于国家阶级、议会政党意义那种宏大的"解放政治"概念。具体说，"解放政治"是指把人从外在的和制度层面上的剥削、压迫和不平等中解放出来；而"生活政治"是"关于生活方式的一种政治学……是把日常生活中被经验所隔离且被搁置一边的那些道德和生存问题挖掘出来。生活政治不是属于生活机会的政治，而是属于生活方式的政治……生活方式就是关于生活的选择与决定，这些决定几乎总是政治性的，并具有伦理或价值尺度"。显然，相对于宏观政治，这是吉登斯欲以一种微观政治进行的思考，它关系到现代人如何生活以及选择什么样的生活方式这一伦理价值层面，从"日常生活""生活方式""精神境遇""伦理""生命意义""生存价值""选择"等关键词上，可以说2023年辽宁诗歌创作的"生活政治"意味十足。

作为鲁迅文学奖等多项奖的获得者、全国诗坛现代主义诗歌代表诗人之一，林雪的诗歌诗意灵动飘逸、意象丰富、内涵深邃，"从日常生活中的平庸出发，到达高尚的精神和理想"是诗人多年来执着追寻的诗歌之路,形成了富有标志的个人风格。我们可以看到,无论是诗集《淡蓝色的星》《蓝色钟情》《在诗歌那边》,还是《大地葵花》,林雪始终着眼于一种深刻的问题意识,现代性的发展亦成了现代性的问题。难能可贵的是诗人始终保持着一种执着的姿态,既不随波逐流追赶文学时尚,也不人云亦云同气相求,她在字里行间始终保持着适度的温热。2023年度发表的《六月无餍》(《山花》2023年第1期)、组诗《我有未竟者的词语》(《上海诗人》2023年第12期)、《榛林之舞》《阅读三札记》(《诗林》2023年第3期)等作品中,诗人聚焦生存境遇、精神境遇,以现实的自我确定时间、空间上的意义和价值的边界。《六月无餍》中诗人从暴风雪中海上纷飞的海鸥开头,以跳跃式的想象展开自己的无限遐思,最终抵达那些曾经不可穿透者或者不可逾越者。"六月无餍,一群海鸥在远处的老港惊叫纷飞/一阵暴风雪如爱降临/在一间废弃的木拱上坐下/对自己低语道/应该写下一首诗/在幻觉和诺言之间/她再次低语应该写下一首诗/瞧,在那亚麻色深渊里升起的海岬和深意/生活啊!多么忧伤奇妙"。《畲田谣》中在民间两句歌谣伏笔之后,诗人感叹着"竹枝词里的天空出乌云而不染/而在畲田之地,雨必将落下/玉米和歌手被采摘下来/身体被连枷拍打/灵魂被碌碡碾压/古老的脱粒方式/如同挑拣世仇的受害者/只为优选出饱满闪光的那一个"。《有如初见》细节灵动、想象丰富,思考的深邃充溢在诗人的字里行间,"一个南方之国在光辉里渐次打开/他不羁的甜美,他怒放的隐喻/山河之上的云朵放飞一匹匹意象的马/它们只要一个天赐的韵律/就会让自己安顿……在资兴的细雨里,我站成一个句子/拨开雨帘,象形的,象征的/有如初见,有如稼穑,有如耕耘"。林雪的每一首诗都是诗人心灵的悸动,在想象漫游中,将现在、过去、想象之间,人与自然、与社会之间不断进行连接、反应,让视觉、感觉、感受深入内心,重新认识它们,也是认识自己,"我的长发梳理成辫。我身上聚集着一些祖先/边疆的落日、流亡者的脸，我倾心／'移居'这个词／在今年的这个夏季里，她将一次次进入我的诗"（《榛林之舞》）；"雨就在那时又下了／铁西区——这个夏天，我来自／十一个不同方向十一条不同的街区／十一种你的人群相遇的方式／十一种惊悚与惶惑"（《铁西区之夏》）；"我爱那原创风景的邀请／除了盛开的花，它内敛／多于炫目／繁华无法使之凋谢的／凝视也无法使其陈旧／但比极致之美更多的是无力形容的缥缈"（《有如初见》）；"处暑之夜的雨绵绵而至，所有可笃之物的别名／不只是一场自然的老祖母雨／处暑雨正孜孜不倦地／热身／为一场众人倾听的乐队"（《抵达》）；"在人类已经取铀的时代／你看到人类曾在此地取火／这多像我们从后门进入历史／看啊——那河！它那浩大的浪潮／就是一颗良心。一颗／伟大的尘世的灵魂／我们就这样看到了／'苦难'和'浮华'／都流经气量恢宏的大地／大地却从不因此而改变／它的潮汐和季节／你来，或者不来／我都已找到答案"（《仿情爱笔记》）。我们看到，林雪在一种生活的"合理性"与意义的"可能性"之间自由徜徉，她的诗含蓄、温润和沉静，有着超越当下的思想漫游，就此而言，诗人引领我们进入精神叩问的大门，以一种超越现实的诘问而赢得广泛的尊重与敬意。

  从本年度创作发表的辽宁诗歌来看，很多诗人的创作都是重返自然的怀抱，表达了诗人从生命与土地、家园的完整性出发，建立起大地与心灵的密切联系，这不仅是诗人与生俱来的一种诗艺自觉，更是诗人努力建构的精神谱系，当其在主观社会中不断找寻自己所期望的理念与价值时，大自然就会成为其灵魂栖息地。诗歌是对现实生活中人性的反思，表达了对于复杂、微妙的人生境况的关切与体认。孔庆武《满眼透明的玉》（《民族文学》2023年第11期）、隋英军组诗《被遮蔽的午后》（《诗林》2023年第5期）、翟营文组诗《行走如抄写经卷》（《延河》2023年第4期）、王德才《三扇窗》（《阳光》2023年第6期）、季士君组诗《静夜思》（《鸭绿江》2023年第10期）、大可《铁的生命长度无限延长》（《诗潮》2023年第3期）等作品，在人与自然关系的感知中，寻找到生命与生存的内在秘诀。孔庆武在诗中写道，"一开始，我不敢相信自己的眼睛／顶着美丽光泽的玉色玲珑∥一滴雨滑落，盛开的鹿角／角大，隐约有文。坚莹如玉／天地苍黄，是失传的经文，还是诗句／山地、草原、森林…梦醒时见你∥沿着雨水行走的路线／种子，果实，地衣，苔藓，嫩枝，保持着鲜活／一岔岔犄角的出现，挑起柔软的丝绸／水面波澜不惊，如初见的眼眸∥春天到夏天，鹿尾辟尘／雨花润，生出雪花暖，有光潜入／满眼晶莹透明的玉"（《满眼晶莹透明的玉》）；"雕了多少凹凸岁月／琢去了多少脏络裂痕∥足腿稳健，壶身圆润，壶嘴俏立／C字形玉龙做的壶把，只待茶遇见水""喝茶的人，看得见水中茶叶舞蹈／品得出人生的味道／音乐家，听得见玉的声音／演奏出一曲曲天籁之音∥玉雕师一遍遍抚摸着／可以化成温暖生命的玉壶∥眼睛牵引着一双手／思想的田垄上耕耘着白天黑夜"（《冰料玉壶》）。在与自然的对话中，体现了诗人对历史、文化的探寻及对现实生活中复杂、微妙的人生境况的关切与体认，而且反思了人性的回归。在其他诗人的笔下，也都整合了这样的日常经验，"那么多的秋风充满敌意／我全部接受，九月你才刚刚开始美，我即将抵达／那么多的衰败撞击我，我不会不安，时间教会了我慈悲／我要写一首诗，我经常表达我的败笔／我辨别不清你所有的细节／九月一直很美／我不写，你都是一首诗"（翟营文《九月》）；"雪花无法让自己慢下来，它像单刀赴会，不猥琐不迷乱／它的灵魂会从一处黑暗去到亮处……雪宁肯折翅也不背叛自己的纯粹和白／天地万物啊／只有雪一出发就是天使的模样"（翟营文《大雪日》）；"这半城芦苇有草木的温暖／也有对江山的敬畏／再抄写半城塔影在月光上游走／历经高出的孤寂和落日的战栗／把宗教的苍凉移栽厚重的墙上／移栽形而上的河流里／这高塔有黄金的矜持／绝望的深渊已利如刀斧／这经卷的张掖饱含微光的门／饱含飞鸟的高傲和尖叫／饱含山河的脆弱与永恒／每一笔，都联通神的心扉"（翟营文《行走如抄写经卷》）；

"心怀热爱的人要用尽多少风雨／才能等到一场花事／有多少星光才能孕育出一场结局／一个热爱菊的人／只有一寸呼吸／他的身下也仅有一寸土地"（翟营文《离秋天最近的人》）；"一扇窗，开在寂静里／小村的炊烟，杨柳枝条一样／在春天里发芽儿／／二扇窗，开在眼睛里／目之所及，赤橙黄绿青蓝紫／芬芳馥郁着鲜亮的岁月／／三扇窗，开在心里／母亲遥远的呼唤，佛珠一样／被我的乳名一颗颗默默地数着"（王德才《三扇窗》）；"一个人坐在山坡上／听着远处传来／时断时续的萨克斯曲子／那位初练者／正试图将一首曲子／演奏得更加完整／鸟儿背负道路飞行／白云在消失之前／擦尽天空的泪水／远处的曲子依然时断时续／我两手空空／缓步走上归途／一部分秋天／被我留在山中"（季士君《局部》）；"月亮究竟躲在哪里／云朵，河水还是落叶下面／它们都蹑手蹑脚／没有一点慌乱的样子／就像此时的细雨／并不提前告知／时断时续，都是剧中人物""河水真静，静得一点不像河水／整日奔波的鱼也和我一样／屏气凝神／谁也没有料到，一片告密的瘦柳叶／会悄悄砸出一河星光／泄露了月亮的行踪，替人间／揭开了一个巨大的谜团"（大可《剧》）。这些日常经验不仅让诗人找到了情感积累的突破口，也获得了新的精神文化视野，从而为创作带来了更为深刻的生命体验和人生感悟，在人与自然建立的关系中，诗人寻找到了生命贯通的身影，寻找到了自我的心灵。

辽宁诗坛上女诗人向来实力不俗，在全国都具有重要的影响力。2023年度在对自然的书写上也表现突出，娜仁琪琪格、李见心、宋小杰、苏笑嫣等诗人都以优秀的作品活跃在诗坛上。娜仁琪琪格一直潜心创作，高质而多产，创作势头强劲。《民族文学》2023年第3期推出了她的组诗《疾驰的时间带着风》，共6首。"落霞、黄昏／一群倦鸟回归山林，我们来到／隐心谷，落向树屋／成为秋日硕大的果子／／一弯新月爬上来，挂在树梢／群星璀璨，银河倾斜／晚风轻轻漾动摇篮／／在群山的襁褓中，变小／被孵化，长出骨骼、软体、四肢／羽毛，雀跃又安宁的小心脏／／清晨，扑棱扑棱飞出巢／迎接绚丽的朝霞与喷薄的日出／深深呼吸"(《隐心谷之夜》);"云顶山庄的夜晚,一半是欢腾歌舞的篝火／一半是凝神安谧的笔触／而清晨磅礴的日出,在群山之巅／照耀、沐浴,万物众生的同时／也照耀、福泽了／每一个来到的人"(《疾驰的时间带着风》)。娜仁琪琪格的诗重在已然的营造,又与现实贴得很近。诗人如同一名演奏家,以作品中对生命的思考和摇曳多姿的文字陶醉于捕捉到千变万化的大自然这个乐器,我们能感受到宽阔的世界中身心经受的洗礼。

女诗人宋小杰发表在《新华文摘》2023年第8期的诗歌《妈妈》,是从母女之情入手表达对生命的沉思。这首诗富于场景,充满了生活的微小细节,"妈妈,我们越来越像／不仅是指贼眼皮儿,拇指的形状,洁癖／饭菜的咸淡,半袖衫喜欢圆领还是鸡心领／而且,我们喝一样的保健茶、蜂蜜／我们一起洗澡、做足疗／皮肤起疹子的时候,用同样的药膏／更要命的是,我每每从沈阳下班回来／总能准确地接到你问候的电话——""那天,你拿出自己的一件绿花半袖绸衫／说现在我穿正好——／你把它雪藏了二十多年／才让我俩的中年,完美相逢／可是妈妈,你不知道／经过半个世纪,我们活成了同辈:／你是八十岁的老人,我是五十三岁的老人／——终于,我们彼此成全／成为今生最亲爱的姐妹"。诗人对生命历程的点滴记忆每每情之所至,结尾在平静、温情中止于情感认同。这种逆转的感受是时间和生命的成长换来的结果,传达了诗人心中对母爱与母女之情美好情感的脉脉深情。

李见心在《春天的挽留》中以四月里的"春天"做一根神奇线,将其从对自然的谛听中提炼出的一颗颗诗意宝石串联起来:"四月物语／四月展开荒原的意象／从泥泞的诗行中纠缠着丁香／我发现留下的诗都是碎碎念／春天是我的质地／丁香探过身子／把幸福从名词变成动词／像蜜蜂把花粉酿成甜蜜／四月到处飘着我不能结果的诗／开花的死亡中凛冽的美／遗世而独立／不杜撰过去和未来的梗／只服膺于此刻的小确幸／小小睫毛碾过的大面积叛逃／你怎能固定我／像固定住蝴蝶的标本／四月的营销战里／花朵崩盘，赢得最浪漫的失败"。诗人以浓烈的情感为气血，感情细腻丰富，有自己的深入思考，语言清新、质朴，意象变化多端，富有诗性的张力。

作为"90后"代表诗人，苏笑嫣新作不断，在数量与质量上都十分稳定，对于一个不断成长的诗人来说，显示着其前景的不可限量。《诗刊》2023年第1期推出其组诗《黄金的中心》，"夏季成熟的礼节何等稳固／这让人想到时间，它是怎样无常／但在那之后，又并无什么不同／安谧似有若无，麇集在四周／池塘微末的小波尽量不发出响动／然而还是无法说清——／是回忆还是遗忘／温暾地黏结在溽润的空气中／或许应该这样表述：／是耐性，是冲淡／是生活每一刻增损的含混／是凝聚，又小心翼翼消散的幽暗"（《梧桐县》）；"走在安静的回声里，我听见秋天／对于我的思绪，所给予的回应／一个至要的大词：在自有的静寂中／它就是这样伫立／在一种光里／它的和平的廊柱和庄重／它的整体和宏大，那特有的声音／沉甸甸的慰藉／祥和，温柔，但又全然明晰／仿佛秋天是它的天然形式：／它存在着，它可见，它伫立"（《黄金的中心》）。在另一首组诗《花溪成影》中诗人写道，"宏大的、古老的／而又青葱旺盛的丁香，我与你们相逢／在这样一个清晨。／微风轻轻吹拂，摇曳一阵又一阵花香／欢快的鸟鸣，明亮如清泉／激越如清泉，在花枝上流淌、雀跃。／婉转的乐音，让我想到／乐谱的来处。／／花溪成影，在草坪上绘制／斑驳、恍惚／／想画画、想跳舞、想唱歌／沉睡在我生命中的魂灵，被喊醒"（《民族文学》2023年第6期）。苏笑嫣的诗既有对古典诗歌的传承，又有强烈的现代意识，她的诗往往建立在自己个人的独特感受上，语言简洁、内敛，却又灵动洒脱、轻盈明快，闪烁着青春的光泽和生活的况味，以呈现给我们书写对象为主，引导着对自然万物的感受，对生活、生命、生存的理解与感悟，内蕴力量。

精神和文化意义上的"乡愁"是世界文学的母题，大地是精神依托和记忆标识，关于"大地"的本源性写作一直是文学的传统，葡萄牙伟大诗人费尔南多·佩索阿说"即使整个世界被我握在手中，我也会把它统统换成一张返回道拉多雷斯大街的电车票"；小说家马尔克斯说"活着为了讲述"；海德格尔则说"在大地之上和大地之中，历史的人把他安居的根基奠定在世界中。作品对大地的展示必须在这个词严格的意义上来思考"。尤其是20世纪以来，几乎成了时时维新的时代，不管是在中国还是在全球范围内，"乡愁"显然是来自城市化的巨大挤压和因此形成的焦虑，只不过世界各国城市化进程的程度不同而已。在地方性知识和大地伦理遭遇挑战、消颓的时刻，城市化进程中城市和乡村成了被反复观照和抒写的特殊空间，在乡愁意识的驱动下，诗人、作家和知识分子开始对城市投入了更多的批判眼光，与此同时又对乡村予以怀旧的理想化的关注。应该说对于作家来说，家乡地图意味着他们最后的精神依托和记忆坐标，如果说乡村仍然具有一种精神救赎可能的话，诗歌便成了个体的乌托邦，这一向上的虚拟的精神向度和真实的生命体验、乡村场景以及现实伦理融合在一起，时间之诗和介入之诗就同时产生了，作为现实和记忆结合的产物，故乡既是地理意义上的又是精神上的标识，对于返乡者来说，故乡需要一次次重返、凝视和漫游。

萨仁图娅的写作有一个完全属于自己的丰盈世界，以一种卓尔不群的面貌呈现出具有独特标识的个人风格，闪耀在诗坛的星空。《民族文学》第3期推出她的组诗《游牧时光河》，"鸿雁追云／骏马追风／我沿着额尔古纳河走向／以寻根的虔诚之心的抵达／在水草茂盛时节望星空／无眠之夜沉入晶莹与深邃之中／／……谁把星芒缀满星空／只有仰望方可让心灵安宁／谁把如水的万千柔情布满星空／思念的帆船在星河缓缓升腾／而那颗最亮的北斗七星／是赋予智慧与神秘想象的指路明灯／／思想之翼在夜色阑珊中飞腾／满天星光融入草原融入生命／谛听天籁遥望敖包烛火／满怀热爱和敬畏之情／接收来自苍穹的星光密码／进入天人合一天光合一之境／／银河万里的草原星空／星光发亮深邃而澄明／古老的星之尘埃在耕种的心田中"(《站在草原望星空》);"天苍茫野苍茫/琴声响处是故乡/琴弦颤动我泪如雨/打马草原琴音醉心房//……马头琴是牧童苏和的白马魂/低回婉转的天籁绝唱/牧人与马的故事传奇/岁月与草原千年交响//马头琴,我的莫林胡尔/马的蹄声在弦上/千万匹野马复活奔腾驰骋/我在飞驰的马背上淋漓酣畅"(《马头琴》);"往返的雁阵时光的河/载毡房和牧具连成草原列车/碾过一岁一枯荣的草长莺飞路/颠簸时光飘飞奶香与牧歌//居则毡为庐/行则家是勒勒车/慢慢悠悠转动走进历史/游子思乡依依不舍//如今勒勒车咿呀的歌谣/还在风中响着/渐行渐远的光荣与梦想/为心灵收藏 为时光浓缩"(《草原之舟勒勒车》);"天苍茫 草苍茫/爱是毡房里的灯火灿亮/亮彻千里而至的孤儿心房/额吉草原上的额吉/在奶香弥漫的原野/超越血缘的大爱无疆//……走多远回头望/爱是默默地无悔付出/温暖三千孩子心房/额吉草原上的额吉/摇动摇篮的手扶你跨马背/岁月长长 情长长"(《草原额吉》);萨仁图娅的诗高远浑厚、沉挚素朴又刚柔相济,既有历史的纵深感,又有文化的穿透力。生生不息的茫茫草原是她的精神家园和灵魂栖居地,她以对故乡的无限深情回望民族历史,回望这块有着厚重文化积淀的土地,执着追溯民族文化之根,有力地表达了作者对民族历史的追寻和对民族精神的守望。萨仁图娅说:"我在民族文化的巨流中泛舟,感受、提炼、思考,把有限的认知,融入无限的永恒。"诗人的创作体现着高度的文化自觉和艺术自信,更为重要的是,诗歌的价值指向,是竭尽全力地构建本民族乃至中华民族的精神家园,是新时代对民族精神的开拓性诠释与升华。

于成大在2023年度发表了数篇有影响力的作品,包括组诗《前暖泉村》《白桦树》《春欲暮》《融雪》《城郊的事情》《一场雨无处安放》《春到辽南》《车前草和马齿苋》,和外二首《分水岭》《三月之末》,此外还有散文诗《北方记》《大辽河岸上的花朵那么蓝》等作品,保持着极为旺盛的创作力。在《新华文摘》第8期发表的《前暖泉村》中诗人动情写道,"没见到温泉,却邂逅一群牛 // 它们有二三十头 / 三三两两于一片绸缎般的河滩上 / 埋首青草,偶尔抬一下头 / 然后继续吃草 // 几朵不知名的野花 / 压下了蒿草们的喧嚣 / 青苔压下了石头们的躁动 / 天空高远,水流过村庄的样子 / 就是十七岁少女的样子 // 母牛伸出舌头舔着小牛 / 小牛也会钻到母牛肚子下,吃奶 / 有什么正在融化 / 九月,比我想象的柔软";《小园》中,"它还是太小了 / 小到一棵菜能羁绊另一棵菜 / 一朵花无法错过另一朵花 / 不出家门,就能看到两片叶子传递 / 露珠和晨曦—— / 难以想象,一块这么小的园子 / 也有青翠欲滴的爱情"。诗人笔下这样的诗绪还有很多,"北方空阔 / 浮尘飘起又落下,衣服干了又湿 / 漫天云彩藏不住一场大雨 // 废弃的古码头 / 被踮起脚的河流重新相认 / 城池仿佛一只老旧的木船 / 被潮声和蛙声反复拍打、描画 // 我钟情于眼前的萤火,而放弃了星空 / 田屯村有时在沙胡噜鱼的背上 / 有时在诗歌中的树下 // 蝉声悠长 / 让一棵树袅袅上升"(《夏日》,《诗歌月刊》2023年第5期);"蝉藏好了琴 / 未尽的部分,交给了一根 / 微微颤动的枝条 // 菖蒲是一座旧村庄 / 来来去去的鱼群是熟悉的故人 / 荷香,是散落在路上的青春 // 说出西风的人 / 我们叫它枫、桦、蓼或菊 / 两片狭长的草叶,两处古渡—— / 露珠滚来滚去,水路遥迢、漫长 // 树影窸窣 / 今夜,薄凉摩挲稻草人的新衣 / 月光试图治好我的偏头痛"(《说出西风的人》,《星星诗刊》2023年第12期);"水面高了一些,沙堤那么白 / 一小片冰排跌跌撞撞 / 像漏水的木船 // 暗处的草根明亮起来,它的梦境 / 已接近黎明 / 路遇一只毛茸茸的小虫子 / 是我熟悉的故旧 // 积雪决堤 / 无数细小的水流沿山坡蜿蜒而下 / 像一条条惊慌失措的蛇 // 柳条柔软,一根枯枝动了动 / 与风无关"(《惊蛰》,《辽宁日报》2023年2月);"没有母亲举头望天、眼神浑浊 / 没有土布衫与瘦小身影 / 没有粗糙手掌和花白头发 / 没有锄头及柳条筐—— // 一场雨,又能落到哪里呢"(《一场雨无处安放》,《海燕》2023年第11期)。于成大的诗像在潺潺的小溪上跳跃,丰富的想象力为我们留下了空白，让诗变得简单、干净，又回味无限，显示了诗人先天的灵慧和出色的驾驭文字的才能。诗歌常常将自我与万物融合在一起，与自然万物同情和共情，以此呈现心灵世界的广袤。华兹华斯认为诗的目的主要是给庸常事物"加上一种想象的光彩，使日常的东西在不平常的状态下呈现在心灵面前"，诗人的切入与抵达在诗歌创作中具有重要意义。一个好的诗人通过创作表达自己的情感与思考，他们站在人类历史与社会的十字路口，思考着人生、自然与世界的本质，通过诗歌与时代共鸣，与他人对话，于成大正是拥有这种诗艺自觉的诗人。

舒洁在《为时间书》（《人民文学》2023年第12期）中也写下这样的诗句，"草叶上的故园没有滑落马背／我记得星光之语／是在一杯烈酒里／放的兄弟情也在酒里／唱起醇厚的牧歌，我的故园／就在草叶上舞蹈／牛羊归栏，枕着夜色∥这比砖茶还浓稠的岁月／春风推动着夏季／在那片叫贡格尔的草原／我的故园收起盛装／牧羊人，牧牛人，牧马人／他们娶妻生子，在湖畔打磨着姓氏∥……所有的一切都在时光中，欲言又止／慈悲而平易"（《北望贡格尔》）；"我开始回望／初次凝视燕山的时刻，始于早晨／红色朝霞巨浪般席卷而来／山脊炫目∥我相信故去的父亲／在那一刻归来，在火焰的霞光中／他驾驭着黑马，眉心霜雪融化／父亲挥舞着右臂。那一刻／母亲在我的身后／突然唱起另一个年代的歌谣∥燕山余脉／在日出时的老哈河边安静下来／像一座红色的岛屿／河面也红了"（《逆向的河流》）。我们在贾东旭、张德平、吴东升等诗人的文字中都感受到了扑面而来的浓浓的、挥之不去的乡愁："自由自在的鱼／体会到你的温暖／比野鸭稍晚／云朵脱去夹克衫／你的连衣裙像蝴蝶的翅膀翩跹／裸露凹凸线条，曲线／山川，河流，丘陵，平原，麦田／如你作的画，诗意涂上画板／紫丁香一样的女子打开去年的油纸伞／迈过夏日门槛"（贾东旭《蛙鼓棒敲响新生》）；"仲春时节，漫山遍野的洁白／比莺歌燕舞更勾人魂魄／茂盛得心花怒放／蜜蜂

哼着酩酊的歌 // 杏花离春色不远 / 最懂什么是浪漫 / 一袭白纱定格了优雅 / 胜过了所有的浓妆艳抹 // 我在花海里 / 任凭清丽的乡愁簇拥着 / 倘若喊一声'杏花儿——' / 不知道是否还有 / 那远远的熟悉的应和"（张德平《杏花》外一首）；"小园子里的向日葵茂盛地生长着 / 年年开花结籽，从我童年时就这样""从此以后，不管我在家不在家 / 还是流浪天涯，向日葵都是年年开花 // 我看太阳升起，就仿佛看到它 / 它开在故乡老家，也开在我的心上"（吴东升《向日葵》）。

布罗茨基曾强调一个诗人与地方空间的重要关系："每位大诗人都拥有一片独特的内心风景，他意识中的声音或曰无意识中的声音，就冲着这片风景发出。"对于萨仁图娅、舒洁而言这便是草原，是草原上的额尔古纳河、毡房、骏马与星星，是马头琴声、勒勒车、呼麦与额吉；对于于成大而言，这便是辽南渤海边的一个小村庄，是小村庄里的小草、枯枝、马兰花与劈柴，是松脂味儿、木香味儿、秸秆味儿，是"一缕浅蓝色的炊烟"。我们能在诗人笔下的这片风景中找到诗人，也能发现我们自己。无论是萨仁图娅的悠远、醇厚，舒洁的坦荡、抒情，还是于成大的灵动、深情，贾东旭、张德平、吴东升的温馨回望，"乡愁"是从他们的内心和身体上成长出来的，既来自个人经验和感受，也经由超验和寓言完成，这成为诗人观察、体验、想象和回忆故土的强大能力。"乡愁"中草原、乡村的反复出现，故土所特有的气息和特征，诗人在记忆中重回彼地、漫步徜徉，文字世界不断重复、叠加下渐渐清晰的故乡形象浮现出的乡村经验并不是简单与轻松的，诗人更像是一个"等待者"，他们眺望田野和群山，眺望草原和母亲河，眺望亲人，更多的是对一种生活方式的追念和挽留。故乡，出生地，对应的是一个人的童年经验和最初阶段的精神哺乳期。社会的迅疾变化在相反的向度上刺激了工业化和城市化时代的"乡愁"，故乡便成为"地方精神"最重要的构成。在今天，可以说很多诗人都成了故土的怀旧者，这类型的诗歌甚至已经泛滥，是以乡村的纯真美好对应城市的冷酷丑恶，停留在廉价的道德判断与伦理化表达上。诗人不只是一个描摹者，做社会报告式的平面分析者，诗人和诗歌更应该通过文字世界完成精神生活，完成对一个时段的深层剖析，完成对时代的超越。正因如此，诗人也才能承担起布罗茨基所说的"诗歌是对人类记忆的表达"。正是在这个意义上，辽宁诗人的诗歌品格具有了超越品质，指向独特诗学的精神魅力。

但矛盾在于，今天的乡村已是大地"共同体"的碎片，这是城市文化对乡土文化博弈、冲击的结果，也成为现代人的宿命。思想家雷蒙·威廉斯早在《乡村与城市》中就指出："城市挽救不了乡村，乡村也挽救不了城市。"这对今天这个时代是富有启发性的。现代性的飞速进程已经导致了"精神策源地"和"个体主体性"的丧失，失去的时代，必须从回忆和寻找开始，但是，我们如何能够返回过去时的"故土"？这是可能的吗？对于试图重返故乡的作家而言，面对着与童年的家园相去甚远的景观，感受更多的是五味杂陈、一言难尽。是该适应这种并不是我们原来向往中的城市现代生活，还是对其丑恶的一面进行批判？或者如波德莱尔那样作为一个精神游荡者甚至逃离到"边地"？显然，时代挽歌必然发生，这是终极意义上对乡村生命诗学意义的文化观照。

一向执着于诗艺探索的刘川、姜庆乙、赵明舒、王爱民、侯明辉、高凤超、徐向南等人与多面诗人巴音博罗在2023年度不约而同地聚焦于对"现代性焦虑"的深度凝视与诘问。巴音博罗除了对工业题材的执着，还有慧智诗人的一面，以轻盈和空灵见长。2023年第3期的《人民文学》推出了巴音博罗的组诗《在波平如镜的水面练习写作》："秋风一紧／树上满挂的信笺就都寄走了／多久能盼来回音呢／／直到一场突如其来的鹅毛大雪／封盖住这漫山遍野的喧嚣／天地蓦然静了／鸟和霜树频频传递这不胜寒冽的情愫／／而起初寄信的那位／其实就是名叫寂寞的，有着嶙峋身影的／乡愁"（《秋冬即景》）；"十一月的海用膝盖和胯骨播种／云阵用秋衣的长襟／没有阳光的海平面上一片岑寂／／我试着用波浪的脚踝走上去／一片深色小径上有泡沫的钻石／那是我呻吟的心音，是鸥鸟的正午／瞧，海又开始以铅块填埋它的矿坑了／／我相信这广阔无边的田亩里有无尽的宝藏／而捕鲸的船早已沉没，呼救的回音像落叶／一片片剥落。这是海与陆地最美满的姻缘／／海呀，当我的双手更类似于潮汐／我用胸腔播种，而胸腔早已空旷如野／除了礁岩的海胆，除了水手摔碎的头颅／唯一的回应是那位蹲在海边／掩面痛哭的家伙……"（《旅顺口望海》）；"我是随一支枫树枝条上行进的队伍／运送心跳的。一支歌在野火中焚烧／一缕青烟将我的惆怅带向更荒凉的远方／／哦远方！远方是我们梦想之外的所有地方／／当那支蚂蚁的队伍渐渐穿过寂寥的人间／我会瞬间苍老吗？我黯淡的容颜和塌陷的肉体／我的血压会在我急促的心跳中像鸟儿一般／鸣叫并飞离这里，但现在／我用疼痛来装点秋天"（《山中》）。诗人以"田园诗人"自况，目光敏锐，看到到了时代"乡愁"下的挽歌意义与命运，"寂寥的人间""塌陷的肉体""呻吟中的沉没"，他知道已经"无法得到回音的信笺"，今天的个体既是城市化空间的游荡者，又是无法真正重新返乡的出离者，而二者最终都沉没于内心的渊薮和焦虑。

  作为"70后"重要诗人，刘川具有清醒的写作自觉。《半夜去看社火》是《上海文学》2023年第5期的组诗《在地图上漂流》中突出的一首，全诗由短句构成，"半夜去看社火／乡下人自己演的／突然有个猪八戒／给我一耙／突然有个妖精／给我一刀／突然有个孙悟空／给我一捧榛子／突然有个关公／给我一张养猪低额贷款宣传单／／半夜去看社火／在我老家／都是邻居演出的各种角色／我当年暗恋的女生不知是哪个／找了半天／突然有个观音菩萨／什么也没有给我／只是对我一笑"。这种语言看似简单的表述，实际上会带来一种建筑上的叠加与反复感，它的现实指向从主体意象的迁徙变换中无声地流淌出来。刘川其他几首诗也特立独行，"泡在福尔马林瓶中的胎儿／你让我嫉妒／／我们还在用瓶子容纳、传递信息／告诉别人 迷失的我们的 位置与存在／而你 直接就呈现了 位置与存在／／你死了／而你比我们得救更早／——至少人们知道了你的存在"(《漂流瓶》);"从地图上看／去终南山的路／有无数条／但有人上去／又下来了／证明路只到了／山顶／有人上去／再未下来／证明山上／还有继续向上的路／／我用地图查了好久／通往终南山的路／走其中任何一条／都心里没底／因为这幅地图就是／从山上下来的人／绘制的"(《去终南山的路》);"作为试管婴儿／胚胎移植前／他在试管里待了四天／而后／在子宫里／待了／二百四十六天 早产／／接着在保温箱又待了一个月／满二百八十天／才活下来／不知这几个阶段／哪个阶段算他出生／／对了／而今他在火化场当殓尸工／继续在死亡中谋生"(《老刘的一个朋友》))。刘川总是有意保持意象的单纯,常常一首诗一个意象,选取一种常见而平凡的存在,但又禅意凸显。他的诗深入对象内部,带有正面生存现场的凌厉与反躬自省的敏锐,传递着深刻的哲学思考,通过独特的诗歌内容和技巧,构建了一个充满哲理和深意的意象世界。

其他几位诗人也都在诗艺探索上显示出自觉的努力。姜庆乙的组诗《迎接风》发表在《民族文学》2023年第10期,"傍晚的光线带领／前方的身影／奔跑,穿越／霞光渐息的地平线／／像蓄谋已久的逃犯／生出幻想的翅翼／瞬间,驮走了天空／——白日残存的／斑驳色彩／／停下来／停在灯火深处／这套身影行装,仿佛有／大于光的引力／／仿佛被抹去面孔的人／在黄昏之际／想弄懂／光暗交错之间／从自身脱壳的／某种真相"(《傍晚的光线》)。赵明舒的组诗《赵明舒的诗》(《满族文学》2023年第1期),"2020年的冬天／我们进行着一场约会／我们在落雪的山冈上走着／只要走下去,路就没有尽头／路的前后都是路／就是没有了路的时候／四周都对我们敞开／2020年的冬天／我们并肩走在落雪的山冈上／一棵远远站在一旁的树／与我们,一并成为这个山冈的饰物"(《虚构一场约会》);"我看电影的时候／电影也在看我／那个粗壮的男主角／对我大哭了一场／中指与食指间的烟头忽明忽暗／我已经习惯于人群中的孤独／只是今晚的影院里／又多了一个空着的座位／又少了一双为悲剧流泪的眼睛"(《电影院》)。王爱民的组诗《春天的骑马人》(《延河》2023年第8期)，"骑马人的春天／大于普通人的春天／一个响鼻，远于三千丈白发／骑马人，有一双马的眼睛／赶着一群天上的云朵／走着走着，会泪如雨下／两脚跑不过四蹄。蒿草丛生／我是你踩倒又站起的／那一棵"；另一篇组诗《月亮埋头吃草》(《草原》2023年第4期)，"故乡是一只回不去的鞋／不怨路不平∥埋头在一片树荫下，如一只知了／风搬起石头，砸了自己的脚／一棵蒲公英／要顶风找回失散的孩子∥故乡的倭瓜爬过了墙头／提水人桶里晃动个月亮／卷心菜收回层层包裹的心脏／竖笛横吹，弦上晚来风紧／离家人比民谣走得慢／我比风更凉，走累了／靠上你的肩膀∥故乡／请替我说出不为人知的秘密"(《故乡是一只回不去的鞋》)；"雨在乡村走着，新鞋换上旧鞋／我正穿过城市的街头／我是被雨遗忘的一片叶子／黯然神伤∥雨在天空走着／她放下一切牵挂／放声一晚"(《雨在走》)。高凤超的组诗《听一尊瓷器开片》(《西部》2023年第1期)，"心怀语声，它是淡定的／它必须不能主动／它必须这样交出自己／静静把自己放在那儿／让自己／不在自己的把控中""我得不到这样的点化、再塑／我交出过纯净的自己／在无梦的睡眠时／我静静放在那儿的身体／是一个暂时的忘记／是一具被欲望用旧的／不洁之身"；"一只飞鸟，一匹奔跑的马，一棵站立的树／它们显现时间的形体／它们囚住了充满它们的时间／飞，奔跑，站立，摇晃∥或者这是从时间里逃离出的时间／它们从恒定的整体里摆脱出来／找到了封闭自己的东西，不越界，各怀分秒∥虚无的逃离是失败的，塔楼在水中的倒影／仍被恒定的时间所控∥一种时间跟随一块卵石退守成一粒沙／最后消失，是时间对时间的毁灭"(《逃离了时间的时间》)。侯明辉的诗，"这薄薄的冬雪，凌乱且泥泞／勉强能遮掩住暮色和落叶的声音／一只灰色的麻雀，站在街边的电线上／落寞而孤单／像我，像渐渐老去的我们／零零碎碎的白，无拘无束的飘落／宛如少年的柳絮，年轻、美好／并肩走着，安静，无端的微笑／这就是最美好的时刻了／薄雪穿过树枝，穿过我们牵的手"（《薄雪记》，《星星诗刊》2023年第10期）；"有雨丝，银针般刺入我的脸颊／刺入黑夜的丰盈、沉寂／仿佛一枚沧桑的落叶／写满了我无处藏身的中年和虚无／疾驰而过的车灯，劈开了路边的水洼／一些隐秘，正试图穿过黑暗／看到了你，我原谅了这大部分的雨滴／原谅了另一部分的无眠和不安"（《滴答赋》，《星星诗刊》2023年第10期）。徐向南发表在《阳光》2023年第2期的诗，"于混沌中捧起一抔土／才知道没有掌握一门手艺之恶／不会造人／但造化弄人只能看着人渐渐成了人／人来人往／交互再成行／／那时还没弄明白什么是爱／而如今 似乎明白了／爱倒是俗了／用手里这抔土把它埋了／已经知道四季轮转万物更新的原理／愿下一次 能开得恰如其时"（《混沌纪》其二）；"不从时间开始／便无地理的痕迹／没有身躯倒影／脚对着脚／五指张开 组合／架起最原始的空间／插秧锄禾 欢愉／读一首春天开始写的诗／变换肢体的姿势／重心下沉／手肘撑住多数的盐／风吹来 颜色回归四季／双手抱膝／意识穿过荒芜"（《经营一个冬天的温暖》）。几位诗人并没有把自己当成一个智者一味地说教，而是通过作品给人们带来心境的转换与体验，每一首诗歌，背后都隐藏着深刻的生活与诗的哲学。通过象征性的描写，对灵魂进行了一次深入的剖析。他们的诗歌作品给我们带来了对内在世界的关注，引发人们对生命与存在的深入思考。

此外，古诗词创作也取得了较好成绩，郑雪峰的《菩萨蛮·拟花间》、杨明山的《暑日偶想》、魏春雷的《兰亭杂咏》、倪工伍的《抗联第一军三师密营遗址》等都是2023年度古诗词的重要作品。

我们欣喜地看到，2023年辽宁诗歌在当代感和时代性、多样化与本土化等方面，展现了诗性探索和艺术创新的多重努力、突破，诗人们对诗学的自觉追求使得辽宁诗歌呈现出蓬勃发展之势。文学辽军以其独特的诗学品格在中国当代诗坛上发挥着重要的影响力，未来可期。

儿童文学：书写辽宁儿童文学的新篇章

◎何家欢

辽宁作为中国儿童文学创作的重镇之一，有着非常辉煌的创作历史和十分坚实的创作基础，特别是20世纪90年代辽宁儿童文学作家群的创作集结，更是形成了辽宁儿童文学创作的地域特色，赢得了"辽宁小虎队"的美誉。近年来，已经成名的辽宁儿童文学作家虽然"单兵作战"，但是他们依然笔耕不辍，在创作上不断突破自我舒适区，寻求叙事的创新和创作题材的多元开拓。与此同时，青年作家作为新鲜血液不断输入其中，他们以丰沛的创作灵感和极高的创作热情，为辽宁儿童文学注入了新的活力。新老作家共同蓄力，谱写了2023年辽宁儿童文学的美丽新篇，开辟了辽宁儿童文学创作繁荣发展的新征程。

一、人与自然的奇妙邂逅

自然是儿童文学的重要母题之一，它承载着人类对自然万物的体察与观照，寄托了作家对生命的感悟和思考，同时以其独特的"悠远率真"的风格，为现代儿童读者带来一种新鲜而奇特的生命体验。近年来,辽宁儿童文学作家越来越多地在创作中表达对自然世界的关注,他们以清新灵动的笔触书写着人与自然之间的奇妙邂逅。

薛涛是一位真正走进自然,并尝试将身心融入其中的作家。从浑河畔的木屋,到辽东白旗镇上的南山居,薛涛从未停止对自然进行观察和探索的脚步,在他的儿童文学创作中总有一双深深地凝望着大自然的眼睛。

在近期的几部作品中,薛涛将目光投向了大自然中那些不被人类注意的小角落。图画书《蚂蚁的森林》(海燕出版社)讲述的是一场大火来袭后,大森林的某个小角落里发生的事情。当灾难来临时,一群最渺小的生命,却爆发出最不可思议的力量。他们成群结队,搭载各种大自然赐予的"交通工具"匆忙逃离火场,在抵达安全之地后,大家又迅速有序地重建新的家园,就连逃命时乘坐的"交通工具"都被其他小动物收集起来作为过冬的储备粮。大自然中有许多这样的小角落,在那些无人注视的角落里,无数的小生命在为了生存而忙忙碌碌,他们有着自己独特的生存智慧和生活节奏,不急不躁,不卑不亢,在一方小小的天地里繁忙而有序地生活着。

在长篇散文《我不是博物学家》(安徽少年儿童出版社)中,薛涛将更多自然角落里的生命带到了读者面前,这部作品是一本关于白旗镇野生动植物的博物词典。白旗镇是薛涛在辽东开展驻村工作的地方,那里远离城市的喧嚣,生态环境良好,除了善良朴实的农民以外,还有许多来自大自然的"原住民",自从作家开启驻村生活之后,它们便三不五时前来造访,而它们的到来也点燃了作家的好奇心和创作欲。那些叫得上来和叫不上来名字的动植物,在被作家仔细打量审视、查明身份后,都被一一记录在册。其中,鸟类是作家记录得最为详细的部分,各种雀、雁、莺足足有48种之多。除此之外,还有白旗镇的各种走兽、昆虫、野草、药材……作家饶有兴致地记录着自己与这些自然居民的每一次邂逅,相较于一般百科书对于动植物生物习性的聚焦,薛涛更关注的是这些动植物的"天性"。人有人性，动植物亦有它们的天性，当他以作家所特有的浪漫而又富于觉察的目光凝视对方，便发现了它们天性中迷人的闪光点：被东北人戏称为"傻狍子"的狍子永远天真赤诚，即便身处险境，眼里也始终闪烁着童真；谨小慎微的煤山雀却时刻警惕环境中的危险，从来都不会被唾手可得的美食冲昏头脑；身量纤巧的家燕为了生存，可以凭借强大的韧性和毅力跨越山海奔赴地球的另一端。它们都在以各自的方式应对这个变幻莫测的世界，在危机四伏的大自然中谋求生存的机会，这也正是自然生命的多样性的显现。薛涛常以欣赏、敬畏的态度来看待自然界中的生命，他尊重它们的自然个性和生存方式，反对以人类的欢喜好恶来评判动物的行为，对于大自然生命之间纷争也常采取不介入的姿态。面对常被人们声讨不负责任的杜鹃，他说："人类喜欢道德绑架，到最后把自己也绑了。人类谴责动物的时候，应该反思自己的'德行'。动物的'德行'无须人类管控。"看到中华大刀螳螂捕食枯叶蝶，他又写道："我没有干预它们的争端。我不想充当道义的一方帮助'弱者'。我不能以人类的伦理道德去扰乱它们的'秩序'。"在薛涛看来，自然万物皆有其生存运行的秩序和轨迹，人类只是万千生命中的一员，保持旁观者的心态，顺应大自然的生存法则，给予不同生命充分的理解，才是对自然和生命最大的尊重。

鲍尔吉·原野的"草原童年美文系列"（青岛出版社）将读者的视野带到了广阔无际的内蒙古草原。这个系列包含《河对岸的星辰》《云的故乡在草原》《马群在傍晚飞翔》三本散文集，三部作品分别围绕童年、草原和马三个核心内容展开。在《河对岸的星辰》中，追随作家的思绪，我们一同回到了那个叫作童年的地方。鲍尔吉·原野的散文似乎有一种魔力，他能够将童年的感觉，栩栩如生地还原出来，又在长大后回眸的那一刻，猝不及防击中一个人内心中最柔软的地方。儿时走路高举双手扯住妈妈的后衣襟，如今身旁已是诸事无不诺诺的父母，童年时在借来的书本上画下的一条条小鱼，数十年后，又成群结队地游到了另一个孩子的画笔下。或许，我们的童年和作家的童年并不相同，甚至不在同一个地域，也不在同一个年代里，但是那种恍恍惚惚、意犹未尽的感觉是如此相似和令人怅惘。《云的故乡在草原》《马群在傍晚飞翔》写的是故乡的草原和草原上飞驰的马群。不同于其他作家邂逅自然时所流露出的满怀好奇的凝望，自幼生长在草原上的鲍尔吉·原野，他的精神世界和草原上的生命是完全同频的，草原的一颦一笑、一怒一嗔，作家无不熟悉。鲍尔吉·原野悉心地勾勒着草原上的一棵树、一匹马、一片云，它们都在以草原的方式发出生命的律动。内蒙古的草原太过空旷和辽阔，但是有了它们，人的目光和心灵便有了落脚点。他在草原的单一中看到了丰富，在大地和天空的辽阔中感受到人的渺小与局促，他的抒情，像是一曲悠扬的蒙古长调，飘扬在寂静的天地间。

在他的另一篇散文《跟大自然说句话》中，鲍尔吉·原野真诚地表达了对自然的崇拜和依恋。他在散文中这样写道："大自然是人类的导师，教人学会爱，学会忍耐、节制、倾听、观察，学会体面地活着与死去。"倾听自然，与自然对话，就是不断向自然学习的过程，只有沐浴在自然的教导中，才懂得生命的谦卑与尊重，懂得如何去爱眼前的世界。

大自然是人类永恒的家园，人类也是大自然的成员之一。宋晓杰的散文集《在时光深处等你》（辽宁少年儿童出版社）将自然节律和人们的生产劳作以及日常生活中的饮食起居、传统风俗联系在一起，以细腻的笔致勾勒了二十四节气中的自然变化和生活景致。二十四节气是中国古代农耕文明的产物，古代人民感应自然节律的变化，根据时节更替安排农事和生活活动，于是便有了节气和时令的划分。古时人们靠天吃饭，因而对自然节律的感知也极为敏锐。而随着工业文明的飞速发展，我们生产生活不再完全受限于自然，对于节气的认识也就淡化了许多。对于在城市中生活的孩子来说，二十四节气或许已不再是生产生活的指令和依据，但是，在节气的变化中有时节和岁月的流转，有自然万物的衰长枯荣，有农耕文明时代人类的智慧与印记，这些都值得我们永远记忆和珍藏。

刘天伊的长篇小说《客从山中来》（辽宁少年儿童出版社）讲述的也是人类与自然邂逅的故事。一个远离城市的乡下小院里，小院的主人迎来了一波又一波来自山中的客人，狐狸、野兔、野猪、紫貂、黄鼠狼逐一登场，每一次邂逅都带来不一样的经历和体验。小说中"坏了两次的栅栏"一章书写了"我"和一只小野猪的奇妙相遇。小野猪撞坏了栅栏突如其来地闯入"我"的小院里，它的贪吃和不时流露的野性都让"我"新奇不已。但是，随着小野猪的长大，它越来越丑陋的脸庞、壮硕的身躯，以及狂躁未驯的野性又让"我"心生畏惧，"我"只能从"它黑润润的眼睛里勉强找到一点儿小时候的影子"。直到有一天小野猪又一次撞破栅栏，彻底消失而去。小说中，小野猪的"野"是一个颇具意味的特征，这种"野"是它的自然天性，是它骨子里的动物本能，故事中的"我"虽为它的"野"所吸引，但也隐隐感知到野性背后所暗藏的不可控的危险。千万年来，人类正是在文明发展的进程中，不断征服驯化着大自然的野性，但是，总有一些本能和天性是无法被文明所驯服和掌控的，与其将其困于牢笼，不如任其肆意奔跑于山林之间，自然才是野性最好的归宿。作品以第一人称视角带领读者走近野生动物，以生动、有趣的讲述展现自然万物的神奇，并巧妙地将动物习性和自然知识融入其中，毫无生搬硬套的夹生感。作品在带给读者身临其境般的自然体验的同时，也在向儿童传递亲近自然、与自然和谐共生的生态观，是一本动物文学的佳作。

车培晶的《麦田里的原仓鼠》（《儿童文学》）是篇妙趣横生的短篇动物小说，不同于童话创作中对于动物的拟人化书写，动物小说更追求对动物生活和习性的真实描摹。它要求作家把动物当作动物来写，而不是以动物故事来隐喻人类的思想和情感世界。在动物小说中，人类只是大自然的旁观者和见证者，动物才是真正的主角。

了解动物习性，接纳动物的生活方式，才是对生命多元化的理解与尊重。车培晶以写实的笔法讲述了原仓鼠妈妈从与公仓鼠相遇、熟识，到养育子女的过程。小说中将原仓鼠妈妈带领宝宝觅食，和与天敌殊死搏斗的情节描写得活灵活现，真实地再现了动物世界中弱肉强食、危机四伏的生存处境。

二、童年书写的多重面貌

儿童文学的童年书写既要有精神抵达的深度，也要有开拓成长视野的广度。近年来，辽宁儿童文学作家扎根现实生活，聚焦童年成长，从历史、乡土、精神成长等多重维度突入童年书写，有力地丰富了"中国式童年"书写的形式题材与叙事艺术。

1. 走进儿童成长的精神世界

对少年儿童成长精神世界的关注与聚焦，是童年书写最重要的组成部分。

马三枣的长篇小说《大象池塘》（少年儿童出版社）是带有作家个人温度的一本童年成长之书，作品透过男孩马元元的视角，讲述了他童年生活里的一段恬淡而美好的旧时光。在看似松散的文字叙述中，一个孩童的心灵成长变化逐渐浮显在读者面前。小说为读者展现了儿童在对世界形象化的感知中而建立起的神奇逻辑。马元元第一天上学，闻到窗外的鱼腥味和土腥气，便以为学校里有一个菜市场。等他发现了池塘，看到水里有个银灰色的东西钻出来，甩出一道弧线，又认为那是头在甩鼻子的大象。在马元元纯真的童心世界里，主观世界和客观世界之间并没有绝对的壁垒，二者之间更像是一张网，而非一堵墙。当想象透过细密的网孔融化了现实坚硬的外壳，世界便有了轻盈的质地和灵动的色彩。与此同时，小说中的大人们也在悉心地呵护着孩童内心的五彩斑斓。爸爸带着他一路骑行去寻访镇北河的源头，那晓鹤老师将他的创作才华视若珍宝，耐心地指引他向着文学之路前行。马元元的童年没有波澜壮阔的大叙事，有的是细细碎碎饶有趣味的小故事，但是每一天，马元元内心的小小世界都在一点点扩容。所谓成长，就是不断地体验未知，向更广阔的世界迈进，马三枣将人生成长融汇在平凡的生活中，他写得松松散散、从从容容，童年的美好在倏忽而过的时光里熠熠生辉。

不同于马三枣《大象池塘》中对少年成长日常化、生活化的书写，鲍尔吉·原野的《乌苏里密林奇遇》和赵杰的《北林场的黄昏》则将读者的视野带到了远离人烟的山林之中，为少年成长注入了大自然的神秘与野性。赵杰的短篇小说《北林场的黄昏》（收入《蓝耳羊》作品集）以沙漠中的万亩松林为背景，书写了北林场少年与黑狗之间的动人情谊。鲍尔吉·原野的长篇小说《乌苏里密林奇遇》（浙江少年儿童出版社）将少年成长叙事的背景设置在人迹罕至的俄罗斯原始森林之中。故事从少年门德的梦境开始写起，梦中的门德乘着桦皮船在河水中漂流，醒来后，门德受到梦境的指引，与好友狗宝一起游过额尔古纳河，进入乌苏里密林，开启了一场新鲜奇异的探险之旅。小说中，跟随两位少年的视角，形形色色的森林人轮番登场，有挖宝的村民、传统的鄂伦春人，还有流浪的吉卜赛人和相依为命的俄罗斯祖孙等等。在这个过程中，门德和狗宝不仅增长了见识，了解了森林里各民族的信仰、生活方式和历史传说，同时也在与森林以及森林人打交道的过程中，学会了对世界和人性的体察与思考，蓄积了成长的能量和胆识，实现了真正的成长与蜕变。在工业文明高速发展的今天，山林生活距离我们已经越来越遥远，但是在人类的天性中始终保有着对自然的渴望与亲近之感。鲍尔吉·原野的《乌苏里密林奇遇》以闯入者视角，将读者带入一场别开生面的森林奇遇，为当下的少年成长小说注入了原始野性与生命活力。

李丽萍的儿童小说极具个人风格和艺术张力，每次读她的小说总能被迅速带入故事情境中，这让我不得不惊叹于作家驾驭文字和叙事的能力。她在《儿童文学》上发表的短篇小说《丽人巷之随喜姑婆》和《雪人巷的除魔英雄》都是以人物为中心的小说作品，但是叙事中作家并没有直接讲述这些人物身上发生的故事，而是透过儿童视角由远及近，由陌生到熟识，慢慢靠近人物，如剥洋葱一般，将人物的经历、生命和情感一点一点呈现于读者面前。这样的讲述不仅以强烈的带入感拉近了读者和成人人物故事之间的距离，同时在限知视角的引领下，读者对人物的感知和理解也随视点人物一同渐进深入，这极大丰富了人物形象的表现维度和小说叙事表达的艺术张力。《丽人巷之随喜姑婆》中，随喜姑婆一出场是个严厉难惹的角色，但随着与少年交往的深入，她也逐渐袒露出内心的善良与柔软。剥去坚硬的外壳后，浮现的是一个困守于爱情承诺的可怜女人和她难以割舍的青春。《雪人巷的除魔英雄》则描写了一个男孩眼中的除魔英雄，一个男人在冬日的雪夜来到男孩家的餐馆应聘厨师，他身上流露的非凡气度点燃了男孩的英雄梦，他的一举一动无不挑动着男孩的神经，使其浮想联翩、心生向往。而随着对男人了解的深入，这些不着边际的英雄想象也逐渐被印证，在见证了一场真正的"除魔"较量之后，一颗年少火热的心从此对英雄有了具象化的认识，内心中朴素而热忱的正义感也随之变得更加坚定。作家笔下的随喜姑婆和"除魔英雄"都是平凡世界中的普通人，他们的故事或许并不算耀眼和离奇，却在平凡的真实中涌动着某种动人的力量。李丽萍在发掘这些生命力量的同时，也在以孩童的身份和视角与自己笔下的人物、故事进行交流对话，她试图潜入少年的精神世界，悉心书写生命之间各种奇妙的相遇和美好的联结。无论是《丽人巷之随喜姑婆》中少年与女人之间的理解与宽宥，还是《雪人巷的除魔英雄》中男孩内心所迸射的对英雄的崇拜与渴慕，都在传递一种别样的人间真情，它在作家的笔下被描绘得异常柔软、真实和独特，体现着作家对创作素材处理的独到视角与女性作家特有的细腻敏感。

贾颖的短篇小说《阁楼上的画家》（《少年文艺》）书写了一场关

于"理想"的成长启蒙。13岁的少年在与外来画家的交谈中,对"理想"有了懵懂的认知,与此同时他也开始思考和探寻自己的人生理想。小说故事的终点,正是少年理想探寻的起点。"觉知""思考""顿悟""探寻"是贾颖笔下人物所经历的过程和状态,他们常常是在懵懂的启蒙中觉知,开启对问题本质的思考,又在顿悟后,踏入对人生之路的探寻,这或许也是读者在阅读她的创作时所经历的过程和体验。

源娥的短篇小说《蚊子与绣花针》(《东方少年》)关注到当下一个较为敏感的话题——校园暴力。小说以第一视角将我们沉浸式地带入一场校园暴力与友情纠葛之中。女孩温子玉转学到新学校,因为口吃、声音小的毛病,经常被同学嘲笑,一时无法融入新的集体中,是男孩曹朗的出现帮助她一点点走出了自卑。可是当曹朗因为娘娘腔遭遇同学的嘲讽时,急于融入大集体的温子玉非但没有为曹朗辩驳,反而加入嘲笑他的队伍中。温子玉知道自己的背叛伤害了曹朗,她渴望获得朋友的原谅,却又因惧怕被集体孤立而踌躇,最终,她还是选择站出来对校园暴力说不。不同于以往社会新闻和影视作品中对于血腥暴力的霸凌事件的演绎,源娥这篇作品聚焦于一种比较容易被社会忽视的校园软暴力,这种形式的校园暴力虽不及硬性暴力事件那样令人触目惊心,但在校园中更为普遍和日常化,它在无形中蚕食打压着少年儿童的自尊自信和社交期待,并且极有可能在各方的忽视下进一步恶化为恶性的暴力事件。小说视角的选择极其巧妙,它以亲历者视角走进事件旋涡的中心,将一个友情背叛者矛盾的内心世界细腻生动地还原出来,在真实地呈现人物内心的敏感、怯懦的同时,也在潜移默化地引导儿童读者正确地看待自己所遭遇的问题和处境。这也正是这篇少年小说的价值和意义所在。源娥也是一位极具创作潜力的"90后"创作者,年轻作家的写作正在上升期,他们的写作技法,以及在一些创作素材的处理上可能不像老作家那样纯熟,但是他们也有自己的优势,就是他们有着旺盛蓬勃的灵感，和勇于打破创作舒适圈的勇气，强烈的创作冲动驱使他们在不断尝试中探索各种可能性。

杨帆的短篇小说《署名》(《读友》)讲述了一场由一张手抄报的署名所引发的矛盾，作家重点表现了在荣誉竞争前，儿童内心中真实的渴望与纠葛，是为了荣誉而不择手段，还是放下执念赢得伙伴的尊重，获得内心的和谐宁静，这是每个孩子在成长过程中都会经历的内心抉择。作家在洞察孩子心灵之余，也为儿童读者带来一场心灵成长的必修课。

2. 乡土童年的诗意书写与现实观照

诗意的乡土是农业文明的缩影。乡土童年的书写一方面蕴藏着作家的童年记忆和乡愁情结，另一方面也寄予着作家对理想童年精神的诗意追寻，体现了作家对乡土之上童年成长的现实观照。

闫耀明、阎秀丽、申国强、张洪霞、张凤凯、杨帆等几位来自葫芦岛的作家将他们过往的乡土生活经验融入儿童小说的创作中，呈现了一种别具乡土风情的童年叙事。闫耀明是辽西"葫芦娃"的组织者和领军人物，他的儿童小说多聚焦儿童的内心世界，发掘儿童成长的心灵密码。在其发表的几篇以节气为题的短篇儿童小说中，我们看到了乡土之上童年生命里流淌出来的美好与诗意。《夏至》(《读友》)中，少年雨生和晓静用小石头完成一只蝴蝶和青草组成的风景画，那是孩子在以自己的方式表达对家人的思念。《立秋》(《少年文艺》)中，女孩东杏在成长的过程中渐渐了解到了一个人的不同侧面，她在四姨的身上感受到了梦想的光芒，与此同时，她小小的心中也有了对未来人生的思考和期待。闫耀明将心灵成长置于辽西乡土之上，特别捕捉了儿童在成长中顿悟的瞬间，很多成长中不易被察觉的心灵的细微变化都在作家的笔下变得美妙动人，熠熠生辉。

在这几位葫芦岛作家的创作中，有着对辽西乡土风情的真挚书写，特别是小说中对于辽西风俗和民间传统技艺的描摹极为鲜活可感。申国强的短篇小说《葫芦条子长又长》(《读友》)饶有趣味地介绍了辽西特色美食葫芦条子的制作工艺；阎秀丽的短篇小说《扭嫁妆》(《读友》)嵌入了辽西山区独特的婚嫁风俗；闫耀明的短篇小说《白露》(《读友》)将民间艺人踩高跷扑蝴蝶的表演描写得精彩非凡、活灵活现。美丽的蝴蝶不仅扑在了民间艺人的肩上，也扑入了辽西少年的心中。这些承载着辽西文化的民俗技艺没有在时代发展的洪流中被人们遗忘，而是在一代代人美好的童年记忆里闪烁着耀眼的光辉。

  与此同时，作家们也将笔触伸入乡村儿童的生活现实与心灵深处，呈现了乡村儿童成长中遭遇的现实问题和敏感、独特的情感世界。阎秀丽的短篇小说《天宫》(《少年文艺》)描绘了一个失去父亲的乡村少年对于天宫的好奇与想象，小说中的"天宫"既是对往生世界的美好幻想，同时也承载着生者对逝去亲人的不舍与怀恋。小说将传统民间的死亡想象融入其中，叙写了一篇极具本土化特色的死亡书写。申国强的《葫芦条子长又长》聚焦乡村留守儿童的亲子关系和情感世界，女孩巧花因为思念在南方务工的母亲，跟奶奶学起了挠葫芦条子。长长的葫芦条，代表着新一代乡村儿童对民间传统技艺的传承，更寄托着一个孩子对母亲的深深思念。张洪霞的短篇小说《梨丁的盛宴》(《读友》)围绕一个乡村女孩的心事展开。女孩梨丁因为妈妈得了精神疾病而郁郁寡欢，就连妈妈生病前给她做的甜饼子如今也成了她求而不得的美味，幸运的是她的身边还有一群真诚善良的小伙伴，童年里的陪伴正是苦涩人生中一抹难得的温暖与甘甜。张凤凯的短篇小说《捡秋》(《读友》)书写了一个无父无母的农村残疾孩子，在对待那些比自己更弱小的生命时，内心的柔软与悲悯。从这些作品中可以看到，作家们对于贫困、留守、疾病等农村现实问题的清晰觉察和敏锐感知，他们关注着时代洪流中乡村儿童的生存境遇，真诚地感应和书写着童年的困境与苦难，在苍茫的辽西大地上，以儿童文学独有的细腻和温柔抚慰着乡土童年的苦涩与隐痛。

如果说辽西的几位作家书写了对乡土童年的现实观照，那么马三枣和罗洪瑞的作品则是一首首温柔的乡村抒情诗。马三枣的短篇小说《星夜船》(《儿童文学》)以抒情的笔法书写了留守儿童对母亲的思念。夜深人静的时刻，两个孩子驾着小船前往九里峰，因为麻生发现那里有一座漆黑的山峰像是九妹妈妈的模样。麻生关心九妹为她带来手机，九妹却因为心疼远在城里的妈妈不愿在夜晚打扰她。孩子们天真的童心和纯真的友谊在山谷里回荡，在山乡间谱写了一曲美好的童年之歌。罗洪瑞的短篇作品《燕剪村头柳》《那村 那树 那河》(《故事天地》)以散文化的笔法书写了在家乡辽北山村的童年生活记忆，描绘了一幅温馨质朴的乡村风情画。

此外，书写新时代的山乡巨变也是当下文学主题创作的重要命题。闫耀明的《岭上开百年映山红》(北方妇女儿童出版社)和阎秀丽的《梨花盛开的季节》(北方妇女儿童出版社)两部长篇作品分别以扶贫干部和大学生农民为主人公，书写了其带领当地农民脱贫致富的故事，以儿童视角见证了祖国新时代的山乡巨变。

3. 以小切口书写大历史

儿童文学是一种轻盈的文学，如何用儿童文学的轻盈去承载历史的宏大叙事，需要作家在写作中付出诚意和智慧。刘东、张忠诚、马三枣等几位作家聚焦历史叙事中的少年成长，以儿童视角和独特的小切口呈现重大历史事件，为其更好地融入当代儿童的审美视野，做出积极地探索与尝试。

刘东的长篇小说《回家的孩子》(大连出版社)从历史出发，以被日本侵占时期的大连为背景，截取了1945年4月到8月日军宣布无条件投降前的这段时间，通过发生在山蕲堂药店掌柜田映川家三代人的抗日故事，真实地再现了侵华日军在大连、旅顺等地所施行的恶行，展现了大连人民对侵略者的反抗和对中华文化和民族精神的坚守。不同于以往抗日战争文学作品中对侵略者血腥暴行的直接书写，小说独辟蹊径，将笔墨聚焦于日军对大连人民实施的奴化教育，书写了在日军文化侵略下，大连人民的反奴役斗争。对于儿童文学创作来说，重大历史题材书写的关键在于建立代入感，这个代入感既包括作家本人对历史时代的感同身受，也包括儿童读者对历史情境的融入感以及对人物命运的关注。为此，刘东做了很多的功课，他一次次地查阅资料，走访历史的亲历者，试图在与历史的深度对话中，勾勒还原出"一个个鲜活的人，一颗颗鲜活的心"。由于历史事件发生的时代背景与儿童现实生活距离遥远，为了增强儿童在阅读时的代入感，刘东将小学生唐生和高中生田仲男设定为小说叙事的关键人物，采用双线并进的叙事方式，一条线索写战争遗孤同时也是田家长孙唐生回田家认亲，为了掩盖真实身份，被安排进日本人办的小学和小叔田男一起上学读书的故事；另一条线索则写田家二儿子田仲男领头在旅顺高等公学校发起的抗日行动。小说通过儿童人物鲜活的思想与情感拉进了儿童读者与历史事件之间的距离，如作家所言："我所要写的，也不是一个落满了灰尘的隔世故事，而是一个个鲜活的人，一颗颗鲜活的心。这些鲜活的人和心，会使那些遥远而陌生的故事变得不再遥远不再陌生，也会真正打动那些认真阅读这个故事的一个个鲜活的人，和一颗颗鲜活的心。"

张忠诚的"东北抗联三部曲"（二十一世纪出版社）以儿童的视角深刻反映了东北九一八事变之后到七七事变之前这六年里东北人民与日军抗争的故事。"三部曲"中的三部长篇小说分别选取了三个不同的抗战切面：《土炮》讲述了侵略者的兽性杀戮中，一个家庭两代人的惨烈抗争；《龙眼传》通过少年龙眼在东北抗战时期的三段经历，书写了日军侵华战争带来的深重灾难和东北人民的抗战；《柿子树》则写了在日本文化侵略和奴性教育下，东北校园里师生的觉醒与反抗。三部作品均通过小人物、小切口进入历史叙事，从不同角度书写了不同群体、不同形式的抗日斗争，以儿童视角书写了日本侵华战争带给东北人民的苦难，和苦难之下的挣扎与反抗。重返历史现场，张忠诚秉持着真实、客观的态度书写历史，他没有刻意回避战争中的杀戮与死亡，也没有将孩童刻画成智勇双全、独当一面的战斗小英雄，而是真实地书写着儿童在战争中的苦痛、挣扎与成长。《土炮》中，墩儿和母亲躲藏在深山里，过着野人一样风餐露宿的生活，《龙眼传》中，在战争中沦为孤儿的龙眼，在流浪的过程中又被骗去日本矿区，成了一名劳工。战争面前，他们不得不提前与童年告别，这才是儿童在这段历史中的真实处境。张忠诚用他的文字证明了一点：儿童文学并不回避对苦难的讲述，但是它会以其独有的轻盈美质实现对苦难的超越。而在他的笔下，给予儿童超越苦难力量的则是纯真的童心和危难之中的人性温暖，以及善良勇敢的大人们为他们撑起的一隅温柔的庇护。在文学与历史之间，作家找到了一个微妙的平衡点，他在让读者铭记历史的同时，也为童年成长注入了前行的力量。

马三枣的长篇小说《慈江雨》（希望出版社）同样是一部以小切口呈现重大历史事件的儿童文学作品。小说以抗美援朝为背景，以作者的老师于善明的亲身经历为素材，讲述了16岁师范生单明到朝鲜慈江道支教的故事。作品以人物为核心结构故事，通过大量细节的描摹，真实地再现了单明到朝鲜后的所见所闻，在记述其艰苦的支教生活的同时，也将战争中志愿军战士英勇无畏的牺牲精神，和朝鲜人民全民参与战争的顽强斗志，饱满、生动地呈现在读者面前。

马三枣的另一部长篇小说《月落白沙湖》（中信出版社）则将读者的视线引向了祖国的西北边陲。小说从一个北京少年李龙腾的北疆探寻之旅开始写起。龙腾的爷爷李虎头是第一批新疆生产建设兵团的农垦战士，龙腾与爷爷在生前素未谋面。爷爷去世后，龙腾来到了爷爷奋斗一生的土地上，在前辈们的回忆中，六十年前东北小战士李虎头和他的战友们建设北疆、守卫中苏边境的故事逐渐浮现在读者面前。小说运用富于传奇色彩的讲述，将读者的思绪带回到那个崇尚英雄的年代，但是，在对李虎头这一英雄人物的塑造上，作家没有刻意拔高，而是凸显出其性格中真诚、爽朗的一面。如在

"黑云雀"一章中，作家书写了李虎头与战马黑云雀之间的深厚情谊。李虎头将黑云雀视为自己的知交好友一般，在它急躁时安抚它不安的情绪，当它感到害怕恐惧时，给予温柔的抚慰与疏导。而黑云雀也仿佛通人性一般，协助李虎头击退狼群，陪伴他度过人生中的灰暗时刻，直至在战斗中献出自己的生命。人与马之间相依相扶的深厚情谊，令人为之动容。"一罐蜜"一章中，安安得知虎头叔叔想让妈妈尝一尝蜂蜜，用妈妈的金戒指换了一罐蜂巢蜜送给了李虎头，可李虎头一心想着把蜂蜜分给患上白内障的老奶奶。在物资紧缺的边疆，小小的一罐蜂蜜，体现了人与人之间的无私与赤诚。小说如同拼图一般，在多位在场者的回忆中，拼凑还原了农垦战士李虎头的形象。与此同时，作品也通过一个个真挚感人的故事，再现了兵团人在艰苦条件下从开荒种地，到戍守边疆、建设边疆的鲜活事迹，谱写了一曲边疆草原的英雄赞歌。

三、幻想叙事的多元化探索

2023年辽宁的幻想文学创作呈现出多元化的创作态势，作家们从各自的创作风格和对童话文体的不同理解出发，打造出风格迥异的幻想叙事空间。

车培晶的长篇系列童话《了不起的狼先生》（三卷本，南京大学出版社）以离奇的想象带来一场童话荒诞叙事的盛宴。这部作品在题目和人物设定上和英国作家达尔的童话《了不起的狐狸爸爸》有几分相似，故事中的狼先生是一个对家庭和子女都极度认真负责的好父亲，时常为了一大家子的生活而四处奔走。在第一卷中，狼先生从一个老将军那里得到了一门害怕打仗的大炮，一向行事低调的狼先生担心别人误以为自己是黑帮，便想将大炮藏起来。可是还没来得及藏好，这门大炮却吼叫着从大坑里开了出来。市场上的商贩惧怕大炮，纷纷向炮筒里投喂食物讨好大炮。狼先生不仅轻而易举地就获得了食物，更是在后来被狗熊抢了房子，面临无家可归的境地时，举家住进大炮里遮风挡雨。甚至他还凭借着大炮带来的威势为自己找来了一份收入相当可观的保镖工作。但是，大炮也会为他招来麻烦，比如有两个小偷躲进大炮里，开着大炮一路上强取豪夺，结果栽赃到了狼先生的头上。其他两卷也延续了第一卷的人物设定和幽默荒诞的叙事风格。这部童话的独特之处在于，它没有采用传统童话"象征+想象"的创作方式，而是以离奇的想象和荒诞的逻辑来结构故事，这一类作品可能很难像解读其他作品那样去分析它的主题思想，因为这并不是它创作中最核心最具魅力的部分。它的魅力恰恰在于它的故事本身，在于它荒诞不经的讲述和跳脱日常的思维逻辑。这一类童话在西方儿童文学中更为常见，如《闵希豪森历险记》《爱丽丝漫游奇境记》《长袜子皮皮》等等。从某种意义上来说，这应该是真正的"儿童本位"的儿童文学，因为它们不试图将任何成人的想法和观念加诸儿童，它要带给读者的是一种更为纯粹的快乐，是思维的跃动和审美的狂喜。

薛涛的童话集《南山童话故事》和李希军的长篇童话《努努熊的夏天》将生态书写与童话幻想相结合，书写了极具本土特色的生态童话。薛涛的《南山童话故事》（二十一世纪出版集团）延续了《我不是博物学家》对白旗镇南山生态的书写，并在原有的基础上佐以幻想，将南山变成了一个梦幻灵动的自然家园。"原住民"纷纷从各自的小天地里走出来，走进人类的生活场域：梦中的橘猫出现在"我"的面前，带来了能够助眠的5+和5-口服液；小狗的头顶上长出了小树，惹得蜜蜂、蝴蝶纷至沓来；"我"和于老师带着野猪、山鸡、松鼠、狐狸组成的队伍浩浩荡荡地去挖沙参……如果说在《我不是博物学家》中，它们还是作为被观察和凝视的客体，那么在《南山童话故事》中，则真正成了与"我"一同生活、劳作和对话的生命主体。动物与人同是南山上的居民，是大自然中平凡的一员。作家在童话中并没有着意表达有关自然生态的呼吁，但是动物与

"我"如同老邻居一般共同生活在南山之上,它们自由自在的状态本身就是对于人与自然关系的最动人的书写。李希军的《努努熊的夏天》(黑龙江教育出版社)讲述了努努熊和他的动物伙伴从棘棘王手中营救鸟类朋友的故事,童话在呈现浪漫幻想的同时,也将林甸境内各种鸟类的形态特征、生活习性,以及环境资源镶嵌于其中,丰富了读者对于林甸生态的认知。

贾颖的《遥远国》、李丽萍的《老木板的新朋友》、佟海燕的《糖人红兔子》(《漫画周刊》)等短篇童话作品运用寓言化手法表达了对于生命和自我价值的思考。李丽萍的《老木板的新朋友》(《东方少年》)通过一块废弃的老船板的神奇际遇,表达了对友情、人生际遇以及自我价值追求等重要命题的思考和探寻。贾颖的《遥远国》(《儿童文学》)在主题上与之有些相似。贾颖习惯在创作中慢慢打磨精品,她的童话有时会带有某种形而上的哲学追问。我想这可能与她的创作方式有关,在童话创作上,贾颖似乎更倾向于向自己的内心进行求索。可以说,她的童话创作是一种自内而外的写作。这样的方式是将创作与个人的生命体验和世界观紧紧缠绕在一起,在创作中,作家要不断向心灵的纵深处去叩问,进而让作品在更深层次抵达生命和世界的本质。接续了小说《阁楼上的画家》对理想问题的探索,在童话《遥远国》中,一株银杏树也开始了他的思考与探寻。春去秋来,银杏树像完成一项工作一样,认真地勾勒着自己的年轮,他把倾听到的一切都记录在自己的年轮之中:"于是,这一年经历的所有事情就浓缩成一个断了缺口的圆,长在银杏树的心里。他打量着这个特别的年轮,觉得它像一只喜欢倾听的耳朵,外界所有的声音都从这个缺口涌进来。银杏树对着缺口不动声色地笑了笑,身上的叶子便在风中哗啦啦地响成一片。"在贾颖的文字中,树的体验与人的意识似乎融为一体,它借用树的视角感受世界,同时又以人的意识来思考自己作为树的生命境遇。对于树来说,一生最大的苦恼和宿命,莫过于自己深深扎向大地的根。于是,被束缚于土地的银杏树有了对人生的思考和追问：是坦然接受自己的宿命，还是冒险去追寻未知的远方？一个渴望自由的灵魂又该如何摆脱命运的枷锁？在灵与肉的抉择中，文学往往会以肉身的毁灭，来换取心灵的自由。但是，贾颖选择了另一种更为精妙的方式，她用生命形式的转换代替了肉身的陨灭，银杏树化而为琴，与追梦的少年一起去探寻自己梦中的国度，借着少年抚出的袅袅琴音飞向那遥远的理想之地。生命的成长、远方，以及梦想，都在琴声中化为永恒。

高君子的短篇童话《我是虎，我不是虫》（《东方少年》），塑造了一个动物版的江湖大哥——虎哥。虎哥人如其名，是一只颇具大哥风范的虎纹蝾螈，凭借着一身的蛮力和满腔的正义感维护着水塘边一方狭小天地的和谐安宁。然而人类的到来不仅打破了水塘的平静生活，也将虎哥拉下"神坛"，一夜间，虎哥从水塘边声名赫赫的风云人物，变成了市场上待售的宠物。从声震一方的猛虎到供人赏玩的爬宠，虎哥不得不重新建构对于自我身份的认识。但是，随着买主的出现，他发现自己又迎来了新的"使命"。虎哥这个形象让我不禁想起了电影《老炮儿》中的六爷，他们同样富于正义感和江湖气，同样在社会时代和周遭环境的变化中，面临自我身份认同的断裂与颠覆。虎哥的可爱和可敬之处在于他从来不会深陷在个人的痛苦中，他的心中永远有对弱者的同情和呵护，无论身边的环境如何变化，无论他是水塘边的草根英雄虎哥，还是男孩饲养的爬宠小虎，他始终都怀有一颗热忱善良的心，他就像一个真正的"大哥"一样，真诚地守护着身边的每个需要被爱的人。

陈琪敬的《国王跑进了毛毛虫火车》和刘天伊的《鼠兔房东乐呵呵》颇有"热闹派"童话的欢快氛围。刘天伊的短篇童话《鼠兔房东乐呵呵》（《少年文艺》）将动物科普和童话幻想融于一体，由"鸟鼠同穴"的自然现象生发趣味联想，讲述了鼠兔和雪雀间奇妙的租赁故事。陈琪敬近年来一直活跃在幼儿文学创作领域，多年的幼儿教育经验使她对幼儿的心理和审美特点了如指掌，她的低幼童话清新浅近，洋溢着童年情趣，对儿童思维有着非常精准的捕捉和演绎。陈琪敬的短篇童话《国王跑进了毛毛虫火车》(《东方少年》)书写了一出荒诞离奇的闹剧。一个天马行空的国王常常在自己的国土上发挥他的各种奇思妙想，他命人研制出毛毛虫式的火车，搭建起透明的房子，以为这样可以让灰不溜秋的国家变得更漂亮，可是他只顾着实现自己各种异想天开的想法，无视居民们的实际生活需求，结果导致了百姓的集体逃离和出走。故事中的国王就像是一个大号的儿童，儿童常常有各种天马行空的想法，并且渴望将这些不着边际的想法付诸现实，这其实是儿童自我中心化思维的显现。儿童常常以自我为中心揣度周围的一切事物以及事物之间的关系，在他们看来，不是客观决定主观，而是主观决定客观，他们希望所有的一切可以如幻想中的一样美好，只可惜现实往往不能如其所愿。而陈琪敬的这篇童话所演绎的恰恰是这样一种儿童思维与客观现实之间的矛盾和对撞，天马行空我行我素的世界固然快乐，但在现实中往往会受到拘束，可是这个世界又不能没有这些天真可爱的想法，因为正是这些异想天开让灰不溜秋的世界变得五彩斑斓。

朱锡琴的长篇系列小说《国宝特工》(三卷本，甘肃文化出版社)，讲述了四个少年从大江南北被选入九州特工学院，经过严酷训练，履行特工使命，踏上护宝征程的故事。好奇心和探险欲是每个孩子在成长中都具有的心理特性，小说将少年成长和惊险刺激的护宝行动相结合，人物塑造性格鲜明，情节紧凑富于戏剧张力，在满足儿童冒险幻想的同时，也为读者带来了不一样的成长体验。

《飞翔吧，格米》(安徽少年儿童出版社)是辽宁文学奖获得者张艳荣的第一部长篇儿童文学作品，作品将童话幻想融汇于童年故事的书写之中，讲述了男孩格米和一群动物伙伴的快乐故事。故事构建了现实与幻想的双重时空，格米、云朵和动物伙伴在夜间前往幻想的桃花湾，又在天明前的一声鸡鸣后，回归现实中的金满屯。一面富于现实感和烟火气的农村生活，一面是幻想飞扬的神奇之旅，米格和朋友们穿梭其间，在乡土之上释放着自由不拘的童年精神。

四、诗意的抒情与律动

在儿童文学的众多体裁中，以儿童诗对童趣的表达最为集中。儿童诗在对象的选取上，往往以儿童生活中熟悉、常见的事物为主，而大自然中的生命和风景则是儿童诗最为常见的表现对象。诗人运用儿童思维来观察自然、描绘自然，将客观的自然景象和主观的想象融为一体，这让儿童诗中的自然万物都跃动着灵动的童趣。

满族诗人王立春是辽宁儿童诗创作的一张名片。她的诗歌创作别具一格，在清冽的泥土之气中跃动着独特的生命灵性。组诗《大地诗人》(《胶东文学》) 选取了五组意象，树与叶子、草与花朵、母亲与孩子、天空与云朵、我与你，诗人以这五组意象展开联想和想象，勾勒出五幅动人的生命图景。叶子是树写的诗，风、雨水和阳光都成了它们的读者；花朵是小草写的诗，"毛毛虫从小就爱读诗／它日夜裹在花香里／不知不觉自己就变成了花"；孩子是母亲写的诗，生育的痛苦只是这首长诗的开头，而"母亲的诗要写整整一生"；云朵是天空写的诗，从朝霞到晚霞，从晴空到雨雪风霜，那是天空在变换诗句的模样；而"你"是"我"写的诗，"你总是让我低调地闪着／普通的光／可心中的绚丽一旦绽放／你就将我举成彩虹展现在天上"。五首诗，五组意象，它们都在以各自独特的方式书写着生命的诗意，从蓬勃的大地到变幻的天空，从草木萌发到生命的诞生，看似寻常的一切却涌动着无尽的柔情与浪漫，那是大自然创造的伟大诗篇，是世界上最天然最灵动的艺术品，天地间每一篇辛苦酿就的诗作，都值得被欣赏和珍视。诗歌不同于小说，它无法直接通过叙事来实现情节结构的起承转合，王立春通过调控意象释放的情感强度，来制造情感的抑扬顿挫，从而让读者在阅读过程中获得一种起伏变换的情感体验。在这一组诗中，第一首书写树叶从蓬勃到凋零的过程，隐隐发出生命逝去的疼痛感；第二首随着花朵的萌出，它身边形形色色层出不穷的"读者"开始变得活跃，跃动着一种夏天般的繁忙与欢快；第三首以生产的疼痛将紧张感拉到极致，母爱的伟大与无私为诗歌带来一记情感的强拍；第四首写云卷云舒，天色变换，充盈着一种豁达、缥缈之感，像是一场激烈角逐后的放松时刻；最后一首用"我"与"你"的表白直抒胸臆，以饱涨的情感、热烈的奔赴将诗歌推向高潮。整组诗情感充盈、起伏跌宕、意蕴丰富，且每个字每个词的表达都饱蘸诗意、不落俗套，令人心情激荡，回味无穷。

王立春在创作随笔《走进童诗的拐角街》（《儿童文学》）中写到了儿童诗创作的关键，就是能够像孩子一样自由地进入一种物我不分、亦真亦幻的状态，她将其称为童诗创作的"拐角街"，"只要这个拐角街一出现，亦真亦幻感就能饱满地呈现，那种想什么就是什么，想赋予什么就赋予什么的童诗体验就变得浑然天成"。

滕毓旭的儿童诗和儿歌创作具有一种纯真爽朗的童趣之美。他的两部作品集《会走的鞋》（海豚出版社）和《湖滩上，有一对天鹅》（山东电子音像出版社）分别收录了他近年来创作的儿歌和儿童诗作品。滕毓旭有一双"诗"的眼睛，他总能在平凡的自然和生活场景中发现诗意、创造诗意。在一首诗中，诗人这样写到夏天的山林："绿叶儿在风里轻摇，摇出悦耳的小调。小鸟在树上蹦跳，抖落了串串歌谣。是绿叶染了小鸟的嗓音，才使得那歌儿这样美妙？还是小鸟的音符，挂满翠绿的树梢？"（《夏天，绿色的山林》）鸟儿鸣唱、树叶轻摇，这本是夏日里最平凡不过的场景，诗人却将这司空见惯的场景写出了不一样的动感和画意，绿叶摇出小调，小鸟抖落歌谣，几个动词的使用瞬间让夏日里的山林变得异常灵动而富于情韵，足见诗人驾驭文字的功底。滕毓旭的儿歌创作有着很强的趣味性。儿歌是以幼儿为阅读主体的文学创作，相较于儿童诗对于诗歌意蕴的追求，儿歌更强调趣味性和韵律感，好读、有趣，是好儿歌最重要的艺术特质。滕毓旭的儿歌和幼儿的生活实践紧密相连，常将生活中一些好玩有趣的发现融入创作中，如写小猫眼睛的昼夜变化："小猫咪，眼会变，早晨变成一瓣蒜，中午变成一条线，晚上变得滴溜圆。越黑越能看得清，老鼠最怕这双眼。"(《小猫眼睛》)写小蚂蚁搬虫子："小蚂蚁，搬虫虫，一个搬，搬不动；二个搬，掀条缝，三个搬，动一动；四个五个六七个，大家一起搬进洞。"(《搬虫虫》)歌谣语言生动有趣，画面活灵活现，充满了生活的想象和语言的律动感。

抚顺诗人于永涛善于在诗歌中表达对生命的思考。他的《美好的事物不会消失》和《一切都在努力生长》(《东方少年》)等诗歌作品在对自然等外物的凝视与觉察中，蕴蓄着对于物质存在与生命成长的思考。诗人在季节更迭中看到了美好事物的永恒，在忙忙碌碌的大自然面前感叹生命生长所付出的努力和艰辛。正如鲍尔吉·原野在散文中所写："大自然是人类的导师。"于永涛诗歌所呈现的正是这样一种对自然的虔诚的聆听与体悟。

同样是对大自然的描绘，一两阳光（王树友）的诗歌作品《秋天的童话》(《儿童时代》)以童话式的想象和拟人手法描绘了秋日稻田里别样的风景。谷物成熟，知了吐泡，蜘蛛结网，蟋蟀鸣唱，这些熟悉的自然景象在诗人的笔下连缀成一幅温暖明媚的梦境，收入到夕阳的温柔的余晖之中，仿若一张温馨明亮的照片，在记忆的相册里化作永恒。诗人用稚拙的笔和热忱的心，勾勒着大自然中最为宁静却又最动人心魄的画面。

五、硕果与展望

除上述作品外，一些作品虽无法归入上述分类中，但也在2023年的辽宁儿童文学中留下了自己独特的印记。

2023年，胡海迪在《文学少年》开辟专栏《故事有道理》，发表历史小故事《因势利导聚民心》等12篇。该专栏每篇围绕一个主题讲述两个历史故事，通过真实生动的历史讲述，和启发性的提问，引导孩子开阔视野，增长见地。中华上下五千年历史中，有太多深刻的经验和道理要呈现给孩子们，《故事有道理》以史为师，在中华传统文化中汲取生活的智慧和力量。作品在历史资料的基础上，用现代的视角讲述历史故事，给人耳目一新的感觉。

葛少文的长篇作品《童言趣语》（海豚出版社）以卡片形式记录了自己与女儿仔仔之间的生活片段，从出生到女儿六岁，一共凝结成了400多段温馨、快乐的童言趣语，看似日常化的生活情境，渗透着母亲对女儿深深的爱意，孩子成长中的点点滴滴都给母亲带来无尽的感动和欣喜。

此外，陈沛伊、孙英涵等小作家也在创作上崭露头角，她们的文字中跃动着孩童的纯真与灵性，同时也有着超越于同龄人的成熟思考，期待看到她们未来在创作上的成长。

值得关注的是，2023年3月，葫芦岛市策划、成立了"葫芦岛儿童文学创作组"，从事儿童文学创作，共有闫耀明、阎秀丽、申国强、张洪霞、张凤凯、杨帆等9名作家报名参与其中。该创作组在葫芦岛市作协主席闫耀明的牵头组织下，通过开展座谈、采风、研讨、作品品评等一系列活动，推动葫芦岛的儿童小说创作。一年的时间，已有7位作家在《少年文艺》（上海）、《东方少年》、《读友》、《文学少年》等期刊发表了19篇儿童文学作品，出版了长篇儿童小说两部，作家阎秀丽获得了第二届"赵郁秀儿童文学新篇奖"。创作组通过各项活动的展开不断开阔成员视野，激发创作热情，推出优秀作品。同时，紧密结合辽西地域文化特色，将儿童文学创作与优秀传统文化相结合，使葫芦岛"葫芦娃"这个品牌更具鲜明的地域特色。

在这一年里，辽宁儿童文学不仅取得了丰硕的创作实绩，在国内各项重要的儿童文学奖项也是屡获殊荣。薛涛的《脚印》阿拉伯文版、《小山羊走过田野》尼泊尔文版、《桦皮船》阿拉伯文版入选

2023年丝路书香工程，《小城池》波斯文版获2023年伊朗"飞鸟龟奖"，《后街橘猫》获《少年文艺》2023年度佳作奖，图画书《一双大鞋》入选第三届"童阅中国"原创好童书；刘东的《回家的孩子》入选中宣部2023年主题出版重点出版物、"十四五"国家重点出版物出版规划；马三枣的《慈江雨》入选中宣部2023年主题出版重点出版物、"中国好书"11月榜单；于立极的图画书《甘肃正在说》获第八届中华优秀出版物奖；薛涛的《山林史诗——山林，小兽和我》、贾颖的《花朝》、马三枣的《黑云雀》获第六届《儿童文学》金近奖；孙惠芬的《多年蚁后》、肖云峰的《猫王子》获中国寓言文学研究会第七届金骆驼奖；鲍尔吉·原野的《翡翠地》、刘天伊的《石头的朋友》获第五届张天翼儿童文学奖；贾颖的《小树来了》获第二届陈伯吹新儿童文学创作大赛佳作奖；叶雪松的《金色的粮栈》获第五届青铜葵花儿童小说奖·潜力奖；陈琪敬的《小米汤》在第一届"正邦说"幼儿德育作品征集活动中获评幼儿绘本组"年度入围创作奖"。

纵观2023年辽宁儿童文学创作，我省作家在自然文学、童年书写、幻想文学以及诗歌创作等各个领域都有所突破，基本实现了全面、均衡的创作发展。辽宁儿童文学作家将创作目光投向了和儿童生命成长有关的各个领域，他们将丰富的、异质性的生命体验融入创作中，极大地开阔了儿童读者的审美视野。与此同时，他们也在各自的创作领域持续探索，打磨儿童文学的写作手法，开拓各类题材的切入角度和表现空间，推动儿童文学的叙事创新。他们不断向更多维度、更深层次去挖掘创作素材，提升儿童文学创作的艺术质感，这体现了辽宁儿童文学作家的使命感和社会担当。

辽宁作为中国儿童文学的重镇之一，有着辉煌的历史和深厚的创作积累，希望未来的辽宁儿童文学会带给我们更多的欢欣和惊喜。

报告文学:"行走"中的跨文体写作与跨时空的中国气象

◎吴玉杰

从根本上说,报告文学写作是一种在"行走"中的创作。搜集资料、访谈对象,报告文学作家必须"行走"到"现场",扎根"现场",多层次、多方面、多角度地面对面交流,获得第一手资料。通过第一手资料,与写作对象建立情感上的联系,然后才有可能进行创作。所以,"行走"是从事报告文学创作的必要条件。辽宁报告文学作家在行走中创作,他们深入生活,扎根人民,以跨文体的形式书写跨时空的中国气象。

扫描2023年辽宁报告文学创作,油然而生对作家的敬意。辽宁作家在四个方面成绩突出:一是周建新、杨春风、林雪、冯博、王晶晶、刘国强、孙成文、蓝歌、郝殿华、王立军、赵慧锋、徐蔚琦、牟丕志等作家行走在乡村大地上,探问土地之根与科技之力在新时代山乡巨变的双向性交互;二是卜庆祥、于永铎、王开、海丹清、才春新等作家从历史的峥嵘岁月到当下的智造时代,隔空映照新中国工业在不同时代的风采;三是胡世宗、商国华、卜庆祥、王立军等不同代际作家接力书写雷锋,彰显雷锋精神发祥地的精神传承与基因赓续;四是李忆锋、张哲、海丹清、关捷等作家发现"城市",

以城市的建设者和城市的历史文化为核心，铺就建设之路、追索文化之光，深情凝望城市空间与精神丰碑。虽然书写的题材对象不同，但作家都力图打破报告文学的写作模式，追求跨文体写作，多将小说、诗歌、戏剧手法融入报告文学，讲究文本叙事的技巧和人物塑造的艺术，营造诗意的氛围。有的作家通过音乐的节奏和画面的建构，增强作品的艺术魅力。

辽宁报告文学在思想性、艺术性方面取得重要成就，产生非常大的影响力。周建新《中国"稻路"：超级稻诞生记》入选2023年度中宣部主题出版重点出版物选题；杨春风《田间逐梦：科技小院15年助农实践》在东南亚地区发行，并准备推出阿拉伯文版；林雪、冯博、王晶晶创作的《那木斯莱之蓝：彰武70年科学治沙实录》入选2022年度辽宁省主题出版重点出版物；2023年根据鲍尔吉·原野创作的长篇报告文学《最深的水是泪水》改编的电影《烈火英雄》荣获第十八届中国电影华表奖·优秀故事片奖；鹤蜚《热血在燃烧——大三线峥嵘岁月》2023年获第三届中国工业文学作品"光耀杯"大赛报告文学中长篇类一等奖；卜庆祥《工人雷锋》荣获2022—2023年度《鸭绿江》文学奖·特别贡献奖；杨宏《"带电"的铁姑娘们——记鞍山电业局"三八"带电作业班》2023年荣获首届中国电力文学奖·中篇文学奖。

这些成就的取得，与以人民为中心的创作导向的政策引领、辽宁省"六地"文化的宣传、辽宁省作家协会的组织推动、辽宁省文学期刊阵地的提供、辽宁出版单位的支持等密不可分。这些因素共同助力辽宁文学生态的生成和文化空间的建构。

辽宁作家在行走中创作，坚守知识分子的责任感和使命感，跨文体跨时空观照中国在现代化进程中所形成的独具特色的中国气象，标识着中国经验和中国智慧。

一、土地之根与科技之力：新时代山乡巨变的双向性交互

作家与时代同频共振，作家又以历史的眼光观照时代。在中国农业现代化道路上，农业科技人员、农村基层干部、广大农民群众、驻村第一书记等不同身份的人以不同的形式为农村发展做出不同贡献。周建新、杨春风、林雪、冯博、王晶晶、刘国强、郝殿华、孙成文、蓝歌、王立军、赵慧锋、徐蔚琦、牟丕志等一大批作家行走在乡村大道上，深刻洞察不同身份的人如何立足土地之根、以科技之力助推农业农村农民的现代化进程。他们以超越性的视野，或宏观或微观，或激昂或深沉，或质朴或诗意，探索土地之根与科技之力在新时代山乡巨变中的双向性交互，擘画美丽中国的宏伟蓝图，为世界贡献中国智慧和中国经验。

周建新《中国"稻路"：超级稻诞生记》（沈阳出版社，2023）是一部记述科学家科学报国、为国谋计、为民谋生、维护国家种子和粮食安全的优秀现实主义题材的长篇报告文学。该书入选2023年度中宣部主题出版重点出版物选题、辽宁省主题出版重点出版物选题、沈阳市重点文艺创作生产项目。作者在书的扉页上选择了科学家钱学森写给杨守仁的一句话："杨先生：水稻高产是我国的一个重大研究课题……您为我国农业奋斗了一生，做出了杰出成绩，诚可庆贺！大穗与直立穗结合起来，是新理想株型稻，真了不起！"

本书深情讲述以杨守仁先生和陈温福院士为代表的农业科学家研发中国超级稻的艰辛历程和突出贡献，既是关于超级稻研发推广的史记，也是关于两位研究超级稻的科学家的传记。全书分为上下两篇，共十三章，上篇六章描写了杨守仁先生的成长经历、深沉的爱国之情、矢志报国之志、无私奉献和敢于创新的精神，下篇七章描写了陈温福院士继承和发扬杨守仁先生的爱国精神和科研之志，以"杨氏遗风"不断勇攀水稻创新高峰的感人事迹。

对于报告文学作家来说，他的写作姿态往往直接体现于他的文字。尼尔·波兹曼说："讲述者的可信度决定了事件的真实性。"本书讲述了杨守仁先生和陈温福院士两个人物一生的故事，而在每段故事开篇都有写作者"我"的在场，以"我"之观建构饱满的人物形象和深厚的师生情谊，以"我"之力体现人物故事的真实性，实现"复原人生轨迹"，也以"我"之笔彰显人物的中国文化底色。杨守仁先生跨越两个世纪，他的文化结构融汇中国传统文化与马克思主义理论，作者的人物塑造也彰显了两种文化底色。作者写到杨守仁先生活用马克思主义理论并创造性实践。"世界上的一切事物，运动是绝对的，静止是相对的。"故而杨守仁先生提出了水稻的"动态概念"，认为水稻的一生是一个动态发展过程，且受环境变化的影响，有很强的自身调节特性，所以也要灵活栽培。杨守仁先生的一生也如其培育的水稻一样是动态发展的。

周建新在袁隆平先生之外又让我们看到两位科学家，他们的研究工作不仅出于科学探索的兴趣，更源于对国家和民族深深的责任感。杨守仁先生的事业起步于战争年代，他在新中国成立后、改革开放时期以及新世纪继续其水稻研究。他的一生正像他的名字一样，无论时代如何变迁，他始终如一，坚守传统文化的底色，守住道理，守住"仁"；他也是浙江大学校训"求是精神"的最佳代表——求是精神首先是科学精神同时又是牺牲精神、奋斗精神、革命精神，以天下为己任，以真理为依归。他对水稻和国家的热爱贯穿一生，放弃国外的优厚待遇，回到祖国，扎根于辽沈大地，致力于水稻高产农业技术的研究，即使在遭受批斗和困境时，他依然保持乐观的态度，坚持学习和科研，从死亡线挣扎回来也要用颤抖的手写下"为国争气"四个大字——这种态度也深深影响了他的团队和学生。师生情谊，也是杨氏精神的传承。陈温福院士是杨守仁先生的学生，是其精神的传承者。他说："我是农民的儿子，我的根在中国，一辈子离不开中国的土地。我学农的愿望，就是让中国农民多打粮，让中国人吃饱饭,吃上好的大米饭。"春抚稻苗,夏拈稻花,秋捧稻穗,冬考良种是他生命年复一年的重复,也是超级稻取得成功螺旋式上升的高度。

与饥饿做斗争,是中国人的常态。杨守仁先生和陈温福院士从饥饿中走来,一生致力于解决饥饿的难题,使中国整体摆脱饥饿的困境。本书将人物的经历、人物的命运和水稻的命运、产业的命运、科研的命运,和国家的命运联系到一起,个人锚点中国百年的发展史,他们是中国从站起来到富起来到强起来的见证者,更是科技强国的贡献者。该书还平衡了个体与群体、个人与群像的关系,在倾力刻画杨守仁、陈温福两位农业科学家典型人物的同时,更书写了诸多个性鲜明、令人感动的科学家,勾勒了一代又一代农业科学家心系国家粮食安全、无私忘我、献身科研的群像,这种塑造方法突出了共产党人精神谱系中的科学家精神,具有很强的时代性和鼓舞人心的向上力量。

民以食为天,食以稻为先。一粒种子可以改变一个世界,一项技术可以创造一个奇迹。习近平总书记说:"种子是我国粮食安全的关键,只有用自己的手攥紧中国种子,才能端稳中国饭碗,才能实现粮食安全。""饭碗端在中国人自己的手中"是中国社会稳定的基石,是让老百姓幸福的压舱石。以杨守仁先生和陈温福院士为代表的农业科学家成功研发中国超级稻,以稻济天下苍生,走出了一条中国特有的"稻路",用中国"稻路"实现了国家的粮食富足,端稳了中国人自己的饭碗,走向了更深邃的中国道路!

作品描绘杨守仁先生和陈温福院士在中国超级稻研究上的突出贡献,塑造以他们为代表的农业科学家的形象,展现他们心系祖国的家国情怀、永攀高峰的科学精神和敢为人先的创新气魄。作家以小说家的笔法写活了两位科学家,正如沈从文对汪曾祺所说,贴着人物写。作为小说家的周建新善于用细节写人物,在小说中如此,在报告文学中也是如此。"细小动作、细微表情、细致的生活场景,为塑造具有真实性、个性化的人物服务。"细节"往往蕴藏着巨大的能量，储存丰富的信息和无尽的意义——那些显性和隐蔽的意义"。文中有一细节描写令人印象深刻，杨守仁摘录了恩格斯的一段名言"有所作为是人生最高境界"，写给他的学生陈温福。有所作为，沉甸甸的一句话，这是他对学生的期冀，也是他一生的写照。这一细节表现了师生二人所代表的中国科学家所达到的有所作为的最高境界。正像周建新在《后记》中所说：他们用"稻路"实现了国家的粮食安全，挺起了民族的脊梁，让亿万农民走在希望的田野上。

作家以宏阔的历史视野，跨越百年直到新时代，书写中国"稻路"让中国人端稳了自己的饭碗，突出科技的力量，为世界贡献了中国智慧。不仅如此，作家还关注"科技小院"助力"三农"的新模式，其遍及全国，并引到共建"一带一路"国家，为世界农业发展贡献中国经验。

杨春风《田间逐梦：科技小院15年助农实践》（天津科学技术出版社，2023年9月出版）是一部30万字的报告文学。作品获评辽宁省作协"新时代山乡巨变创作计划"扶持项目，天津科学技术出版社2023年度"十佳图书"。2023年10月，与阿联酋出版商协会签订版权输出协议，计划2025年4月完成翻译工作，推出阿拉伯文版；2023年12月，新加坡前沿科学出版社将其引入到新加坡等东南亚地区。

2020年以来，"科技小院模式"被七次写入中办、国办与教育部、科技部、农业农村部等重要文件；2024年2月4日，"科技小院模式"被写进中央一号文件。"科技小院"是科技助力"三农"的新模式，迄今已遍及全国31个省、市、自治区，并被援引到12个共建"一带一路"非洲国家，为世界农业发展提供了"中国经验"与"中国智慧"。

《田间逐梦：科技小院15年助农实践》以中国工程院院士张福锁及其团队在科技强农领域的努力与成就为核心，全景式展示了自

2009年以来，科技小院"从无到有、从有到兴"的发展历程。书中通过大量翔实的事例和精微的细节，描绘了在科技小院从1.0到3.0版本蜕变升级的过程中，小院师生们在田间地头和村屯农家"解民生、治学问"的实践。这些科技工作者扎根土地，将命运与农业科技的发展紧密联系在一起，他们用刻苦钻研、用功用情、心系民生的精神，推动着助力"三农"、乡村振兴战略的实践落地生根、遍地花开于中国广袤的乡村热土。中国作家协会小说委员会副主任潘凯雄认为，此书的站位显然高于"田间"，粮食关系到国家生存和发展大业、大策、大事。在15年的跋涉历程中，科技小院实现了合作对象从小农户到大公司、大产业，目标导向从脱贫攻坚到乡村振兴，应用范围从"中农模式"到"中国经验"的一步步跨越式突破。科技小院的师生始终把农民放在心上，把"共同"——"共同参与、共同经历、共同承担、共同走过"作为"高素质"农民养成的"独家秘诀"，让广大小农户从"农民"蜕变为被科技意识武装头脑的"科技农民"。科技小院学生通过历练，也成长为懂农业、爱农村、爱农民的应用型人才和新时代"三农"工作队伍中的骨干，他们是新时代的新农人。他们的故事随着作者含情的笔触缓缓流淌，激励着更多年轻人紧跟国家发展步调投身乡土中国深处，以青春和热血"逐梦""筑梦"中国现代化农业强国的时代足迹。中国作家协会副主席阎晶明认为："科技小院是辐射到全中国31个省、市、自治区的一个项目，一个品牌，作者同时又把它写成了一种境界，一种精神，一种理想。"

作品着力刻画中国工程院院士张福锁及其团队，以及中国农业大学十几届硕士、博士研究生的助农实践及其成长轨迹。一代代农业科技工作者以科技小院为支柱核心，从河北曲周开始，跋山涉水，南至广西金穗科技小院，北达黑龙江建三江科技小院，他们深深地扎根于土地之中，覆盖了全国十几个省、自治区、直辖市，将科技之光以"星火燎原"之势闪耀在中华大地的各个角落，并依托"一带一路"让科技小院走向世界、惠及全球。正如辽宁省作家协会党组成员、副主席孙伦熙所说:"作家的表述靠事实说话,靠金秋说话,靠细节说话,靠全国各大报刊的褒奖报道说话,靠科技小院在亚洲、非洲国家所产生的积极反响说话。"农业科技工作者勇于创新,扎根基层,心系民生,与农民朋友同吃同住,克服生理以及心理上的重重困难,将技术难题道道攻破,并真正"面对面""手把手"地带到田间地头。张福锁院士不仅是一位在国际上享有盛誉的植物营养专家,更是一位深入田间地头的实践者。在他的推动下,研究生培养模式得到了彻底的实践性改革,他创建的科技小院模式将书本上的知识谱写在农村大地之上,让论文和数据生长在田间垄上,培养了一批知农爱农的新时代人才。他亲力亲为、心怀家国,每年驻扎科技小院超过百天,甚至达到300多天,亲自带领团队深入农村,解决农民的实际问题,打通了农业科技推广的"最后一公里",模范践行新时代农业科学家求真笃行、敬农致用的初心和使命。他不仅是一个科学家,更是一个为农民排忧解难、为乡村振兴默默奉献的田间逐梦者。

  这部长篇报告文学将文学巧思与真实事件充分融合。整部作品结构设计精巧,疏密互补,使得全书读起来酣畅淋漓,正气沛然。本书共安排了七个章节,以科技小院的发展史、农民朋友的成长史以及青年科技工作者的成才史等多个角度和丰富线索,全景式展现科技小院15年助农实践的足迹,同时以开阔的顶层视野和国际眼光,注视科技小院的影响力和效用力。这些线索你中有我,我中有你,彼此映衬,各有重心。最后合拢集聚,升华并彰显科技小院对我国农业现代化做出的历史贡献,即全书结束的一章——"使命,从'中农模式'到'中国经验'",也为"一带一路"提供了生态农业的模范样本。

  这种结构安排不仅让读者能够清晰地理解科技小院的发展脉络,还突出了影响力,增强了作品的可读性和吸引力。同时,作品实现了高深与朴实的互补，将精密复杂的农业科学技术与朴素普通的农村、农民生活结合起来，通俗晓畅甚至直白质朴的乡间方言、俚语，与高深的科技数据、专业名词天衣无缝地衔接，这种结合不仅体现了作者扎实的文学功底，也使得作品具有很强的时代感和现实性。

此外，杨春风通过大量可见的事例和可感的细节，记录了科技小院的发展历程及在助农实践中的探索与突破，使读者能够深刻感受到科技工作者和农民群众在乡村振兴过程中的喜怒哀乐。例如，对农民老把式的刻画，通过捏土、闻土、踩土等动作，展现了他们对土地的深厚情感与乡土的丰富经验，同时也传达出他们对未来生活和增产增收的忧思与期盼。这些动作描写贴近生活的质感，增添作品的动感。"回到文本本身来谈，像这些把理论付诸实践、科研结合到生产、论文写作在大地上的科学家一样，杨春风的采访资料特别扎实，体现出'行走文学'的特质。""她点出了科技助农既是科学技术上的辅助与推动，同时还是学者与农民之间彼此观念上的互动与改变"。它包含中国经验和中国价值，是"审美性、知识性和文献性于一体的佳作"，彰显"乡村建设的新维度"。

《田间逐梦》不仅是对科技小院15年奋斗历程的记录，更是对新时代农业科技工作者精神风貌的着力刻画。作品结合大量的时事性文件、政策，表现了农业科技工作者们在乡村振兴战略中回应时代召唤、担当时代使命的责任感。中国身处"农业大国"向"农业强国"实现历史性跨越的重要时刻，作者勇立潮头承担了一份忠实记录时代变迁之历程的文学使命，新时代山乡巨变的现代化之梦正是在一代代新农人的托举下成为正在逐步发生的现实。

作家书写新时代山乡巨变，表现中国人从站起来、富起来到强起来的历史进程和现实景观，不仅关注物质生活的富裕，更关注精神生活的丰盈；不仅注重人类生活自身，更注重人与自然的和谐共生。在绿色理念、生态文明意识引导之下，作家扎根大地，以科技之光照亮熠熠生辉的美丽中国。

林雪、冯博、王晶晶创作的《那木斯莱之蓝：彰武70年科学治沙实录》（万卷出版公司，2023）入选2022年度辽宁省主题出版重点出版物、2023年第四季度辽宁好书。这是一部践行习近平生态文明思想，弘扬彰武治沙精神的报告文学作品。彰武县位于辽宁省西北部，地处科尔沁沙地南缘，是新中国科学治沙的起点。70余年来，彰武人民站在抗击风沙的最前沿，探索出"防""治""用"结合的治沙模式，总结出具有世界意义的治沙经验，凝结出"矢志不移、永不退缩、默默无闻、甘于奉献"的治沙精神。

作品以"以树挡沙、以草固沙、以水含沙、以光锁沙、以工用沙"生态治理模式为切入点，全方位展示彰武科学治沙的艰难历程，真实再现彰武由"沙进人退"到"人进沙退、绿进沙退"的历史转变，有效诠释人与自然和谐共生的重要性、"绿水青山就是金山银山"的生态文明建设理念。

刘斌、韩树堂、董福财、宋晓东、李东魁、侯贵……

辽西省林业试验站、辽宁省固沙造林研究所、辽宁省风沙地改良利用研究所、辽宁省沙地治理与利用研究所……

这一个个名字，便是一座座丰碑。《那木斯莱之蓝：彰武70年科学治沙实录》是一部科学防沙、治沙、用沙的探索史，一部中国共产党人践行初心使命的奋斗史，一部改造荒漠、建设美丽家园的光荣史。作品描绘了辽宁省彰武县70年来在党和政府领导下进行荒漠化治理的艰难历程，记录了彰武人民在治沙过程中表现出的"彰武治沙精神"，它以科学防沙、固沙、治沙、用沙的探索史展示了科技工作者和彰武人民在治沙领域的独特贡献，反映了共产党人践行初心使命的奋斗史，展现了共产党人在治沙过程中的领导作用。

作品以非虚构为中心，将真实性与科学性结合。作者基于大量采访和资料收集，确保科学治沙书写的真实性。书中包含着大量的数据，和"据××记载"的真实引用，如"由于干旱频发，水土流失严重，荒漠化面积已由20世纪80年代的800万亩扩大到近1800万亩，辽蒙边界已形成一条西南—东北走向，长约600公里、宽达70公里，总面积约4.2万平方公里的风沙危害带"。以数据和史料说话，增强真实性。为确保内容的准确性和科学性，作者求助于彰武县委宣传部，并邀请治沙领域的专家进行审读，专家包括辽宁省固沙造林研究所原所长宋晓东和辽宁省沙地治理与利用研究所所长于国庆等。他们在2023年8月23日的改稿座谈会上提出了详细务实的修改建议。不断地修改、润饰和提升，使作品更具真实性和科学性。

但是，这并不意味着报告文学的抽象和枯燥。相反，作者有效化用采访和搜集的资料，在文本中力求悬念设置的"故事性"，表现心理的细腻性，并以诗意的语言和视觉的美感呈现强烈的艺术性，形成跨文体写作的景观。

为了把科学治沙的故事讲得有吸引力，作品巧设悬念，以伏笔和揭露伏笔的方式，把读者带入治沙真实的场景，感受治沙的历程：

> 这是一个伏笔。
> 伏笔与结果往往隔有一段距离。
> 柳河沿岸究竟会发生什么样的奇迹，人们将会在一年以后看到。
> 我们不妨边等待谜底揭晓边了解一下北部沙区的情况。
> 就以大德镇为例吧——
>
> 还记得之前的伏笔吗？
> 既然设置了伏笔，就要有始有终，有所回应。
> 现在，该是揭开谜底的时候了！

这种带有小说式的"元叙事"似乎惊动了传统报告文学的内部格局，激起读者的欣赏兴趣，诱使读者情不自禁与作者一起转移视线，一起等待谜底。可以看出，作者在"写什么"已经确定的情况下，对于"怎么写"多有出其不意，其"故事性"本身含纳传统与现代的融合意味。

故事徐徐展开，读者进入审美情境，治沙人形象纷沓至来。作者历时3年，实地采访了近百位治沙人物，为塑造浮雕式的群像和鲜活的个性人物奠定坚实基础。作品既展现了治沙群体的群像，也浓墨重彩地刻画了主要人物，如朱德华、宋晓东、董福财等，通过他们具体的治沙故事和个人的牺牲与奉献反映治沙成就和治沙精神；而关于王泽、王永魁、焦树仁、赵玉章、姜佩瑛、王战等人则记录了治沙历史群像奉献的标识。尤为感人的是，作者聚焦事业和家庭的抉择，突出表现他们丰富的情感世界和内心世界，他们舍小家顾大家，忘我奉献，把家庭置于后位，宋晓东感慨"对父母、亲人、妻子和女儿，我没有尽到责任和义务，这让我感到愧疚"，由此可见，那木斯莱之蓝嵌润着治沙者家人的理解和支持，彰显出集体性的力量。

也许和作者是诗人有关，《那木斯莱之蓝：彰武70年科学治沙实录》中少有特别长的段落，作者更喜欢分行式表述。这一方面打破了冗长段落的沉闷，另一方面易于画面的转换和空间的组构。实际上，这由视觉的变化带来节奏的变化，油然而生艺术的美感。同时，图书封面采用描绘彰武治沙浩大绿色工程的辽宁省重大历史文化题材美术作品《大漠松风》增强了视觉效果，书中插入彰武治沙效果的图片，使读者能够更直观地看到治沙的成绩。美术作品和图片的画面以及文本内部的画面加以诗意的语言表达，文学性不断增强，跨文体写作的审美效果由此彰显。

作品用诗意的语言描绘彰武治沙的艰难历程和沧桑巨变，科学史、奋斗史和精神史的相互叠加，这里有厚重的质感，也有灵动的诗意。作者有意营造一种诗的意境，书写一部科学治沙、创造"大地上的绿色传奇"的史诗。在内封页上作者写了一首诗解题——那木斯莱之蓝，奠定了整部作品诗的基调：

>   那木斯莱，蒙古语意为"莲花盛开的湖"
>   多少年来，她于茫茫沙海中顽强生存
>   演绎着大自然的奇迹
>   再狂烈的风也无法将其吞没
>   再干旱的气候也不会使其干涸
>   这片湖里，不只有清澈之水和无尘之莲
>   更有，风沙吹不落的——
>   天空之蓝

诗意的酝酿或者说诗意的构思，一直伴随着写作，贯穿于整部作品。文中形容林海、描绘那木斯莱自然保护区和柳河景观皆充满诗意，这样写柳河："当一轮红日带着万道霞光喷薄而出，当北纬42°线上的柳河东岸出现第一座草房，当陶制的炊器里翻动煮沸的谷米，新的一天悄悄来临……""散文的韵致和诗的美感"如约而至。不仅如此，文中使用重复句式，一方面突出风沙严重的情境，另一方面增强诗意的节奏，如三行同样的语句"风起，沙又落……"使人进入彰武的风沙现场。作品还引用文学经典从寻找路之艰难延伸诗意的思考："'其实地上本没有路，走的人多了，也便成了路。'鲁迅先生说。路就在脚下。可要在沙地上寻找路的影子，实在太难了，随风而来的沙土会在第一时间抹平地上的车辙与脚印。"作者把治沙形势之严峻现实与表达内蕴之诗意结合在一起，文本获得一种内在的张力，别有意味。

《那木斯莱之蓝》书写科技治沙的史诗既宏阔厚重，又诗意灵动。如果说林雪、冯勃、王晶晶是"倾心书写大地上的绿色传奇"，那么刘国强则是深情谱写"黑土地上的奋斗之歌"，他们共同关注科技的力量以及人与自然的和谐共生。

刘国强的报告文学《黑土地上的奋斗之歌》(《人民日报》2023

年7月10日）主要围绕吉林省梨树县的农业发展和黑土地保护展开，作者以诗意、自然的笔触，将这片土地上的奋斗与成就展现在读者面前。

《黑土地上的奋斗之歌》整部作品充盈彰显着科技与创新的力量，"梨树模式"的成功实践，展现了科技与传统农业相结合的优越成果。这种模式不仅提高了粮食产量、实现了农民增收，还不断推进着绿色发展、耕地保护，一幅人与自然和谐共生的生态画卷在黑土地上徐徐铺展开来。粮食和生态保护是保障农业发展和国家粮食安全的基础，在此之上，作品传达的是一种以农业永续发展，支撑国家命运的家国情怀。作品塑造了多个鲜明的人物形象，农业专家、农业科技人员、农民带头人和广大农民朋友以奋斗之姿共同谱写着丰收合唱的动人旋律。比如梨树县的农业技术推广总站站长王贵满，他是一位充满激情和责任感的农业工作者，为了保护黑土地，他带领"土专家"科研团队研发了免耕播种机，并亲力亲为地深入各家各户推广"秸秆还田"的保护性耕作技术。这些人物形象体现了新时代农民的精神风貌和对绿色农业发展的执着追求。作者将叙述、描写、抒情与浓郁的地方色彩相结合，将黑土地上的奋斗故事与读者的情感紧密相连，让读者目睹新时代的山乡巨变，领略新时代如火如荼的农业生产、如诗如画的东北黑土地风貌。

科技兴农的故事，在作家笔下缤纷呈现。从国家战略到耕作技术，从生活富裕到生活品质，从宏观视域到微观聚焦，报告文学全方位观照新时代山乡巨变的历史根基与现实呈现。孙成文敏锐捕捉丹东草莓火遍全国的热潮，寻根问祖丹东草莓的百年产业和迭代更新，以小见大，见微知著。

孙成文的短篇报告文学《丹东草莓，百年产业的寻根问祖》（发表于《今日辽宁》2023年第1期，选自辽宁省作家协会2021年定点深入生活项目《小镇草莓的前世今生》）追溯了丹东草莓产业从诞生伊始到现代化发展的历史渊源，回顾了东港草莓百余年的种植历史，并详细介绍了"草莓之父"李万春历经千辛万苦引进漂洋过海的日本草莓苗株，以及他对草莓品种改良和推广的关键贡献，使草莓种植、培育和销售成为东港当地百姓致富发家的重要方式。作者通过质朴、地道的语言，深入探讨了丹东草莓产业的发展历程，揭秘了这一百年产业背后的历史与文化故事。

文章通过回顾李万春引入日本优质草莓品种的历程，展示"三间房"宅基地成功发展成"中国草莓第一县"的奇迹。在以李万春为代表的丹东农业科技人员的共同努力下，丹东草莓从一个地方特色产品发展成为对乡村振兴具有重要经济价值的全国性产业。文章切实表现出对老一辈产业家、农业家克服万难振兴草莓产业的艰苦奋斗、忘我奉献精神的崇敬、敬仰之情，对当下美好生活的感激，同时也传达出对农业科技创新和文化传承的重视，发扬丹东地区利用地理优势，依托特色产业体系实现经济振兴的农业现代化理念。

丹东草莓产业的先驱者李万春作为"草莓之父"，其形象和贡献被作者重点描绘，特别是李万春将从日本带回的7株珍贵草莓苗种植在"三间房"的小果园时，激动伴随着艰辛的历程化作喜极而泣的泪水夺眶而出的情景格外动人。随后数十年，这7株草莓苗成为李万春为之奋斗一生的事业，也成为东港草莓产业的源头。

作者通过采访、实地考察等途径收集素材，以东港草莓的发源地"三间房"引入故事，以作者儿时对草莓酸甜可口的美好味觉回忆引起读者感官和情感上的关注和共鸣。同时，采用第一人称和第三人称视角相结合的方式，按照两条线索展开故事，通过历史爬梳、人物事迹和采访片段等真实性素材，一方面以朴素的语言勾勒出李万春的形象，另一方面为读者展现了整个丹东草莓产业发展的历史渊源和脉络。

《谷军，为了大地的丰收》（《共产党员》2023年第9期下半月刊）可以说是孙成文寻根问祖之后"接着写"丹东草莓的故事。讲述了东港市草莓研究所所长谷军，数十年来躬耕不辍、倾注心血于东港草莓产业发展，通过挖掘推广农业种植典型、积极促进国际国内合作，孜孜以求、潜心钻研，不断实现东港草莓产业技术的革新与迭代，最终推动东港成为草莓产业"中国第一县"的动人故事。作品反映了一代农科人坚持科技创新、科技兴农的探索力量，以及他们无私奉献、信念坚定的高尚精神。它让更多读者了解到以谷军为代表的中国农业科研技术人员为实现百姓增产创收、实现中国农业现代化，不吝青春、甘愿牺牲的伟大事迹与品格。它既是谷军等农业科研人员托举东港草莓产业发展的奋斗史，也是一位坚守初心的共产党员带领人民群众走上产业致富道路的发家史。

作品通过具体的事件进行时光的回溯，叙述谷军为了解决研究所生存和经费问题东奔西走、历经艰辛的创业之路。谷军和所里的工作人员顶着烈日在街头巷尾摆摊卖水果，在首都、省城来回奔波，牺牲自己节假日休息时间，日夜奋战在草莓生产事业的第一线，只为更好地筹集科研经费，推进草莓种植技术的创新转化。一项项成就、一个个荣誉背后，是草莓研究所创业的筚路蓝缕，是谷军克服重重科研困难的执着坚守，是牺牲自我休息时间与身体健康奉献事业的艰辛不易，他为东港草莓研究所引进了100多个草莓新品种，邀请10多个国家和地区的专家前往东港考察、指导，缩小了与发达国家之间草莓生产技术水平的差距，实现了引智的技术红利。作品反映了农科人员在国家实现农业现代化、科技转型的道路上，所发挥的精益求精、无私奉献，锐意进取、艰苦耕耘的精神。

作者采用人物中心的方法结构文章，以谷军的事迹作为贯穿全文的骨架。同时，打破时间叙述的顺序，以各种事件为依托，提炼人物品质，形成独特的行文风格，多角度、全方位呈现谷军事迹，切实展现农业科技工作者为实现"大地的丰收"和百姓的增收所付出的巨大努力和牺牲。

从中国"稻路"、科技小院到那木斯莱之蓝、黑土地之歌，作家"寻根问祖"，跨越历史，书写"大地的丰收"，描绘农业农村农民的多彩画卷，映照新时代的山乡巨变，这里有科技工作者的探索史，有农民的创业史，更有共产党人践行初心使命的奋斗史。报告文学作家还特别关注一个群体——大队支部书记和驻村第一书记，书写他们在农村建设和乡村振兴中的特殊贡献。他们是飘扬在大地上的一面旗帜，"甘为振兴呕心血"，成为村民心中的"贴心人"和"热心人"，跨时空为山乡巨变增添浓墨重彩的一笔。

郝殿华的《八盘沟那面红旗》(《大地文学》2023年春季卷)记述了辽宁省朝阳县北四家子乡八盘沟大队党支部书记曲振生，于20世纪50年代至70年代带领八盘沟人在荒山秃岭上，垒石头、造梯田、植树造林、治山治水，创造出人类改造自然环境的奇迹，使贫穷落后的八盘沟变成了树绕青山翠、清泉壑中流、梯田环山绕、梨果满枝头、粮食年年获丰收的社会主义新农村（2014年入选第三批中国传统村落保护名录），被国务院命名为"山区建设的一面红旗"。作品以对比手法凸显八盘沟前后的差异，增强作品的表现力。乡亲们对八盘沟生活状况总结的"顺口溜"印证了八盘沟的荒山干河变成了青山绿水，瘠土变成了肥田，低产变成了高产，穷沟变成了富村，真正走上了以粮为主、多业并举的致富路，其中欣喜自豪的情绪跃然纸上。

"八盘沟那面红旗"的主要人物形象是曲振生——八盘沟大队党支部书记，全国劳动模范，中国共产党第十次全国代表大会代表，也是带领社员们治山治水的实干家。在他身上，既有中华民族的传统美德，又有共产党人的高尚境界，堪称共产党人的楷模。他的精神，集中到一点，就是无私奉献。"一定要把八盘沟建设好"是曲振生一生不懈的追求。无论是垒大坝、建谷坊，还是修梯田，曲振生总是身先士卒，带领社员们苦干实干。面对自然灾害和困难，他从不退缩，总是坚持到底。社员们给曲振生起的绰号"曲老凿"不仅是爱称，也是对他执着精神的贴切评价，是形象的高度概括。"曲老凿"成为八盘沟的一面旗帜，激励着一代又一代人。

作者多次前往八盘沟，又数次在电话中采访曲振生的儿子曲树山、与曲振生共事过的徐永廷、受曲振生影响的胡毓秀等老人，基于此基础上的采访和回忆加以生活化细节使得曲振生的形象和经历丰满起来。如村民对曲振生的复杂评价"是非分明、刚正不阿、无私无畏，是个硬汉子""虽然是个大老粗，但做事心中有数，有话直说，表达方式不圆滑，不会拐弯抹角，容易得罪领导"。徐永廷老人回忆在八盘沟小学五年级读书时，老师布置《心中最可爱的人》的作文时，他决定写《生产队长曲振生》；在羊山中学读三年级时，老师布置《心中最尊敬的人》的作文时，他决定也写曲振生队长。以回忆视角切入，片断性故事补充了曲振生无私奉献、艰苦奋斗事迹的具体细节，巧妙表达了八里沟老老少少对曲振生的深情，也彰显了曲振生精神对青年的影响和传承。

　　文中用典型的事例确证曲振生那一代共产党人榜样的力量，不仅是对过去的回顾，也是对未来发展的激励。如今的八盘沟，在老书记曲振生和老一辈八盘沟人"自力更生、艰苦创业、团结协作、穷则思变、无私奉献"的精神感召下，现任党支部书记李春军带领新一代八盘沟人继往开来，开拓创新，在保证粮食亩产超千斤的同时大力发展种植业、旅游业和养殖业，加强文化软实力建设，为村民在小康路上与时俱进、持续发展注入新的动力。

　　作家以知识分子的责任感书写共产党员践行初心使命的旗帜在大地上飘扬。从大队党支部书记，村党支部书记，到驻村第一书记，无私奉献的精神代代传承，新时代的风采赫然可见。

　　蓝歌的《甘为振兴呕心血——女博士陶姝宇投身乡村振兴第一线纪事》(《时代报告》2023第7期)聚焦乡村振兴主题，记述了主人公陶姝宇这位"80后"蒙古族博士研究生、正高级农艺师（现任辽宁省农业农村厅农业发展服务中心党委办公室主任），自愿申请后，2021年9月被组织选派担任吐呼噜村党总支第一书记两年时间内，与村"两委"班子成员一道致力于巩固脱贫攻坚成果，实现本村经济、文化、生态等方面全面振兴的事迹，体现了当代知识女性的智慧和魅力，展示了这位"全国巾帼建功标兵"的风采。

作品通过乡村振兴过程中的党建引领作用，以基层治理体系建设、反诈行动、健康知识普及和服务村民等一系列事件，表现陶姝宇积极推动乡村振兴，为农民办实事、解难题的务实作风。陶姝宇是一位致力于乡村振兴的杰出女性代表。在吐呼噜村，她的身份是专业过硬懂农业的女博士，是省直机关选派的驻村第一书记，是奋斗在乡村振兴路上的先进青年典型代表，也是结合实际想干事、能干事、会干事，担负乡村振兴大任的领路人。

她是新时代"能文能武"的党员代表，也给吐呼噜村带来从物质保障到精神技能上的提升——到任一周内，她每天都顶着烈日在路口蹲守，统计车流量，调查肇事率，掌握了确切情况后向市县交通和应急管理部门提出请求，并一次又一次地登门表达民众诉求，标准交通信号设施的落地给村民提供了安全保障。她将专业与实践相结合，为村民授课过程中，注重专业术语通俗易懂、政策解读简洁明了、实际操作切实可行，以幽默诙谐的授课风格、生产实践中的典型案例，吸引村民们听得进、听得懂、兴致浓、能互动。

作者在塑造这一人物时，引用主人公的日记有利于把握其性格特点、价值观和生活态度。如2021年9月15日的驻村日记中记录了陶姝宇作为第一书记一天的工作内容："今天工作计划是走访村六、七组，帮助村民办理政务服务信息注册。早上7点准时从镇政府宿舍出发……全天在村妇联主任王婶陪同下走访了110户，帮助办理政务服务信息注册200人，详细讲解了政务服务便民平台的用处与用法。同时了解了村情民愿，倾听了诉求期盼，虽有些诉求和问题不能当即答复村民，我都一一记在了心上，会逐一解决。晚上7点30分，带着一脸油腻一身尘土返回宿舍，虽疲惫不堪但工作成效满意。今天更值得高兴的是交管部门对我申请的十字路口安装交通信号灯事宜给予了马上落实的答复。红绿灯即将照亮吐呼噜村民出行的平安路。"这一篇日志的引用除了记录日常性事物处理的忙碌工作,从第一视角巧妙塑造了把村民放心上、勇于担当、实干苦干的干部形象。

作者把握时代脉搏,与时代同频共振。农村实现了脱贫攻坚后,怎样巩固成果、谋求振兴,是一个事关长足发展的大问题,是驻村第一书记关注的实际问题,也是作者集中笔墨注重描写的话题,寄予作者对中国式现代化进程中经验总结和榜样示范的独到思考。

王立军《宋楠楠的"三把火"》(《共产党员》2023年1期)叙述了康平县二牛所口镇刘家窝堡村驻村第一书记宋楠楠(现任沈阳市人力资源社会保障局人才供给侧结构性改革处调研员)的驻村工作实绩。通过描述宋楠楠工作期间为村民修路、排队买退烧药和电商助农等典型案例,展现他在扶贫工作中所做出的卓越贡献,以及作为一名共产党员不畏艰苦、心系百姓的精神底色。

文章以细腻的笔触、具体的案例、真实的细节,以"三把火"为线索,将故事按照分论式结构清晰地展开。宋楠楠关注民生问题,不断改善村子的基础设施建设,着力解决了老百姓长久以来最关心也最难实现的修路"难题",这"第一把火"坚固地搭建了他与村民之间的情谊。"第二把火"则真正温暖点亮了百姓的心,宋楠楠自费为村民购买急需的退烧药,解决了村民购药难题;针对农村的"留守"问题,他直击痛点、切中要害,成立空巢老人照料院、儿童托管班等,切实提升了村民的幸福感和归属感。"第三把火"则点燃了农村经济在新时代的腾飞之火,宋楠楠组织村民开办"土味康平扶贫馆"网店,以电商赋能农产品销售,同时,他还为村民积极拉动投资,带动了大量的就业,使村子的集体资产呈几何级数增长。"三把火"之下,宋楠楠的形象鲜明而立体,他不仅是一个有责任感、有担当的共产党员,更是一个深受村民爱戴的好书记。他深入基层,了解村民需求,积极解决实际问题,赢得了村民的信任和支持。他的无私奉献和全心全意为人民服务的精神,使他成为村民心中的"贴心人"和"热心人"。宋楠楠这样优秀的共产党员为新时代擘画乡村产业振兴蓝图注入蓬勃力量和强大活力。

驻村第一书记,是新时代文学画廊中崭新的人物形象。在以往的文学中,"乡下人进城"是很重要的情节,"离乡者"形象普遍受到关注。进入新时代以来,作家触摸时代脉搏,描写脱贫攻坚、乡村振兴中到农村去助力农村繁荣发展的驻村第一书记,也有作家关注回乡的创业者。新时代乡村振兴给农村生活带来了巨大变化,吸引着更多的年轻人回乡创业,"谱写五彩人生"。

作家以小切口反映大时代。赵慧锋、徐蔚琦《小浆果谱写五彩人生——80后夫妻回乡创业记》(《东北之窗》2023年)围绕"80后"夫妻刘家峰和徐洋扎根家乡普兰店、发展小浆果这一特色产业展开,称颂他们开创出一条属于自己的创业之路。"小浆果"这一具象化的元素,寓意着这对夫妻创业之路上的艰辛与甜蜜,以及他们通过不懈努力所收获的丰富果实。小浆果作为一种象征,代表着勤劳、智慧和创新精神。通过种植、加工、销售小浆果,这对夫妻不仅实现个人价值的提升,还带动当地经济的发展,为乡亲们提供就业机会,鼓舞更多有能力的年轻人回乡创业,展现了他们作为新时代年轻人的责任和担当。

作者塑造"80后"夫妻勤劳朴实、心怀梦想、乐于助人的精神品格。他俩不畏艰辛,脚踏实地,用实际行动诠释着"一分耕耘,一分收获"的道理。怀揣着对家乡的热爱和对美好生活的向往,他们通过创业实现了自己的梦想,同时也为家乡普兰店的发展贡献了自己的力量。在创业过程中,夫妻俩还通过提供就业机会、帮助乡亲们增收等方式回馈社会。

作品用质朴无华的语言,更加贴近读者的生活实际,让读者在阅读过程中产生共鸣和认同感,从而凸显这部报告文学的现实意义与社会价值。这对夫妻,放弃了城市稳定生活,利用专业知识回乡创业,物质上实现经济独立,精神上获得满足感,达成个人成长与自我价值实现;同时,推动地方经济发展和产业升级,小浆果作为特色产业有助于提升地区经济水平，从出售到深加工，形成了完整的产业链，这为年轻人成功创业提供了可行的路径，也激励更多年轻人投入创业，谱写属于自己的五彩人生。

作家描写科技工作者、基层支部书记、驻村第一书记、回乡创业的年轻人等扎根大地为农村发展所做出的重要贡献。乡村振兴是全方位的，由各行各业合力而成。作家牟丕志把目光对准农业银行员工，表现他们在脱贫攻坚、乡村振兴中的重要作用。

牟丕志的报告文学《做人是一辈子的事情——记原农行江苏泗阳县支行爱园分理处副主任兼信贷员王希》（《金融文坛》2023年第12期）以朴素的语言叙述王希的生平事迹，展现一位农业银行员工无私奉献、心系百姓的高尚品德和廉洁奉公、勇担使命的职业操守。"做人是一辈子的事情"的信条是王希作为一名共产党员对本心的执着坚守，它贯穿于王希从在岗到退休的全部人生历程。

这篇报告文学塑造王希这一典型人物，体现报告文学作为"人民文体"的价值。王希真正做到了扎根农村、服务农民，在长达24年的农村信贷工作中，他跑遍了92个村、841个组、1万多家农户，行程达4万多公里，投放支农贷款上万笔，金额达8000多万元，无一笔不良贷款。他不仅在资金上扶持农民，还积极帮助农民选项目、订规划，提供产前、产中、产后"一条龙"服务。他视责任如生命，义无反顾地投身金融扶贫事业，始终把贷款的"三性"原则作为放贷的先决条件，严把责任关、放贷关和收贷关，实现连续多年贷款无逾期。他无私奉献、勇担责任，使许多百姓摆脱贫困，圆了小康梦，因而深受爱戴，被当地百姓亲切地称为"农民致富的活财神"。同时，他廉洁奉公，甘守清贫，一身正气。他在工作中从不以权谋私，笔笔贷款无尘无渍。

作品用鲜活的真实事例将王希的形象栩栩如生地呈现在读者面前。四个小标题——"一户一策""质朴的情怀""善以小为""不忘心中的誓言"高度凝练，凸显性格特质。报告文学不仅是对时代的记录，更反映着时代精神和美好人性。这部作品激励广大干部员工以榜样为镜，在致力脱贫攻坚、服务乡村振兴之路上勇于作为，不忘心中的誓言和责任。

辽宁作家尽心尽力，创作与农业农村农民相关的报告文学取得很大成就，入选中宣部、辽宁省主题出版重点出版物，从国内出版到国际输出，产生非常大的影响。作家笔下的人物从农业科学家到农村基层党支部书记、普通农民群像、"80后"返乡年轻人、农业银行员工等，肩负着时代的重任，对土地都有着根深蒂固的炽热情感。他们把自己安放在乡村大地上，默默劳作，为国家粮食安全，为人与自然和谐共生，为美丽中国建设奉献自己的力量，其中所含蕴的中国智慧和中国经验也为世界所共享。

二、峥嵘岁月与智造时代：共和国工业奠基地的时空映照

辽宁作为共和国工业奠基地，也是共和国工业文学的奠基地。70余年来，辽宁作家对工业书写情有独钟，尽管在某些时刻它被文学史遗忘，却一直在作家心中。从辉煌的峥嵘岁月，到历经阵痛、苦楚的艰难时刻，再到新生的智造时代，作家以国际视野隔空观照共和国工业奠基地，将共和国工业长子的诞生、影响等历史之光与科技的力量、走向世界的荣耀等现实之力同时纳入文本之中，跨时空建构立体的工业景观，展现独具特色的中国气象。

鞍钢是新中国钢铁工业的摇篮，孕育着现代工业文明，吸引不同身份的作家到这里深入生活、进行文学创作。工业文学创作的拓荒者草明、完成创作转型的艾芜等"外来者"，东北作家群的代表舒群等"归来人"，草明写作班培养的李云德等"在地者"，都依托鞍钢而创作出重要的文学作品。鞍钢沸腾的生活，成为作家取之不尽的创作源泉；鞍钢精神是一笔宝贵的精神财富，感染着激励着一代又一代作家投入创作。这在不同历史时期推动辽宁工业文学的发展

和繁荣。近年《鸭绿江》开辟《六地之光》专栏，发表关于辽宁红色"六地"（抗日战争起始地、解放战争转折地、新中国国歌素材地、抗美援朝出征地、共和国工业奠基地和雷锋精神发祥地）的作品。卜庆祥的报告文学《七九开工——共和国钢铁工业长子鞍钢新生记》（《鸭绿江》2023年第11期）就是其中的代表。卜庆祥一直关注、书写、研究鞍钢的红色文化。他深入鞍钢、鞍山市图书馆查阅资料，访谈老鞍钢工人的后代、作家的后代，和草明家乡的作协联系，搜求大量珍贵史料。因为研究者和作家的双重身份，使他的报告文学在史料性、真实性之上特别重视互文性、文学性的表达，融汇小说、戏剧等手法，沉实而灵动。

《七九开工——共和国钢铁工业长子鞍钢新生记》是一部深刻反映新中国成立前后，钢铁工业恢复与发展的报告文学。该作品以鞍钢的恢复与新生为主线，特别突出1949年"七九开工"（7月9日开工）这一关键事件，它标志着新中国第一个大型钢铁联合企业的诞生，也象征着共和国钢铁工业的崛起。作品描绘了鞍钢是如何在党的领导下，通过工人阶级的奋斗和科技人员的智慧，将一片荒凉之地建设成为我国重要的钢铁生产基地的，展现了新中国钢铁工业从无到有、由弱变强的历史性跨越。

作品塑造了一系列鲜明的人物形象，包括鞍钢的领导干部、工程师、技术人员和普通工人（这里有新鞍钢的第一批工人党员孟泰等）。这些人物在鞍钢的发展过程中扮演了重要角色，他们以自力更生、艰苦奋斗的精神，克服重重困难（遭战争破坏、拆搬、遭讥讽和怀疑等），推动鞍钢不断前进。例如，李大璋作为鞍钢的重要领导者，他亲自参与组织工作，积极向中央领导汇报情况，展现其坚定的政治立场和卓越的领导才能。此外，书中还描绘许多普通工人和技术人员在恢复生产中的无私奉献和辛勤劳动，体现他们的主人翁精神和革命传统。他们使鞍钢在短时间内重新开工，并迅速恢复生产，其精神也成为鞍钢文化的重要组成部分。

"七九开工"意义非凡。以1949年7月9日的庆典为标志的开工复产,为新鞍钢即将到来的"三大工程"(大型轧钢厂、无缝钢管厂和7号炼铁炉)建设,做好了全面而系统的前期铺垫。作者抓住这历史性的一天,前后快节奏的时间叙事营造一种紧张感。作品采用了大量的细节描写和逼真的场景再现,使读者能够身临其境地感受到鞍钢恢复生产的艰辛与辉煌,增强感染力和可读性。此外,作者还通过引用历史文献和当时的新闻报道、作家罗丹《风雨的黎明》等小说、李云德《难忘的旅行》等回忆录增强了作品的历史真实性、权威性、互文性,力求还原鞍钢在不同历史阶段的真实面貌,再现新中国钢铁工业的辉煌历程,鞍钢精神也激励着一代又一代人继续奋斗。

因而《七九开工——共和国钢铁工业长子鞍钢新生记》这部作品不仅是一部重要的工业历史文献,也为当代读者提供宝贵的精神财富。它展示新中国成立初期工人阶级的奋斗精神和自力更生的品质,激励着后来者继续为国家的工业化和现代化贡献力量。作品通过对鞍钢恢复生产的详细描写,反映新中国工业化的艰难历程和巨大成就,具有重要的历史教育意义。作家通过文学的形式,为鞍山这座城市的工业文化和精神面貌留下了深刻的印记,切实增强人们对于地方文化的认同感和自豪感。

共和国工业奠基地创造了工业历史的辉煌,支援三线建设更体现出奠基地的使命和担当,"献了青春献子孙"成为响当当的座右铭。以往的工业题材书写,较少关注三线建设,鹤蜚(孙学丽)在这方面表现出特殊的勇气和魄力。长篇报告文学《热血在燃烧——大三线峥嵘岁月》(北京十月文艺出版社,2019)是鹤蜚作为文艺志愿者到贵州六盘水贫困县水城进行文艺扶贫时挖掘的题材。该书入选2019年度中国作协重点深入生活项目和国家出版基金项目,2022年提名第八届鲁迅文学奖报告文学奖,2023年获第三届中国工业文学作品"光耀杯"大赛报告文学中长篇类一等奖,产生较大的影响力和社会效应。

中国工业不断腾飞，在世界中占有举足轻重的地位。辽宁作家越来越注意在世界的视野中书写工业，展现勇于创新、不断突破的中国气象。《你好，大船！》是一篇反映"大船"——大连船舶重工集团有限公司及其发展历程、造船事业和大船精神的短篇报告文学。该作品选自中国作家协会创作联络部主编的《中国一日，科技强国文学主题实践活动作品集》，并于2023年8月由作家出版社出版。大连作家于永铎以自己在春柳河畔居住时的"邻居"大船为题材，以质朴细腻的笔触展现"大船人"拼搏奋进、乘风破浪的精神，以及这一精神引领之下大连和中国船舶工业领跑世界的技术创新历程。作家将文学的表现力、感染力赋予中国船舶工业的时代记录，使该作品承载了史料与文学的双重价值、时代与文化的对向呼应。

在《你好，大船！》中我们看到，技术大师朱先波的执着坚守，总设计师李新鑫的勇毅创新，在夜以继日的奋战中熔铸为每个"大船人"的精神标识。"子母坞"和"超级油轮"的设计与落成领先中国，更是震惊世界。"大船"承载着大连人对船舶工业发展的时代记忆和情感，也勾勒着未来以科技引领、技术创新为特点的中国制造的宏伟蓝图。

习近平总书记在考察辽宁时指出，要顺应建设海洋强国的需要，加快培育海洋工程制造业这一战略性新兴产业。《你好，大船！》正是在国家对造船业高度重视的期待视野下创造出来的作品，文中写到的"子母坞"理念、"趋势连贯性数据控制定位"的施工方法，有效解决了船舶工业的世界级难题，凸显了中国船舶制造的科技创新奇迹，这体现了报告文学强烈的时代性、即时性，回应着中国造船业如何通过科技创新来点燃"蓝色引擎"，推动高质量发展的重要问题。同时，《你好，大船！》将"大船人"的奋斗故事、工业精神放置于世界视域下进行描绘，展示了"大船人"在激烈的国际竞争下，凭借大国工匠代代相传的精益求精的态度、敢为人先的勇气、舍身忘我的精神，创造出各式不同的3000多艘船舶，难以计数的各项国家技术专利。百年大船，孕育出具有时代特色的"大船精神"，实现着从艰苦创业到科技立厂、创新争优的精神转变，这种精神也贯穿于整个大连，乃至中国造船工业的蓬勃生命之中。

《你好，大船!》讲述了"大船人"的奋斗故事，更折射透视着大连这座城市与其孕育下的工人情怀、制造精神，这种精神接力赓续，发出这个灿烂时代的最强回声。技术大师朱先波、副总设计师李新鑫，是两个体现着"大船精神"的鲜活的典型人物。朱先波通过自己坚持不懈的努力，从一个普通的农民工成长为享受国务院特殊津贴的技术大师。他的一生是攻坚克难、孜孜不倦的一生，他是"将不可能转化为可能的"奇迹缔造者。他以超人的毅力废寝忘食地不断学习、磨炼技术，20多年来先后攻克的焊接技术难关不下几十种，通过无数次实验实现多项国家级科研项目的完美突破。副总设计师李新鑫因为要面对建造超级油轮的各种技术风险，头发已经熬白，而面对业内"天才"的褒奖，他却不以为然。"大船人"都是拼命苦干，舍得把自己豁出去的"人才"，而不是什么"天才"。他们踏实肯干，争创一流，不畏艰险，敢为人先。代代"大船人"的精神就在如他们一般的大国工匠手中生生不息，引领着中国制造、中国创造不断走向新征程。

作家以生活中极具画面感的镜头切入故事，引领读者走进"大船人"及"大船"所取得的成就。在对话、叙述和事实材料的糅合下，采用第三人称视角，以人物中心与事件中心相结合的叙述方式，为读者勾勒了一副轰轰烈烈、生机盎然的船舶工业制造图景。精确的数据、准确的年份和罗列的奖项，让读者切切实实体会到"大船人"百年来风雨兼程、执着坚守的精神与实绩。全文以"大船"作为意象和贯穿整体的线索，在文章各处予以呼应、对照，并于结尾总结升华了"大船"及其代表的时代精神，使"大船"不再只是一个名字、一个符号，而成为中国工人的精神标识，成为中国工业的方向旗帜。作品将报告文学的新闻性、时代性与审美性、文学性巧妙结合，为当代工人的工匠精神及科技强国事业留下了宝贵的时代印记。

以世界视野观照中国工业从制造到创造，在科学技术日新月异的当下，创造更依赖于智造。王开的《智造中国：数控机床攀向巅峰——大连光洋集团全国产五轴联动数控机床突围记》（沈阳出版社，2023年5月）为我们描绘中国工业的"智造景观"。这篇报告文学讲述了在"智造中国"的科技现代化进程中，大连光洋集团生产的数控机床是如何实现技术突破的，肯定了在社会主义市场经济体制进程中民营企业家做出的巨大贡献，塑造了一批具有远见卓识的科技人才，展现了中国数控机床技术的巨大飞跃。

《智造中国》紧紧围绕企业家于德海这个核心展开大连光洋集团的故事，从某种角度上可以说，企业家的成长与企业的成长具有同构性。于德海具有家国情怀，他对于国外禁止向中国售卖五轴数控机床一事十分愤怒，决定自己发展数控技术。于德海踏实能干、富有远见。在1993年中国机床行业迎来寒潮时，受身体影响的他急流勇退，选择另辟蹊径，利用所长自主创业。经过30年的打拼，终于将一个小公司锻造成一家国有资产占股16%的混合制上市企业，从最初的生产电子工控产品成长为拥有85%以上自主知识产权高档五轴数控机床制造能力的企业，为国家航空航天事业提供重要基础装备。于德海沉着冷静、懂得经商，越过初级加工，着眼于技术含量更高的自动化设计，和生产、配套、销售整套策划，与需求方获得双赢。

作品通过对于德海创业经历的具体描写，展现大连光洋集团实现生产五轴联动数控机床的突破性技术成就。透过于德海的成长史、大连光洋集团的创业史可以看到经济体制的变迁史，具有历史的穿透力。作品在还原历史现场、追求写作真实的同时，也特别注重肖像、对话、心理等方面的描写,语言自然,寓绚丽于素朴之中。

大国工业从制造到智造的飞跃,离不开科学技术的不断进步。科学的作用有目共睹,而技术同样举足轻重。大国工匠的精湛技艺是工业文化中的别样景观,他们写给生命的承诺、"左右互搏"的绝技、带电作业的飒爽是中国气象中不可或缺的一部分,他们共同圆梦中国。

为人民画像,为劳模立传,是当代中国文艺的重要传统。海丹青《写给责任的"承诺书"——记辽宁五一劳动奖章获得者、营口锻压机床有限责任公司技术部机械室主任钱祯业》(《共产党员》2023年第8期下半月)是一部为劳模立传的报告文学。作品通过废寝忘食地研发各种优质新型压力机、疫情期间临危受命顺利完成液压机组安装任务等具体事例展现钱祯业在工作中的责任感、专业精神和创新态度。并通过衣服上贴透明胶布、把浇花水当作饮用水一饮而尽、吃饭时都在念叨"零故障率"等细节描写,表现钱祯业严谨、细致、专注、负责的工作态度和精雕细琢、精益求精的工作理念,以及对职业的认同感、责任感、荣誉感和使命感。文中的对话和直接引语增强了叙述的真实性和感染力,通过他被调侃时的腼腆和谈及技术时的兴奋和执着,使得一个内敛踏实、技术精湛、工作认真、勇于创新、具有高度责任感和担当精神的技术骨干形象跃然纸上。

钱祯业以实际行动诠释了工匠精神的真谛,即在平凡的岗位上创造不平凡的价值,用专业和热爱书写着对职业的忠诚与奉献。他的故事深刻传递了责任、创新、质量和服务意识等价值观念,激励着广大劳动者在各自岗位上勇于担当、敢于创新、追求卓越。

大国工匠到底能创造多少奇迹?他们是"超人"?在作家笔下,他们不是超人,他们是平民英雄。才春新《回手一记"左右互搏"》(《当代工人》2023年第13期)将陈凯的故事作为叙述中心,讲述了其从焊接技工成长为国家高端技术人才的奋斗历程,赞扬了坚韧不拔、勇往直前的精神品质，肯定了极致的钻研精神和踏实的实践态度，引领与示范超越自我、高水平奉献的社会价值。陈凯是一位具有强烈社会责任感和拼搏精神的平民英雄，是名副其实的"焊接大王"。他技术高超，两天半顺利解决难题，征服了所有人；他坚忍勇敢，耳膜被火花穿透也要一鼓作气焊出精品；他精于技艺，练就左右手交叉焊和镜面焊组合神通；他严谨自律、以身作则，持续性学习理论知识，融汇知识与实操。陈凯的人物塑造不仅体现了他个人的品质，也反映了"辽宁工匠""大国工匠"的共同特征，即勇于担当、不断突破的精神。

作者在标题设置、艺术构思和情节设置等方面独具匠心。标题借用"左右互搏"武侠词汇构建了一个热血沸腾、激动人心的氛围，也使读者在阅读之初就对陈凯这一主人公建立起豪迈热情、有独门绝学的侠客印象。但现实化的工业描写不局限于独立的江湖式虚构模式，主人公在充满挑战和机遇的时代完成自身超越符合大众对平民英雄的期待视野。开篇"3天军令状"创作具有小说化的倾向，通过其他人物从不经意打量、惊讶的语气、小声讨论到两天半顺利解决难题掌声一片的转变产生了故事高潮、人物高光，吸引读者阅读兴趣和人物形象塑造齐头并进。

鞍钢、大船、智造中国，从峥嵘岁月到智造时代，从生命承诺到"左右互搏"，工业题材报告文学充满阳刚之气，具有力之美。这个时候我们阅读杨宏的《"带电"的铁姑娘们——记鞍山电业局"三八"带电作业班》（《海燕》2019年第10期）突然感觉眼前一亮，"铁姑娘"的飒爽英姿成为工业中的亮丽风景。此篇报告文学2023年荣获首届中国电力文学奖·中篇文学奖。

辽宁作家一直行走在书写工业的路上。共和国工业奠基地从峥嵘岁月到智造时代，一直为圆梦中国付出巨大的努力，做出重要的贡献。从历史到现实的隔空映照中，奠基地带着昔日的荣光和振兴的渴望，在世界中重新打量自己，脚步愈发坚实地行走在大路上。

三、精神传承与基因赓续：雷锋精神发祥地的接力式书写

辽宁，作为雷锋精神发祥地，60年来，作家从不同角度书写雷锋。尤其是2023年是毛泽东题词"向雷锋同志学习"60周年纪念，有多位作家接力书写雷锋。胡世宗在《洪流放歌》中回望自我60年书写雷锋之路，商国华开掘雷锋精神是怎样"炼成"的，王立军解读榜样的力量，而卜庆祥则聚焦作为钢铁工人的雷锋。为人民服务的接力书写、基因赓续，显示了弘扬雷锋精神的主体自觉与时代贡献。

写雷锋60年的胡世宗，雷锋精神时刻伴随他，影响他。他坚持不懈地写雷锋，自觉弘扬雷锋精神。他两次重走长征路，写长征诗，在部队、去图书馆、进社区、入校园，他是以为人民服务的雷锋精神宣传伟大的长征精神。《洪流放歌：我写雷锋60年（1963—2023）》（辽海出版社，2023）是继《信念之子：雷锋》之后的第二本纪实文学。正如他在自序中所说："从1963年2月25日我这个新兵在报纸上发表短诗《雷锋活着》，到2021年7月外文出版社出版我的中、英文两个版本的纪实文学《信念之子：雷锋》，再到今天这本书的出版，60年来，我从未停止过对雷锋的歌唱，从未停止过对雷锋精神的宣传。"在这60年间，他从一个普通的战士，成长为创作多部宣传雷锋精神作品的著名军旅作家。他接触到众多雷锋的战友、雷锋辅导过的学生、写雷锋的作家和拍摄过雷锋的摄影家，采访过雷锋班、雷锋生前所在团众多的官兵，许多学习雷锋的英模人物，他感觉到，"他们的音容笑貌总是浮现在我的眼前，他们的话语时时响在我的耳边，他们的动人事迹常常令我热泪盈眶。这一切，勾画出了60年来全国军民学习雷锋波澜壮阔的情态，犹如一条洪流始终向前奔腾"。他在行走中写作，在写作中成长，他的雷锋书写着重"我"的生活和雷锋故事中涉及的众多的"一"，"我"的第一首写雷锋的诗，写

雷锋第一人,雷锋的第一张照片,被雷锋"管"了一辈子的人……

全书按照时间顺序分为四个部分:第一章,社会主义建设时期,一个普通士兵成为全国军民学习的榜样;第二章,改革开放的春风,呼唤雷锋重回人间;第三章,在新的历史时期,把雷锋精神的种子广播在祖国大地上;第四章,雷锋精神是永恒的,雷锋,我们需要你。与一般书写雷锋的故事不同,这本书让我们看到许多背后的故事,贺敬之诗歌《雷锋之歌》的题目是由王震将军一锤定音,张玉敏演"雷锋"、被雷锋"管"了一辈子;张俊拍雷锋照片,第一张、第二张都是雷锋主动要求照的,而最为大家所熟悉的照片《毛主席的好战士》,即雷锋擦解放牌汽车,是雷锋自己选中的,也是张俊最满意的一张。"我"写的雷锋,雷锋形象更加可爱、可敬。这些背后的故事,打开读者的视野,塑造立体的雷锋形象,拓展雷锋精神的影响,增加更多的生活趣味和审美价值。该书更有创意的地方在于,写雷锋的故事,写"我"写雷锋60年的故事,所以我们看到作者的第一首关于雷锋的诗,作者与"写雷锋第一人"陈广生的关系——二人一起编电视剧《雷锋》、合写《雷锋传》《伟大战士》,作者编选《致敬雷锋:诗选100首》,创作诗歌《洪流放歌》等。"我"写雷锋本身,即是传承雷锋精神,通过"我"的视野,个性化的、具体的、可感的艺术创造,60年学习雷锋精神的生动画卷扑面而来。该书具有重大的历史价值和现实意义,正如作者在后记中所言:"了解我国万众学习雷锋、弘扬雷锋精神的历史及现状,更加自觉地汇入这条学习雷锋、践行雷锋精神的滚滚洪流之中。"

作为独特的精神文化符号,雷锋精神从辽宁走向全国。在雷锋精神影响下,涌现出不同时代的"雷锋"。商国华重点探讨雷锋是怎样"炼"成的(《雷锋是怎样"炼"成的》,《当代工人》2023年4月)。他聚焦雷锋如何从一个普通的青年成长为全国人民学习的楷模,以及雷锋精神如何在辽宁这片土地上生根发芽,并影响了无数人。文章叙述了雷锋的成长背景、工作经历和他所做出的贡献,进而阐述了雷锋精神如何在辽宁广泛传播，凝结为精神文化符号。雷锋牺牲后，辽宁掀起了学习雷锋的高潮，并迅速传播到全国。文章尤其关注在辽宁工业语境中，"好人好马上三线"的共识、辽宁在三线建设中所做出的贡献，强调了雷锋精神的传承和发展以及它在新时代的意义。

雷锋奉献、敬业、创新和爱国，愿意把青春献给祖国，甘当"螺丝钉"，在平凡的岗位上做出不平凡的贡献。《雷锋是怎样"炼"成的》以"雷锋精神"为核心，展现不同历史时期人们对于雷锋精神的理解和实践。吴家柱、林海丰等人是职工技协的成员，他们通过技术协作，解决了许多技术难题，体现了工人阶级的创新精神和集体主义精神。罗阳、李超、洪家光等是新时代的科技人员、新型产业工人，他们继承和发扬了雷锋精神，成为新时代的楷模。这些人物形象共同构成了雷锋精神的传承和发展。从雷锋为人民服务的精神炼成，到新时代产业工人的创新精神，反映出雷锋精神在不同时期的影响力和历史效力。翔实的历史资料和丰富的故事内容提供了坚实的叙述基础，增强了文章的说服力与可信度。

商国华在工业语境中关注代代雷锋的"炼成"，这和他自己一直从事工业文学创作有关。几十年来，他不是在写工厂，就是在去工厂采访的路上，近三年就出版长篇报告文学《国家砝码》《奠基路上》等。他笔下的劳模是时代的雷锋，他也是以雷锋精神书写共和国工业奠基地的历史。可以说，每一个以真诚之心写雷锋的人，因多年的执着追求和身体力行，都成为文学上的雷锋。

60年"学习雷锋好榜样"，从媒体传扬到歌声传唱，从文字的力量、声音的力量到精神的力量，"雷锋"成为文化的符码。如果说商国华关注雷锋的"炼成"，那么王立军则试图破解雷锋成功的密码。王立军，新时代的雷锋，曾荣获全国弘扬雷锋文化先进个人、辽宁学雷锋荣誉奖章、沈阳市第九届道德模范。他怀着对雷锋的敬仰，践行学习雷锋的诺言，撰写《学习雷锋好榜样》（春风文艺出版社，

2023）。该书通过雷锋说过的话、雷锋走过的路、雷锋做过的事等实录内容，真实、全景、鲜活地再现了雷锋从孤儿成长为时代楷模的励志历程，追寻挖掘出人生需要规划、人生需要奋斗、人生需要榜样的力量，破解雷锋成长、成才、成功密码。有评论家说："王立军诠释了雷锋精神与雷锋日记、雷锋精神与雷锋故事之间内在的逻辑联系，揭示其蕴藏着的人生价值和意义。王立军对雷锋精神内蕴的解评、颂赞，具体、浓缩、全息地展示了雷锋精神，读者在集体无意识和集体意识之间穿梭，建构出超越自我的力量。他用文字表现了学习雷锋的集体意识的态度、情致和思想样式，以及推崇的激情、崇高和奉献精神。"

作为连续8年荣获辽宁省新闻一等奖的记者，王立军带病采写新闻，深入防疫一线，以自己的实际行动诠释雷锋精神。《学习雷锋好榜样》在雷锋精神普及宣传中产生较大影响，该书出版后，成为少先队员、共青团员、共产党员必读的励志图书。王立军还接着写"雷锋故事"：《"90后"乔婷娇：雷锋精神是我们的传家宝》（《辽宁青年》2023年3月）从雷锋战友乔安山的孙女的视角出发，回顾了乔安山一家三代人学雷锋的先进事迹。《张芷萌：跟着奶奶一起学雷锋》（《辽宁青年》2023年3月下半月）以雷锋辅导过的学生孙桂琴的孙女、一个小学生跟着奶奶学雷锋的故事，突出雷锋精神在代代传承中发扬光大。

雷锋的成功密码——人生需要规划、需要奋斗、需要榜样，雷锋的"炼"成，雷锋精神的形成，在文本中一一呈现。对于读者来说，我们更熟悉的是作为战士的雷锋。雷锋精神的最终形成也是在雷锋成为战士之后。那么雷锋在成为战士之前，他是怎样的？或者说"雷锋精神"初具雏形期如何？卜庆祥《工人雷锋》（《鸭绿江》2023年第3期，荣获2022—2023年度《鸭绿江》文学奖·特别贡献奖）为我们揭开了谜底。这部作品重点描写的是雷锋在鞍钢一年零两个月的生活，为我们塑造了一个可敬可亲可爱的生动活泼的工人雷锋形象。雷锋自幼家境贫寒，父母双亡。1949年家乡解放后，他感激共产党和毛主席的恩情，立志报效国家。1958年到鞍钢当工人。在鞍钢工作期间，勤奋学习，成了一名技术过硬的推土机手，他积极参与厂里的劳动竞赛和技术革新，不断提高自己的思想觉悟。作者特别重视回到工厂"现场"，详细描写工厂数据，甚至机器的型号和证书的编号都有准确的记录，为读者营造一个真实的可感的雷锋工作空间。不仅如此，文章还用大量的细节描写生活中的雷锋，他勤俭节约，乐于助人，热爱读书，积极参与文艺活动，如扭秧歌、踩高跷、男扮女装演节目等，展现了他多才多艺、幽默风趣的一面；他和一起从湖南到鞍山的老乡聊天，他买夹克、买表，他缝补衣物，他认干亲等，表现了热爱生活、渴望温暖的一面。作者并没有"神化"雷锋，而是把他作为一个活生生的人来写——雷锋就在我们中间。雷锋也会犯错误，他也会挨批评，他也会上当受骗（买的表，是二手表，又是冒牌货）。作品通过具体的工作细节和生活场景，如实展现雷锋的工作状态和日常生活，增强故事的感染力。尤为引人注意的是，文章通过买表"事件"表现雷锋的时间意识，其实，《工人雷锋》本身也具有鲜明的时间意识。作者描述真实存在的照片中的画面，对事件发生的时间和地点都有记录，作品中的时间点有时甚至精确到小时。以下两个情景可见一斑，一是关于雷锋写决心书，1958年11月7日的那份决心书上写着这样的话："我愿把我的青春献给祖国，我愿永远做鞍钢的工人，服从组织的调配，到厂后，我一定刻苦学习、积极工作、忘我劳动、苦干苦钻、不骄不傲、虚心向群众学习，克服一切困难……"

"我永远跟着共产党走。我一定在钢铁战线上当上英雄和模范，我要为祖国人民的事业而奋斗到底。"

第二个情景是雷锋到达鞍山，作品写道："1958年11月15日（星期六）中午12时许，南来的一列绿皮火车裹挟着风尘，驶进了鞍山火车站。雷锋挑着那个小巧油亮的竹扁担下了火车。踩在坚硬的冻土地上,他长长地出了口气,终于到了连做梦都想来的地方。他抬起头,环顾天地,忽然被西北方向云蒸霞蔚的景象惊呆了。""千百次的描摹和想象,都抵不上一见钟情的相遇。"

雷锋对鞍钢一往情深、对鞍山一见钟情,他的到来,随之而来的一年零两个月的任劳任怨和无私奉献,才有了"雷锋精神"的可能。文中写道:"'雷锋精神'在国家工厂、在产业工人最集中的地方,一天天胎结,一天天孕育,一天天生成。大工业环境所营造的氛围,对雷锋视野的开阔、境界的提升起到了至关重要的作用。"雷锋曾说,不经历风雨,长不成大树,不经百炼,难以成钢。"在鞍钢,坚韧不拔、勇往直前的雷锋完成了从学生、农民到产业工人的完美嬗变。"

接力书写雷锋,雷锋精神传承、基因赓续,辽宁作家可谓不遗余力。每一位作家都找到自己观照的角度,塑造"活"的雷锋。如果说有共性的话,则是对于雷锋日记的妙用。雷锋日记作为互文性文本在文本中穿插引用,一方面回到历史情境,让读者体味彼时雷锋的心境,同时对比读者此时的情感和心绪,构建了历史与现实对话的时空场域。

媒体传扬、歌声传唱、文本续写,辽宁作家对雷锋精神的传播做出了重要贡献。他们不仅在行走中写作,也在行走中践行雷锋精神。

辽宁作家一直自觉传承奉献精神,赓续红色基因。他们书写雷锋精神代代传承,也书写革命家风代代赓续。丹青2022年在《共产党员》发表家风传承系列《聂荣臻的红色家风》《董必武的家风》之后,2023年署名海海发表《陈毅的家风》《罗荣桓的家风》。这些作品讲述陈毅、罗荣桓家风故事,展示了他们在生活中的价值观念与行为准则。他们不仅是革命家,也是在家庭中以身作则的好榜样,他们所强调的勤俭节约、自立自强、严于律己等观念不仅深刻影响了自己的后代,也成为一代代中国人学习的楷模。罗荣桓教育子女不要依赖父辈的功劳，不要贪图物质享受，而要严格要求自己，通过个人的努力获得成就。陈毅则始终要求家人不搞特殊化，严格按照规矩办事。这些家风思想既源于中华优秀传统美德，又融合了中国革命的精神内核。他们通过家庭教育传递的价值观，如自律、勤俭、廉洁、自强等，具有跨时代的教育意义，对今天如何培养下一代、如何看待物质生活与精神追求提供了宝贵的经验。文章通过引用这些老革命家的话语和信件内容，让读者直接感受他们的思想情感和处世原则，并通过大量的事例和生动的细节刻画，如罗荣桓严厉批评儿子讲究穿戴等，细致地展现了其家风传承的点点滴滴，进一步引发读者对家庭教育和社会风气的深刻思考。

四、建设之路与文化之光：城市空间与精神丰碑的深情凝望

报告文学中，城市似乎总是被遗忘。虽然工业书写中必然带着城市，然而那里的"城市"似乎不能独立显现自身，它隐藏在工业之中，"若有若无""似隐似现"。辽宁报告文学在此却显示了鲜明的"城市"意识，它关注的不是高高在上的"城市人"，而是匍匐大地的"城市人"——把长路奉献给远方的市政人。城市的历史文化凝结在城市的街与路之上，城市的精神坐标镌刻在城市人的记忆深处。作家深情凝望建设之路与文化之光在偌大的城市空间里形成的一座座精神丰碑，以此珍藏不能忘却的纪念。

城市的街与路，连接着不同的生活空间和工作空间。城市之路的历史，也是城市的历史。城市之路，对于行走在城市里的人来说，司空见惯、习以为常；而对于市政人来说，则是特殊的存在，是他们建设的目标，是责任之所在。不过，在作家笔下，城市之路之于市政人，更有长路之意蕴，远方之理想。

李忆锋与张哲联袂奉献的长篇报告文学《长路奉献给远方》（沈阳出版社，2023），通过精心编排的15个篇章，描写沈阳市政集团有限公司从1948年成立，到2022年走过的74年漫漫长路。其以沈阳市政集团的辉煌历程与荣耀过往为经，细腻地勾勒出沈阳市政建设者们在不同道路建设征途中的坚韧不拔与无私奉献。全书以"路"为灵魂脉络，巧妙编织了"最早的路"至"通向远方未来路"的15个章节，每一章节都以"路"为引子，以"歌"为余韵，巧妙地穿插着劳动模范的感人故事、优秀员工的卓越贡献以及优秀党员的崇高精神，如同一段悠扬的旋律，讲述着沈阳市政集团在不同历史时期、不同工程项目中的壮丽篇章。从解放的足迹到新世纪的征途，从深邃的地下到高耸入云的天际，每一条"路"都承载着建设者们的心血与汗水，每一章节都共同绘制出一幅幅沈阳市政建设者们无私奉献、勇于攀登、不懈追求的精神肖像。这部作品不仅是对沈阳市政集团历史成就的深情颂歌，更是沈阳城市发展轨迹的精致描绘，蕴含着深远的历史价值与现实启示，堪称一部时代与精神的双重佳作。

通过"长路"与"远方"的意象，《长路奉献给远方》表达了无私奉献、不懈追求和感恩珍惜的核心理念。首先，无私奉献是全书的核心精神。这不仅体现在沈阳市政集团的建设者们对工作的热爱与执着上，更体现在其对社会责任的承担与践行上。在漫长的岁月里，他们为了城市的繁荣与发展，默默奉献着自己的青春与汗水，不仅承担着繁重的建设任务，更在关键时刻挺身而出，为城市的美丽与和谐贡献自己的力量。其次，不懈追求是全书的重要主题。沈阳市政集团的建设者们，在面对各种困难和挑战时，从未放弃过对美好未来的追求，他们凭借着坚定的信念和不懈的努力，攻克一个又一个难关，创造一个又一个奇迹。这种坚持追求的精神，不仅激励着他们不断前行，更为沈阳城市的发展注入了强大的动力。最后，感恩珍惜是全书的温馨基调。沈阳市政集团的建设者们在取得成就的同时，始终保持着对自然、生命和他人的感恩之心。他们珍惜每一次机遇，感恩每一次帮助，用真挚的情感和实际行动回报着社会。如在第五篇《最高的路》中，以奉为幸福象征的"格桑花"开篇，描写了来自东北大地的西藏那曲民生工程集团公司建设者们的艰苦奋斗，文墨流淌间传达的是中华民族大家庭的温暖与幸福。

有鉴于此，高海涛在《序》中称"市政人"为"大地上的星光"："这大地上的星光，也许太诗意了，但不正是'市政人'的写照和象征吗？他们是城市的建设者，也是城市的守夜人，不管在什么地方，只要是城市，就能看到他们一闪一闪亮晶晶的身影，他们是一个城市赫赫而无名的英雄。"《长路奉献给远方》全面关涉不同的平凡英雄，个体和群像相得益彰，不仅关注到了仇召侠、陈阳等优秀员工的个人成长，还着力描绘了青年突击队、劳模创新工作室等集体的踔厉奋发。无论是顶着烈日炎炎在工地上挥汗如雨的老工人，还是夜以继日、废寝忘食地钻研新技术的科研团队，他们都用自己的辛勤与智慧，为沈阳市政集团的发展贡献着力量。在作者的笔下，集团领导与基层员工同样重要，作者看到了每一个"市政人"的勤勉敬业，看到了每一个岗位的无上荣光，上到董事长刘春发的运筹帷幄，下到外号叫作"好办"的基层员工小高，无论是带领员工冲锋陷阵的领导干部，还是默默奉献的普通员工，他们都用自己的努力和才华，书写着沈阳市政集团的多彩篇章。而巾帼不让须眉的别样风华，更使作品增添许多亮丽色彩。《长路奉献给远方》单设了一章内容，主要用来介绍奋战在市政建设第一线女员工的飒爽英姿，打破了钢筋混凝土世界是男人标配空间的固有认知，让人看到市政建设中百炼钢化作绕指柔的特殊力量。

为了突出主旨，《长路奉献给远方》这部作品以线带点，以点带面。全书以"路"为叙事主线，通过15个篇章的展开，将沈阳市政集团的发展历程和光荣历史清晰地呈现在读者面前。此外，这部书以事写人、以人写史。通过具体事件的描写，展现了沈阳市政集团建设者们的奋斗历程和精神风貌。同时，通过典型人物承载着沈阳市政集团的历史和文化。这种以事写人、以人写史的叙事方式，使得全书既有生动的故事情节，又有深刻的历史内涵。作者以真诚的创作姿态和真挚的情感表达，将市政建设者们的工作和生活描绘得栩栩如生。这不仅是对沈阳市政集团和沈阳城市发展的一次深情回顾和深情礼赞，也从一个侧面展示沈阳城市发展的点点滴滴，为读者提供了解沈阳历史和文化的窗口。

市政人建设城市，为城市人修筑通往工作之路、生活之路、回家之路，维护和管理市政设施，保证市民生活的安全与便利。作家以文学的方式对他们的无私奉献精神致以崇高的敬意。城市需要建设者，城市生活需要更多的守护者。

作家以"最深的泪水"书写在火灾中奋不顾身扑救的消防官兵，以艺术的方式为他们雕塑精神的丰碑。2023年根据蒙古族作家鲍尔吉·原野创作的长篇报告文学《最深的水是泪水》（辽宁人民出版社，2013年出版）改编的电影《烈火英雄》荣获第十八届中国电影华表奖·优秀故事片奖。这部电影的影响力和原作的真实性与艺术性密切相关。我们重温这部报告文学，感受一个作家的使命感和他的创作的历史贡献，为当下报告文学的创作提供某种启示。

每一座城市都有现实的建设者和守护者，每一座城市也都有每一座城市的历史故事。李忆锋、张哲写沈阳市政人和城市之路，宏阔的空间视域深藏细腻和洞透。书写一座城市的历史，宏观叙事自有其优势，微观叙事也自别其趣。作家聚焦一条街，以一条街写一座城、写一座城的文化，也有其妙处所在。海丹青写的是营口老街的红色记忆，关捷跨越500年扫描沈阳小南关街的文化底蕴、教育资源、革命传统和科技高地，他们以短篇报告文学形式致敬城市的历史和文化。

海丹青的《营口老街》（《营口日报》2023年11月14日第6版）围绕辽河老街这一历史文化地标，将辽河渡口的自然风光、人文景观与人物故事交织在一起，反映出营口这座城市的百年变迁。从渡口开埠的畸形繁华，到革命先烈的英勇抗争，再到当今人民的安居乐业，文章以时间为轴，空间为纬，编织出一部营口历史风貌的生动画卷，引领读者穿越历史的长河，走进那座承载着无数红色记忆的城市——营口。作品通过追溯辽河老街的历史变迁，勾勒出以孙天元以及曹杰父女为代表的几代共产党员的奋斗历程，深刻展现了辽河儿女在时代洪流中坚韧不拔的意志与顽强奋斗的精神，谱写出一曲对营口人民英勇精神的赞歌。

《营口老街》从历史启航，作家首先从作为著名摄影家与战地记者的孙天元写起。孙天元既是坚韧不拔的战士，也是敏锐的记录者。他冲在前线，定格无数英勇瞬间，向后方输送了大量战地新闻和通讯。在朝鲜战争中，为了军队能成功渡江，他被弹片击中也一声不吭，展现了共产党人不畏艰难、不怕牺牲的光辉形象。然后，作家将目光拉向现实，以曹杰的视角回忆父亲，一位默默无闻的英雄。在辽河老街的革命岁月中，曹杰父亲作为地下党组织的联络员，默默传递着情报与希望，是一种平凡中的伟大。曹杰是新时代劳动者的典范，她传承了父辈的红色基因。

在革命与建设的道路上，他们勇往直前、无私奉献，用自己的血肉之躯筑起了民族的脊梁。他们既是历史的见证者，也是历史的创造者，是营口人民乃至整个中华民族伟大爱国精神的集中体现。

营口老街，几十年的历史在海丹青笔下素描式呈现，简约而清澈；关捷则更有野心，以短篇为沈阳小南关街立传，而且是大传。《巷陌记忆——沈阳小南关大传》是一部深刻描绘沈阳小南关地区历史与文化的作品。文章以时间为序，结合建筑变迁、人文风俗和人物事迹等真实而丰富的历史资料，将小南关从明嘉靖城关发展为沈阳科技高地、商贸中心的500年历史风貌画卷徐徐展开，并展示了在这一过程中，小南关地区在文学、艺术、教育、报刊乃至中国革命中发挥的重要作用。

《巷陌记忆——沈阳小南关大传》巧妙地将历史与现实相结合，使作品既有历史文化的厚重感，又不失当代语境的时代感，小南关地区的文化价值和历史变迁得到有效凸显。同时，作品着重表现地方文化的独特魅力，以及该文化氛围下所孕育的民族性格。关捷通过这部作品，再次证明了他对现实主义的执着追求和对历史细节的深刻洞察力，展现了他在历史中爬梳民族精神经脉与文明轨迹的独特眼光与人文情怀。

关捷通过真实的历史背景和深入的采访积累，在《巷陌记忆——沈阳小南关大传》中塑造了丰富多样的人物群像，革命先驱孙百斛一举创办"奉天大学堂"，以敢为天下先的勇气、为国为民的精神开东北近代教育之先河，中共满洲省委机关秘书张光奇舍弃自己的家庭，成为中国共产党在东北地区发展的第一名女党员。在抗日战争和解放战争中，小南关地区共涌现出19位烈士。挑战人类水下探测与作业极限的中国科学院沈阳自动化研究所坐落在这里，东北亚经济圈和环渤海经济圈最大的流转型轻工产品交易中心——五爱市场在这里。不同年代的小南关文人、革命者、科技人员、经营者、市民等有着各不相同的精神气质，但他们熙熙攘攘地共同塑造着小南地区的人文盛况和民族精神。他们的形象不仅展现个体在历史洪流中的选择与转变，也反映着社会变迁和历史进程的复杂性。

关捷力求还原历史的真实面貌，旁征博引大量的历史资料和文献，铺展小南关的历史背景，凝练小南关的文化内涵。作品运用精致的语言，展开对历史的勾勒和想象；同时运用点面结合的手法，既注重细节描写，又兼顾整体叙述，使作品深度与广度并重，突出重点的同时又全景式地展现小南地区的历史变迁和社会发展，蕴含着浓厚的地方特色和文化品位。

城市的建设者与守护者，铸就了城市的一座座丰碑。城市的红色记忆和历史文化，为我们绘就城市创造者的精神画像。作家深情凝望城市，以知识分子的使命与担当书写城市的创造者、建设者与守护者，以文化之光照亮了城市的历史与现实，使读者在城市空间里，在阅读之后的深情回眸中，与作家一道凝望精神的丰碑。

结　语

辽宁报告文学作家在行走中创作，他们的足迹遍布农村、城市的角角落落。在历史与现实、中国与世界的双重视野中，他们书写日新月异的农业农村农民，关注共和国工业奠基地的工业工厂工人，精心展现农业现代化和工业现代化进程中的中国气象。作为雷锋精神发祥地的作家，他们对雷锋情有独钟。他们又敏锐地"发现"城市，以敬仰之情书写城市的历史和现实、城市的建设者和守护者。

"行走"，成为报告文学作家的写作姿态。我们和他们一起探寻中国"稻路"，共同逐梦田园，赏那木斯莱之蓝，唱黑土地的奋斗之歌。我们致敬他们笔下的人物，为了大地的丰收，寻根问祖，对标那面旗帜，甘为振兴呕心血，谱写五彩人生，坚守"做人是一辈子的事情"。他们把目光对准宏阔的外部世界，也悄然落在人物的心里。

对于三农题材的关注颇具历史感和时代感。同样，辽宁作为共和国工业奠基地，辽宁的作家观照工业的历史意识格外鲜明。从峥嵘岁月到智造时代，隔空映照着工业题材书写的深厚的历史传统。作家笔下的鞍钢、大船、大国工匠彰显奠基地的辉煌，又兼具智造时代的新质，承载着新时代的光荣与梦想。

辽宁"六地"文化是作家创作的重要资源。雷锋精神发祥地同共和国工业奠基地一样，为作家提供了宝贵的精神财富。作家自觉传承、赓续红色基因，接力式书写雷锋。不同代际的作家写出他们眼里的雷锋，"40后"的胡世宗勾画"60年来全国军民学习雷锋波澜壮阔的情态"，"50后"的商国华聚焦不同时代雷锋的"炼"成，"60后"的卜庆祥塑造一个可亲可爱可敬的"工人雷锋"，"70后"的王立军破解雷锋"成功密码"为当下提供学习榜样。这里既有雷锋的大历史，又有雷锋的小历史，大小融合、纵横交错中的雷锋形象不是遥不可及，而是就在我们身边。辽宁作家不同代际的雷锋书写，具有鲜明的时代性和鲜活的个性化，在雷锋书写和雷锋精神传承方面做出卓越贡献。

一直以来乡村题材普遍受到作家关注，在辽宁因为工业文化和工业文学传统，雷锋精神和雷锋书写传统，作家自觉传承工业书写和雷锋书写，在全国地位举足轻重。这三方面的创作在不同历史时期形成热潮甚或高潮。而有些题材相对比较"寂寞"，等待着作家去"发现"。

很多作家在"城市"中，对于城市的书写，在整个报告文学史中却相对薄弱。也许"只缘身在此山中"？也许根深蒂固的"乡土中国"塑造了作家的文化心理结构？近些年出现一些城市传记，可以看出作家对城市的关注。李忆锋与张哲把市政公司纳入自己的视野，把市政人作为描写的对象，显现出创作的胆识和勇气。关捷和海丹青以短篇报告文学形式书写老城老街的红色记忆和历史文化。城市的历史和现实，城市的建设者和守护者，在辽宁报告文学中的形象逐渐清晰。

也许，还有更多的题材，更多的事件，更多的人物……等待着被发现。

辽宁作家不满足于地域性写作，他们拓展疆域，放眼全国，突破地域和题材的限制，跨时空观照文化中国和科技中国的磅礴气象。

而无论从事哪种题材创作，辽宁报告文学作家都不满足于传统的报告文学写作方式，普遍比较倾向于跨文体写作。融合散文、小说的写法最为常见，诗歌和戏剧的手法也多被作家尝试使用，音乐的节奏和画面的组构更增加了文本的艺术性。

可以说，行走中的跨文体写作，观照跨时空的中国气象，成为辽宁报告文学的创作表征。

文学评论：作品奔流不息，评论奋进不止

◎李桂玲

前　言

2023年的辽宁文学评论，从评论对象、研究方法、题材领域、影响效应等方面来考察，具有不同梳理路径，也呈现不同发展特点。本次述评主要以评论对象进行大分类，同时兼顾研究方法与题材领域。本次述评的评论文章来源，主要出自可查询的开放大数据平台记录的已公开发表的评论文章，且主要以省级以上（含省级）报纸、期刊发表文章为主，并参考市县级公开发行报刊上的部分评论文章。受条件所限，本次述评以辽宁评论家发表的评论文章统计为主。其中，辽宁评论家发表的关于文坛现象、思潮、问题等总览性文章，皆在统计范围内；辽宁评论家发表的关于辽宁省外、省内作家作品的评论文章，皆在统计范围内；辽宁省外评论家评论辽宁省内作家作品的评论文章，不在本次述评统计范围内。

经过数月的广泛征集、主动搜集、文章筛选工作，目前统计来源评论文章为69篇，评论集1部，总字数约100万字。本次述评的归

纳总结均在此次征集筛选基础上展开。本次述评的评论文章作者年龄分布在从"50后"至"90后"的各个时段，还有个别"00后"青年评论者。整体呈现出"50后"的评论文章量多质优、思潮类评论较多，但评论者数量极少的特点。"60后""70后"评论者，理论素养好，但观念相对保守，评论文章数量相对较多。"80后"作为评论的中坚力量，思维相对活跃，评论视野开阔，能呼应当下文学现场并做出回应，文章数量较多。"90后"，特别是"00后"评论文章数量少，多数与人合作，可见"90后""00后"评论者目前独立发声能力还较弱，还有待历练。

通过评论文章刊发平台的述评可以发现，辽宁省主管主办的刊物对辽宁文学评论的发展提供了强有力的支撑。像《当代作家评论》这样的全国文学评论类核心期刊，2023年共刊发辽宁评论者的文章18篇，并结合文坛热点，开设《东北文艺复兴》研究专辑，专门为辽宁文学发展呐喊助力。2023年，辽宁省刊《艺术广角》刊发辽宁文学评论者文章5篇，《渤海大学学报》（哲学社会科学版）刊发辽宁文学评论者文章5篇，《鸭绿江》《芒种》《海燕》这些作品类刊物，也适时刊发了辽宁评论者的相关文章若干篇。据不完全统计，2023年，辽宁文学评论者走出辽宁地域，在全国报刊发表重要文学评论文章30多篇，其中不乏《光明日报》《文艺报》《文艺争鸣》《小说评论》《当代文坛》《中国当代文学研究》《诗刊》《长篇小说选刊》《民族文学》这些大报大刊，其中被《新华文摘》全文转载2篇，被人大书报资料中心《中国现代、当代文学研究》全文转载1篇。

本次述评的成文体例，依据评论文章的研究对象主要分三大部分。第一部分为立于当代文学现场的"在场"式评论，内部又依据研究领域细分为对文坛潮流的总览、梳理与判断，对热点作家作品的及时关注与评论，对网络文学、生态文学、AI写作等新兴文学样态的深化认识。第二部分为以"东北文艺复兴"为关键词的"泛文学"式评论，围绕2023年文坛热点话题，对辽宁文学评论界的研究成果进行归纳总结。第三部分为关注辽宁作家作品的"并行"式评论，内部依据评论主体细分为对辽宁成熟作家的持续关注与评论，对自我与文学认知不断加深的自述式评论。第四部分是对本次述评的一个总体分析，主要针对辽宁文学评论存在的问题与化解难题的可能性进行总结与论述。

从刊发评论文章的数量与质量、从评论队伍的年龄分布来看，辽宁文学评论在2023年取得了可喜的成绩，评论队伍老中青的"传帮带"效用明显，虽然评论队伍的接续发展存在一定问题，但也有更多值得肯定之处。

一、立于当代文学现场的"在场"式评论

1. 对文坛潮流的总览、梳理与判断

从2023年辽宁文学评论者公开发表的评论文章来看，对文学理论的观点、概念、潮流的梳理与纠偏、建构，是一个主要特征。例如，孟繁华的《文学创作的核心观念——当下作家对文学与情感关系的理解和阐发》（《当代作家评论》2023年第1期），就从文学创作的核心观念角度，提出在21世纪20年代，建构属于中国自己的文学学术话语体系的重要性与迫切性。评论者又从细部着眼，着重讨论了文学与情感关系的命题。提出了当下文学创作存在的"情义危机"，认为当下作品中充斥着戾气。而对这一问题的解决方案，就是要重提文学中情感的重要性，呼唤有情有义的文学。情感深度不只是作家的写作态度或对文学的认知，更是对人的内宇宙——内心隐秘世界的发现。这篇文章提示我们，作家在创作实践基础上提炼出的观念，对于构建中国的文学理论话语有重要价值。

孟繁华的《一个文学批评概念的浮沉与消失——关于"写中间人物"论的再认识》（《中国现代文学研究丛刊》2023年第5期，《新华文摘》2023年第17期全文转载）一文，在关注"中间人物"这一

20世纪50年代出现的文学概念时，直指当下文学创作存在的问题，提出当下对"中间人物"描写传统的抛弃，正是中国乡土文学的文学性式微的重要原因。这样深刻的剖析与解读，正体现出当代评论家对建构中国文学经验和学术话语的雄心壮志，体现出评论家自觉的责任意识与担当精神。

周景雷的《新世纪以来乡土叙事中乡村治理书写的嬗变》（《当代作家评论》2023年第2期），将中国当代文学的发展与中国社会的发展紧密结合在一起。研究者认为研究当代文学乡村叙事中如何书写乡村治理问题，不仅可以从文学的角度探究作家对乡村社会的想象，其实也关联到了作家的文学立场、写作姿态，以及在不同的历史时期如何处理自身创作与中国乡村社会之间的关系，从乡村社会的发展变迁探究文学与时代的关系。从20世纪40年代末至50年代初的"土地改革"，再到农村社会主义改造完成，以及1962年《农村人民公社工作条例（修正草案）》的提出，再到党的十八届三中全会提出的"推进国家治理体系和治理能力现代化"，这些方针政策措施完成了国家权力对农村资源的整合与治理。从这一历史链条的梳理来看，当代中国的乡村治理在不同历史时期的调整、变化和改革，必然要在文学创作方面有所表现。这篇评论以新世纪以来多部乡土叙事作品为对象，尝试从乡村治理视角，分析近20年来乡村叙事嬗变的根源。

韩春燕的文学评论集《启蒙的风景——百年中国乡村小说嬗变》（春风文艺出版社，2022年12月版）勾勒现代意义上的中国乡村小说的百年发展脉络。该书把文学中的乡村作为研究标本，通过对现当代小说中不同时空下乡村世界的分析，以乡村小说中的"自然"与"风景""空间""主题""语言""民俗""器物"等为切入点，以点成线，以线成面，探究中国当代乡村的文化景观及其与中国现代化进程的互文关系，呈现"启蒙"诉求下中国乡村小说百年来的文本形态和精神风貌。

王晓岗在《抒情美学传统与现代小说理论重构》(《当代作家评论》2023年第4期)一文中指出，20世纪以来，外来的叙事理论与实践成为潮流，而中国传统的叙事理论与实践却不被重视，究其根本，就在于面对传统时，我们既不关注小说的叙事方式的转型，更不关注小说创作实践过程中的抒情美学传统，以及贯穿于中国文学批评史的诗性批评方法和体系。文章提出，抒情美学传统中"以诗论诗"模式和以"科学主义"为基础的现代文学批评有很大不同，传统"赋、比、兴"中的"兴"更是小说抒情美学传统的一种集中呈现。可以说，抒情美学传统是现代小说理论潜源。虽自清末民初时期的刘鹗，到五四时期的郁达夫等人，继承了抒情美学传统，并开创了现代叙事风格，后来经沈从文、孙犁、汪曾祺等人，小说抒情化的发展更加繁荣，但当下对抒情传统的忽视及产生的后果，将在很长时期内影响中国现代小说理论的发展与走向。由此看来，对抒情传统的继承和创新性转化与重构也就迫在眉睫。

韩春燕的《细节是小说的表情》(《光明日报》2023年10月11日)一文，从细节在文学创作中的表现方式、内容核心，以及细节的作用这三个维度，对细节在小说创作中的重要性予以肯定。通过对古今中外名篇中细节的运用，确证了细节对小说经典化的重要作用。

刘诗宇在《当代文学批评史中的"新写实小说"》(《文艺争鸣》2023年第3期)一文中，从"历史化"的角度，对"新写实小说"这一文学史或批评史概念重新进行清理。评论者首先钩沉了"新写实小说"的起源，并将其定性为一个充满内部矛盾的"人造"概念。"新写实小说"正处于历史分岔口的关节点上，是文艺工具论与信仰虚无论的分岔点，是纯文学与大众文学的分岔点，也是文学开始"触电"的分岔点。"新写实小说"所具有的路标意义，令其在30年后的今天仍具有讨论的价值。

如果以"阶层趣味"作为关键词，能建构出一种怎样的文学史观？刘诗宇在《"阶层趣味":"90年代"文学史研究关键词之一》(《文艺理论与批评》2023年第3期)一文中,尝试解答这一问题。评论者提出了以"阶层趣味"为参照点的重要性。他认为,当我们意识到阶层之于文学的存在与意义,将国家与社会管理者、工人农民服务业者、无业失业者的趣味都当成文学史写作的重要参考维度,那么对于重大题材创作,或是科幻、武侠、玄幻、言情等"类型文学"的研究必然会更得心应手。透过"阶层趣味"的可能性,还可想象未来阶层的融合会为文学带来新的状态,如"宏大叙事"和"个人写作"的重新融合,都将给文学带来新的景观。

刘诗宇在《作家"不读",还是作家"必读"——论"文学性"视角下研究与创作的关系问题》(《当代文坛》2023年第5期)一文中,讨论了"文学性"问题。他认为首先需要避开一个误区,即"本质"层面的文学性经常无法也无须言说,文学界讨论的文学性常是"策略"上的文学性,即通过"建构"文学评价标准来表达对创作、研究发展方向的意见。这即是强调研究的当下性,让研究与文学现场相互影响、结合。今天讨论文学性问题的大背景,就是以文学史研究为主体的当代文学研究,与文学现场关系渐远。这篇文章从学术史入手,梳理从20世纪80年代到21世纪当代文学研究逐渐"历史化"的过程中,文学研究与现场如何逐渐分离,并在最后提出,今天若想让文学研究重拾当下性,与现场创作再度结合,一是要以"文本细读"的方法探究"潜结构""潜叙事",二是在"文化史框架"中,在广义的"叙事性艺术"范畴内观照当代尤其新世纪以来的文学史,在更宽广的文学性视野中定位文学研究的未来。

文学批评的重要构成是批评家,对于在当代文学研究中起到引领作用的批评家的研究,一定意义上,也是对当代文学史的另一种观照与阐释。任含笑、吴玉杰的《"重返八十年代"的史家姿态:程光炜文学史研究评述》(《沈阳工程学院学报》[社会科学版]2023年第1期)就对提出"重返八十年代"学术口号的批评家程光炜进行研究。文章注意到程光炜的"文学史家"身份，并在其具有学院化、历史化、"史家批评"、史料化几个突出特征的批评实践中，看到了其研究为当代文学学科建设带来的新的研究方向和方法论，肯定了其学科建设的价值和意义。这一分析也是对批评大家程光炜的一种系统化的、精准的判断与认知。

刘广远的《"九一八国难报告文学"的逻辑生成与叙事特征》（《学习与探索》2023年第9期）指出，"九一八国难报告文学"可以从几个方面被论证和考察：一是关注"九一八国难报告文学"的生成及其历史维度、时间长度、空间广度；二是考察其文献史料的特征、文学表征；三是东北"书写"的独特性。将"九一八国难报告文学"置于中国抗战文学研究乃至于全世界反法西斯文学研究的大框架中，有助于界定"九一八国难报告文学"的社会性、普遍性和历史性的意义，从而拓宽国难文学的研究深度和广度。

自2010年《人民文学》开设"非虚构"专栏以来，文学界的非虚构热悄然兴起。一批具有影响力的文学作品成功将非虚构写作锻造为新媒介语境下的文学焦点，甚至成为一种新的文学现象。对于非虚构的讨论也成为时下文坛讨论较多的一个话题。赵晨宇以研究苏俄文学见长，他在《中国当代非虚构文学的文体危机及其突围——以阿列克谢耶维奇的非虚构写作为参照》（《当代作家评论》2023年第5期）一文中，就以获诺贝尔文学奖的白俄罗斯作家阿列克谢耶维奇的非虚构写作为参照，寻找中国当代非虚构文学危机的破解之法。评论者认为中国当代非虚构写作的问题主要有：一是对非虚构写作文体的认知，特别是对其价值的认知还存在不足；二是非虚构写作的自我突破陷入困境，非虚构文学创作乏力，在创作技巧和创作内容上活力不足。而借鉴作用主要体现为：作家对非虚构文学写作伦理的坚守，作家以"超越性"理解非虚构文学的文体意义及其价值，作家对非虚构文学进行了多声部复调式开拓。这些都为中国非虚构写作者探寻适合自我的书写方式提供了可资借鉴的创作经验。

2. 对热点作家作品的及时关注与评论

从大处着眼的评论，其价值在于对思潮、流派、理论体系建构等方向性问题的把握，对文学创作走向与前景进行预判。但文学创作是大千世界、芸芸众生切实生活的点滴呈现与细致描摹，对文本的细读，对具体作品情节、结构、人物等细节的研究同样重要。因此，对一年来文坛涌现的热点作家作品的及时关注与评论，便成为文学评论必不可少的组成部分。能够及时有效地品评新作，第一时间发出专业评论的声音，产生正向的影响与效用，既是对评论者阅读功力、分析问题的能力、预判能力的极大考验，也是对作家辛劳创作的尊重，是对中国当代文学负责任的表现。

孟繁华的《我们就生活在这样的文学里——近期长篇小说创作中的"现实题材"》（《中国当代文学研究》2023年第4期），在对2022年全年长篇小说梳理过程中，提出了"现实题材"创作成为当下文学创作主流的观点。从题材内容及涉及的社会面来看，2022年的长篇小说中，有对历史上"创伤"记忆的描写、历史事件的描写，有对乡村现实问题的切近观察与思考，更有对婚姻生活、世间百态的真诚感悟与书写。这些题材，既表现了作家对现实生活的关注和重视，也传达了作家对来自现实生活感受的敏锐度。此文通过梳理，抒出当下长篇小说创作的一条重要内在线索，即对"现实题材"的关注热度有增无减。全文有观点提炼，又有文本细读的细节论据支持，呈现出我省评论家对当下创作的观察能力与总结能力。

在另一篇既有总结提炼，又有细部呈现的文章《历史叙述和时间意识——当下历史小说创作的三种类型》（《扬子江文学评论》2023年第2期）中，孟繁华选取了6部具有代表性的历史小说，作为论证分析的对象。孟繁华在此文中首先提出了中国文学的"史传传统"这一概念。中国小说书写对于历史的"攀附"，对于生活与历史的虚构，都成为中国小说发展到今天这个样貌的重要原因所在。同时，孟繁华借用澳大利亚学者克里斯托弗·克拉克的"掌权者如何理解和运用'时间'这一概念塑造整个国家的过去、现在与未来"的理论，从"他者"的理论角度，回看中国当代小说的创作问题。在这两条理论资源的加持下，再来看近两年来出版的6部有影响的长篇历史小说，王尧的《民谣》、水运宪的《戴花》、朱秀海的《远去的白马》、孙甘露的《千里江山图》、曹文轩的《苏武牧羊》、厚圃的《拖神》，考察历史讲述中的"时间意识"，就具有了历史纵深感与现实针对性这样的评判坐标。在以6部作品为参考的分析中，孟繁华指出了中国当代作家面对历史的态度，不再是畏惧与臣服，而是试图通过文学书写，写出历史与当下的关联，与历史进行深度对话。于此，历史便不再是生活的导师，文学以特有的方式"创造新的过去，取代旧的未来"。

面对2023年出现的长篇新作，孟繁华保持了一位评论家应有的艺术敏感与学科素养，连续对水运宪的《戴花》、林白的《北流》、关仁山的《白洋淀上》、邵丽的《金枝》几部文坛重要新作展开了及时有效的评论解读。在《书写历史，也是对话历史》（《长篇小说选刊》2023年第1期）一文中，孟繁华指出水运宪的《戴花》这部小说，一改"改革文学"人物的"强势"或"超人"模式的写法，探索了新时期工业题材进入文学纵深的可能性。但更重要的是，孟繁华发现了作家想要"讲好故事"的决心与实践。孟繁华认为，讲好20世纪60年代的故事，与讲好当下时代的故事同样重要，因为任何一个时代的进程、人民付出的艰辛努力与代价，都值得作家永远记录与歌颂，这才是文学与作家存在的时代意义。

林白创作经年，出版过众多优秀作品，2023年问世的《北流》是她的又一力作。在《世界如此广阔 追忆逝水年华——评林白长篇小说〈北流〉》（《当代作家评论》2023年第2期）一文中，孟繁华首先确证了林白在当代文学史中的重要地位，其作品《一个人的战争》《妇女闲聊录》《万物花开》《致1975》《北去来辞》，直到《北流》，都是当今时代重要的作品。之所以敢下如此断言，是基于对林白多年的关注与阅读、对其作品的熟稔、对文学史进程中创作形态与时代关联走向的精准判断。孟繁华从作品中发现了主人公李跃豆的"亲生命性"特征，利用这一借于哈佛大学教授爱德华·威尔森的概念，孟繁华指出林白作品中人物的一种共性，即对同类的亲善，包括人对自然的态度。通过对《北流》的分析，孟繁华认为，林白对现代性的追求从未止息，同时也注意到《北流》这部抒情作品，具有浓厚的浪漫主义特征。这些分析对于经典作家林白来说，既恰切又精当。

面对300万字的三卷本《白洋淀上》该如何评说，对评论家是一个大考验。孟繁华给其定性为新时代主题创作。在《时代深刻变革中的新生活和新形象——评关仁山长篇小说〈白洋淀上〉》（《长篇小说选刊》2023年第2期）一文中，孟繁华明确提出，《白洋淀上》是自孙犁的《荷花淀》之后最具白洋淀水乡气息和风采的文学作品，同时也在一定高度上艺术地再现了新时代山乡巨变的宏大主题。小说最值得称道之处是在波澜壮阔的大变革中对新生活和新人物的发现与塑造。这与当下国家对新时代主题创作的总体要求是相契合的。在充满变数，又充满焦虑和希望的时代，新生活与新人物的出现就成为一种必然。文章通过对路遥《人生》中的高加林与王家寨的乡亲们的对比，发现了不同时代中人物命运相异的根本原因就在于，新时代背景下的科技创新、国家战略、城乡融合等是历史发展到现阶段的必然趋势。历史在前进，顺应时代发展趋向，则民富业兴。这也就是《白洋淀上》在艺术价值之外所提供的重要社会见证与启示。

"家族叙事"模式历来是中国长篇小说惯用的形制，它与中国传统社会的宗法制度有关，也与中国近现代以来风云激荡的历史国情相关。孟繁华在《重建家族叙事的情感内核》（《小说选刊》2023年第3期）一文中，拨开长篇小说《金枝》的"家族叙事"外壳，找到了维系中国传统家族结构的内核,也是结构整部小说的内核,即情感的力量。孟繁华认为,正是以情感为契机,在进入周家五代人的生活与内心世界时,作家邵丽找到了发挥文学想象力的经验世界。情感的充沛与宣泄,成为这部长篇小说的一大特色,也成为当代文学"家族叙事"的又一范例。

贺绍俊对于《金枝》的评论则另辟蹊径。在《回归土地和亲情——评邵丽的长篇小说〈金枝〉》(《当代作家评论》2023年第3期)一文中,贺绍俊将小说的主题落定在了"土地"上。他认为周家三代父亲对于"土地"的逃离,周家三代女人对于"土地"的坚守,以及小说最终落定在对"土地"的回归与赞美上,都是中国人千百年来的"土地"意识与"土地"情感的文学表达。有"土地"的传承,才有家族的繁衍,才有对亲情的执着与坚守,由此,对基于"土地"的家族亲情的描写便成为《金枝》的又一核心主题。

贺绍俊对现实题材作品《像你那样》的评论,让人们更清晰地看到这部作品所描写的乡村教师的美好形象及其在当下的意义,尤其是在青少年教育方面的意义。在《老师的爱让大地四季芬芳——读〈像你那样〉》(《光明日报》2023年10月5日)一文中,贺绍俊关注到儿童文学作品《像你那样》,故事有起伏,人物有性格,语言有情趣。作家在结构作品时,既将英模教师的事迹写清楚,又没有刻板说教的习气。而作品给人可亲可感的原因,更是语言之功。贺绍俊提出,作家在写作时应该在文字上多下功夫,尤其对于儿童文学创作来说显得更加重要。因为儿童文学的读者是孩子,儿童文学不仅要给孩子们讲出好故事,还应该让孩子们在阅读中感受到优美的文字,从而在文字能力上有所收获。

周景雷的《从他救、自救到追寻美好——读海勒根那的小说〈白色罕达犴〉》(《民族文学》2023年第5期),评论的是一部生态主义小说。生态主义写作成为近年文学创作,尤其是边疆文学创作的重要主题。生态主义的命题自然离不开人与自然关系的评述。在这里，周景雷发现了作家海勒根那放置在作品中的"人类的他救与自救"主题，肯定了作品对重建人与自然伦理关系的努力，更肯定了作家抒情性的、对未来美好生活不懈追求的心态。

张学昕、赵海川的《苍茫"北中国"的乡土美学——迟子建文学叙事的"乡愁"重考》(《小说评论》2023年第2期)，梳理迟子建"北中国"乡土美学叙事概念的内涵，以及自然挥发出来的沉郁的情感凝聚而成的"乡愁"的叙事表现。评论者认为，面对"北中国"的苍茫，迟子建以深刻的人生经验作为基础，没有囿于小我的人生困境，而是借此拷问自我、生命、人性、命运、灵魂的依凭。作家守护乡土命脉，对乡土世界做出了新的美学意义的观照。

张学昕的《小说家及其文本可能的宿命——兼及阿来、迟子建1980—1990年代的写作》(《当代文坛》2023年第4期)一文，聚焦于20世纪80年代、90年代文学写作的样本意义，及在90年代文学观念发生分裂与重构时小说家的选择与走向。张学昕认为80年代、90年代两个时段的创作，有其特定的写作发生、叙事资源、文学书写的根脉。他还注意到起步于80年代的作家，如苏童、余华、格非在90年代所产生的"突变"，他们在叙事方式、文本结构和审美取向方面都有所调整。而以阿来、迟子建为代表的无法"标签化"作家，则带着无法被模仿的风格不断进阶，突破时空限制，实现了文学创作的一次又一次飞跃。

"70后"作家鲁敏近年创作有质的飞跃，已呈现出一个成熟作家的自信与自如。张学昕关注到鲁敏早年作品《金色河流》的"创业者"形象塑造。在《灵魂交响与叙事变奏——读鲁敏的〈金色河流〉》(《当代文坛》2023年第1期)一文中，评论者指出，在《金色河流》中，鲁敏直面人性、灵魂、财富和物质，让故事、人物、情节发生叙事变奏。让物质与灵魂相互交错。在描绘主人公穆有衡这个白手起家的创业者形象时，作家以"圆形"饱满的丰富内涵，扭转了传统的财富观，让人们认识到其精神价值的维度，即人们不能把人性异化、灵魂漂浮或其他丑恶行径都加诸财富身上,而忽略财富带给人们的精神的、心灵的慰藉。从这个意义上看,《金色河流》无疑勾勒出一个关于财富的新的思维图示,也让人看到了一代创业者的灵魂旅程。

张学昕的《〈有生〉的意义》(《南方文坛》2023年第2期)对胡学文的长篇小说《有生》的美学特色与文化内涵进行评析。评论者认为从审美与结构角度来说,《有生》精神意蕴厚重,文本结构结实,修辞老到,文字优雅,叙述从容,有着恰当的紧适度,饱含忧郁而奔放的诗意。在对现实的书写上,《有生》可以说是一部"生命小说",也是一部"口述史",它不仅是一个人的传记,也是现代乡土社会的"史记"。是一部深描出百年中国乡土世界的恢宏长卷,也是一部心灵史的生动图卷。

作家王跃文的长篇小说《家山》甫一出版,即得到了张学昕的关注,在《家山之重,或重于泰山——王跃文长篇小说〈家山〉读札》(《扬子江文学评论》2023年第4期)一文中,评论者认为,《家山》与贾平凹的《秦腔》有着类似的"慢叙事"的美学风貌。作家在小说创作过程中,建立起一种"感觉结构"。这种"感觉结构",就是植根于生活的"全息"深层结构。这个结构源于作家对个人经验的处理,也发生于被重新唤醒的作家个人记忆。作家具有从整体到细部的表现俗世的能力,且使用了极简的白描手法,自觉地与以往"驳杂"书写的审美"断离"之后,业已实现文学叙事的一次自我"摆渡",完成了一次挑战。

张学昕、赵海川在《孤独的梦寻——格非"江南三部曲"的精神意蕴》(《辽宁师范大学学报》[社会科学版]2023年第1期)一文中注意到,在20世纪90年代后,格非的创作风格发生了很大变化,开始从80年代的注重形式的探索转向对现实生活的观照。格非的"江南三部曲"就呈现了他对社会、历史、人类内在精神等问题的深刻思考,对个人命运浮沉的关注。格非对孤独、困顿的书写,对乌托邦梦想的建构和崩塌的叙事，是作家在经历了重重精神困扰之后，自我抉择和精神升华的产物。

韩传喜的《独特的风景——读阿舍的长篇小说〈阿娜河畔〉》（《长篇小说选刊》2023年第6期），通过对阿舍的长篇小说《阿娜河畔》的解读，点出了"农场故事"这一稀缺主题创作的重要价值。韩传喜认为，作家阿舍力图书写的一个个普通农场家庭故事，是用来还原农场的本真面貌，呈现真切的农场风俗、风情，更是提供了一个典型的"无技巧"叙事的范本。韩传喜认为阿舍的新疆人身份，她在农场出生长大的生活经历，使得她既是农场生活的体验者，也是农场精神的传承者，更是农场历史的记录者。这种对作家写作身份的总结，贴切而真诚。

张学昕、朴竣麟对舒雅《她的姿本时代》的评论《"姿本"的较量和灵魂的颜值——读舒雅〈她的姿本时代〉》（《中国当代文学研究》2023年第4期），关注到"姿本"（资本）与人性之间的紧张关系，并透过对貌似"商战"的这部《她的姿本时代》的深入解析，发现了小说对于大时代变局下人性的较量与灵魂的救赎、女性意识的崛起等大时代人文生态的关注与书写，点出小说的时代样本意义与价值。

作家罗伟章的《声音史》《寂静史》《隐秘史》分别出版于2016年、2020年、2022年。作为"60后"代表作家，罗伟章近年的产出不多，却篇篇精要，创作臻于成熟之境。乔世华的《伟章"三史"：为生民立传》（《阿来研究》2023年第1期）就认识到了"三史"的文学价值与社会学价值。乔世华这样评价罗伟章的写作，他认为作家是带着"使命感"而来的，具有深厚的为生民立传的史诗情怀。不得不说，这也是当代众多"50后""60后"作家的共同特征。文章进一步分析了"三史"的命名、主题、内蕴、人物等小说要素，并提出应将出版于不同时段的"三史"结合起来看，才能获得一个全面、完整而真实的乡村世界图景。乔世华认为"三史"的嵌套式叙事结构、敏感而精妙的词语运用,是作家小说技艺成熟的标志,而对逐利社会对传统文化破坏的隐忧才是三部小说的核心主题,写出这些隐忧,警醒世人,也正是罗伟章的"使命"所在。

面对魏微睽违十年的长篇新作《烟霞里》,张维阳注意到了魏微的"新变"。在《家国历史的融入与日常叙事的新变——论魏微的〈烟霞里〉》(《当代作家评论》2023年第3期)一文中,张维阳指出,历史、政治、人的命运等宏大命题,原本并不是魏微所关心、所擅长之主题,但在《烟霞里》,这些成规都被打破了。魏微以编年史的形式,写出了一代女性、两个家族所经历的40年恢宏社会历史。作家以一个普通人的视角打量历史,深感人的有限性,对历史满怀敬畏,通过叙述历史的无常,表达面对历史的疑虑和困惑。

张维阳的另一篇报告文学评论文章《描绘铁路人的精神丰碑——关于报告文学〈永远的"毛泽东号"〉》(《光明日报》2023年11月15日),关注到了李蓉、齐中熙合著的报告文学《永远的"毛泽东号"》(外文出版社2023年7月出版,入选中国图书评论学会发布的"中国好书"2023年9月推荐书目)。张维阳认为,这部报告文学的价值不仅在于对"毛泽东号"机车和中国铁路工业发展历程的呈现,更重要的是对"毛泽东号"所承载的精神传统的发掘。而这也正是报告文学这一体裁应该起到的作用之一种。

郭福霖、刘广远的《刘心武小说城市书写探析》(《楚雄师范学院学报》2023年第1期),将刘心武的城市书写放置在新时期文学的大背景中,以多种视角探析刘心武小说城市书写的特色。相比于京味小说对北京城市乡土性的迷恋,刘心武关注北京由乡土性向现代性的转型。由于对北京强烈的地域认同和问题意识,刘心武的城市书写呈现出"我城"的建构。刘心武书写城市中启蒙的嬗变,理性地呈现出社会文化转型对不同人的影响。总之,评论者认为,刘心武以小说的方式连接了北京的传统性与现代性,立体地展现出北京的城市发展图景。

3. 对网络文学、生态文学、AI写作等新兴文学样态的深化认识

面对网络传播媒介的勃兴,网络文学的地位与作用日益凸显。韩传喜、郭晨在《网络文学媒介化的情感逻辑》(《当代作家评论》2023年第3期)一文中,通过对网络文学发展走向的研究,提出网络文学发展史也是一部媒介技术变迁史。在对中国当代网络文学的分析中,韩传喜、郭晨指出,中国网络文学经过20余年的蓬勃发展,迸发出跨文化、跨媒介、立体化、可持续的强劲动力,网文IP全链路开发等新业态的出现,为探讨当今网络文学时代媒介域更迭提供了新的实践样例与行动可能。文章进一步论述了情感如何参与并影响网络文学活动中行动者与媒介技术互动,并试图在情感与技术和文化交织、共生的互动结构中重现其在网络文学媒介实践中发挥作用的深层机理。该文认为,情感作为驱动数字媒介时代网络文学发展的重要力量,其行动逻辑早已嵌入网络文学媒介化生产。

辽宁青年评论家张永杰对网络文学属性的研究,在其评论文章《网络文学的"过渡"属性》(《当代作家评论》2023年第6期)中有所体现。他认为,在网络成为新的文学媒介之后,网络文学即展现出了诸多与传统印刷纸媒文学不同的性质,但媒介的转换更迭过程仍体现出一种历史性的发展状态。在当下,网络文学并未完全取代传统印刷纸媒文学,网络媒介与传统媒介之间的矛盾尚未达到引发质变的历史节点。因此,当下的文学媒介更迭转换带来的文学性质的变化,在诸多方面都体现出一种"过渡"状态。而这种过渡属性具体表现为网络文学正在从传统的"文学"中心范式过渡到"网络"中心范式。由张永杰的这篇分析,我们也可以理解当下一些网络文学与传统出版文学之间的互渗与互补的复杂纠缠关系的内在原因。

同样是面对网络文学,刘巍、王亭绣月的研究关注到了新媒体女性文学批评的相关话题。在《新媒体女性文学批评特征》(《当代作家评论》2023年第2期)一文中,研究者发现了新媒体女性文学场中的评论文字,逐渐自觉地带有一定程度的女性意识,批评主体的

范围也在发展中逐步覆盖了从普通女性读者到资深女性评论家多个层级的阅读群体。由此，新媒体女性文学批评便在新时代语境下，具有了在批评观念、批评范畴、批评实践方面的不同变化。文章最后总结道，新媒体中的女性文学批评与当下生活现实和文化热点息息相关，并非悬置于真空中的疯狂臆想与畸形演绎，而是在虚拟空间中留下了阅读时的快乐与身处时代中的困惑。这一总结也点出了当下海量网络文学作品出现与流转的重要原因，即对小我、对人性的切实再现与关怀。

近两年，人工智能正以迅猛的发展态势改变着既有的生产结构和人们的生活方式。人类对人工智能的思考也更加理性、更加深入。对此问题的关注，促使青年评论家胡哲写出了《人工智能写作为传统文学格局提供新经验》（《光明日报》2023年12月9日）一文。在这篇评论文章中，胡哲明确提出，古往今来，任何一种学术思潮的出现、新兴技术的介入，都会对文学观念产生一定冲击，都会引起人们对文学的边界、内涵等话题的重新讨论。当下，人工智能写作虽然还不具备成熟、独立的范式意义，但已经对传统文学格局产生了冲击和碰撞，这些是值得我们关注与反思的。面对变化，我们必须正视现实。人工智能写作技术的广泛推行与应用，可能会造成作家的创作惰性，可能会使读者的单一阅读身份改变，但人工智能写作仍然处在尝试和发展的过程之中，我们应以包容的心态，理性看待其价值与不足，这将是未来文学乃至文化发展中值得持续关注与讨论的时代课题。

刘诗宇关注到当下生态文学存在的问题，他在《矛盾与启示——论当下的生态文学问题》（《中国图书评论》2023年第3期）一文中指出，关于生态文学的倡导和想象，某种程度上走到了文学创作前面，因此诸种可能性将在何种程度上被验证，仍然是未知数。基于现状，当下对于生态文学的讨论也应该以启示当代文学创作整体为目的。将生态文学主张的出现置入整个当代文学史的演变逻辑中，相关启示分为两个主要方面，其一是为重新思考"废人"形象提供角度，其二则是"生态"成为叙事性文学背后的新支撑性力量，需要作家更新自己的知识谱系，改变创作观念。

对于新科技、新媒介、新创作形式等"新"元素的关注，正可以体现出研究者对外界变化的敏锐感知力与观察力，对处理与把握变动中的事物、观念的能力。辽宁评论家，尤其是青年评论群体，视野开阔，敢于跨界，在思考力与行动力方面的表现值得肯定。

二、以"东北文艺复兴"为关键词的"泛文学"式评论

自2019年至今，有关"东北文艺复兴"的兴起、概念、范畴、代表人物和作品，以及与此相对应的"新南方写作"等"地方"叙事热潮的兴起，"东北文艺复兴""新东北文学""新东北作家群"一次次成为评论界和社会各界关注的焦点，并成为时下最热门的文艺话题之一。辽宁评论家身处事件中心，自然责无旁贷。在探讨"东北文艺复兴"问题方面，东北评论界充分展现了讨论的主动性。2023年，辽宁主管主办的刊物《当代作家评论》和吉林主管主办的刊物《关东学刊》，相继开设了《"东北文艺复兴"研究专辑》、《东北文学观察》专栏，集中力量探讨东北文学话题。以下几篇有质量的评论文章的刊发，为问题的厘定和概念的辨析，以及原因的阐发，提供了现实的与学理的充分证明。

刘诗宇的《是"东北"，还是一种曾经黯淡的"阶层趣味"——论互联网文化与"东北文艺复兴"》（《当代作家评论》2023年第3期），错开关于"东北文艺复兴"的概念争执，转而向更深处，即从互联网和社会文化语境的角度对热点现象进行还原，以期展示一个更宽广的"东北"。刘诗宇在文章中先后从互联网文化缺位、东北文化心理、"文艺复兴"互联网含义、"社会人"内涵、黯淡的"阶层趣味"五个层面展开分析。正如他在第五个部分中总结的，之

所以要谈东北文艺的"复兴",其根本原因并不是"东北文艺"衰落了,而是曾与"东北文艺"深度绑定、属于社会中下层的"阶层趣味"在文学艺术中一度黯淡了。"东北文艺复兴"最重要的,既不是"东北"也不是"复兴",而是"阶层趣味"与文化选择不断变迁撕裂的时代精神生活现场。而在互联网层面根植于社会中下层的美学趣味,正以抽象、土味、伤感、怀旧来对抗精英话语、主流话语的"东北文艺复兴",还将长久存在,并存在分化转型的可能。

胡哲的《误读的"复兴"与"繁荣"的困境——"东北文艺复兴"的话语解读》(《当代作家评论》2023年第3期),从历史的角度出发,试图在厘清"东北文艺复兴"背景的基础上,将其置于东北文艺百年发展的历史现场中进行勘探,探究"东北文艺复兴"这一命题的真伪,并进一步探讨东北文艺目前面临的问题,以及何以走向"繁荣"的路径。胡哲注意到了"东北文艺"与东北历史的密切关联,并将其概括为"三次转折",即东北解放时期文艺为工农兵服务的转折、90年代市场经济转型期由"计划"到"市场"的转折、当下融媒体时代东北元素符码化的转折。在面对"东北文艺复兴"是否是伪命题时,胡哲也强调了,概念的真伪只是理论界的争论,真切的东北是否"复兴"、如何"复兴"才是当下政府、作家、评论者们更应该关注的问题。他更是在文章结尾呼吁,文艺家和文艺批评家有责任和义务始终"在场",不断"发声",充分体现出文学评论者的责任意识与担当精神。

位于吉林长春的《关东学刊》,在2023年第3期组织了一期《东北文学观察》专栏,其中一篇讨论黑龙江作家杨知寒,一篇写吉林文学的地方经验,余下两篇皆为辽宁的评论文章,一篇是胡哲、刘晨晨的《传承与新变:历史脉络中的"东北文艺复兴"》,一篇是张永杰的《东北文艺复兴的理论使命》。先来看《传承与新变:历史脉络中的"东北文艺复兴"》这一篇。在这篇评论中,作者纵观百年来东北文学的发展路径,从20世纪30年代东北作家群的创作心态与表现东北地方精神的创作传统，到社会主义建设时期辉煌的东北工业题材创作，再到90年代的东北城市文学创作热潮，这些都是推动新世纪东北文学发展的珍贵养料。也正是对百年东北文学的传承与延伸，使得新世纪以来的东北文学，尤其是近年被冠以"东北文艺复兴"名头而备受关注的新东北文学，得以存续，并发扬光大。

另一篇张永杰的《东北文艺复兴的理论使命》，以理性的哲思与条理提出，东北文艺当下正处于转型质变的节点，在转型发展的过程中，文艺理论应发挥自身的作用，积极介入东北文艺的转型发展，助力东北文艺的复兴。作者还提出文艺理论在东北文艺复兴中的使命所在，即沿着东北文艺的历史发展演化脉络，推进东北传统工业历史文化的现代性转型；以理论介入东北文艺的当代发展，为东北文艺注入理性反思与批判精神；通过历史的延续性预测东北文艺理论在未来的转型升级并促进文艺新范式的生成等。该篇评论具有理论建构与阐释的特性。

伴随"东北文艺复兴"概念而起的，是近两年来被不断提及并讨论的"新东北文学""新东北作家群"等概念。胡哲的另一篇探讨"新东北文学"的文章《将地域作为方法，是新东北文学最大的意义和价值》（《文艺报》2023年6月30日，《新华文摘》2023年第20期全文转载），将重点放在了地域研究上。胡哲指出，东北地域文化、东北人的性格始终是东北文学发展的精神资源，这一点毋庸置疑。而自觉接续东北传统与文化精神是新一代东北作家的使命与责任。面对"新东北文学"被标签化为"伤痕书写"的局面，胡哲看到新一代东北作家恰恰是进行了"伤痕化"的突破。他认为，"新东北作家群"延续了现实主义的本质精神，并吸收了现代主义创作技法，以独特的写作给东北书写提供新的可能，以打破外界对东北"搞笑娱乐"的刻板印象。"新东北文学"应该以超越地域的姿态，被纳入更宽泛的"东北学"的研究视域中。

张维阳、汪奕蒙的《大众文化与文艺的互渗——关于"东北文艺复兴"》(《当代作家评论》2023年第4期)一文，将研究范围扩大到以东北为背景的短视频、歌曲、脱口秀、小说、电影和电视剧作品。在对不同文艺形式逐一举例论证的过程中，作者将有关东北的大众文化形态与东北文艺的合作与互渗无处不在这一主旨引出，并由此提出文艺可以大众化，大众文化也可以文艺化，文艺和大众文化可以互相借鉴与合作，共同地反映现实和改造现实，不同程度地发挥思想启蒙和政治启蒙的作用。这种互渗影响直接导致了"东北文艺复兴"的概念模糊、边界不明的特色，而这一特色恰是这一文艺形态应该具有的样态。

三、关注辽宁作家作品的"并行"式评论

1. 对辽宁成熟作家的持续关注与评论

因着共同的地域与生活背景、地方风俗与语言的同一性，来自同一地域的评论家似乎更能深刻理解本地域作家的创作。由此，评论本省作家的作品也成为省内评论家的分内之责。我们需要同代人的批评家，更需要同地域的批评家。有时同一片土地生活的人更能理解这片土地生长出来的作品细微处的隐秘，它的内涵与分量。

我省近年创作实绩丰硕、品质上乘的作家并不多，老藤是其中之一。进入创作井喷期的老藤，近年内连续发表了《战国红》《铜行里》《刀兵过》《北地》《北障》等长篇小说，2023年又出版了一部长篇小说《北爱》。李耀鹏、孟繁华的《逆行者的理想和生命的雅歌——读老藤长篇小说〈北爱〉》(《长篇小说选刊》2023年第4期)就是对《北爱》的解读。评论者认为，《北爱》接续了老藤既有的文学传统，在延安文艺精神的感召下讲述新时代的中国故事，传达中国经验。老藤有自己构建的文学地理，也有自己想要实现的文学理想，想要抵达的文学境界，这些想法在老藤的每一部长篇里都能看到。评论者还注意到老藤呈现在作品中的浓厚的古典美学追求，例

如他以干支纪年的方式结构小说，在时间链条中推进故事、刻画人物，最终达致思想境界。而《北爱》中到处遍布的诗的痕迹，则是作家充满哲理思辨与诗意性情的情绪的外在表达。

评论者不约而同地注意到老藤"三北"系列小说的内在关联性。《渤海大学学报》（哲学社会科学版）陆续在2023年第5、6期组织了3篇评论文章，专题讨论"三北"系列。徐日君的《老藤"三北"系列小说创作范式与新东北美学意蕴》认为，老藤的"三北"系列小说是以东北为创作背景的三部现实主义长篇小说，随着"东北文艺复兴"口号的提出，老藤的作品愈加引起全国读者与学界的关注。他的"三北"系列小说将现实映入文本，揭示了个体在历史长河中的独特价值与意义。作家通过地缘美学密码为山林文化立传，具有独特的东北地域美学色彩。作品再现了东北的发展历史，其小说是对东北当代社会现实的观照，也成为东北现实主义创作的典范。

张浩、吴玉杰的《北方依旧崇高——论老藤〈北地〉〈北障〉〈北爱〉的美学风貌》认为，老藤通过他的这三部长篇小说，展现了他与其他"新东北作家群"作家的不同风貌。老藤选择了以一种阳刚崇高的美学原则去建构文本中的"北地"。文章重点探讨了老藤的这种美学原则的生成机制，作家对"北地"空间是如何塑造的，以及老藤的文学实践对当下东北文学构建的意义。经过溯源式分析，评论者认为，老藤创作的崇高感主要来源于东北文化的浸润、20世纪50—80年代理想主义的影响，以及传统儒家知识分子责任感的熏陶。老藤也是在这种理想主义的信念与美学原则指导下，在"三北"系列中塑造他的"北地"空间，这是一个困难重重却拒绝堕落的新"北地"空间，蕴含着复兴的希望。自20世纪90年代国企改革后，东北地区的整体形象变得暧昧而模糊，视角各异的观点将东北标签化为调侃、荒诞和黑色幽默的抽象地域，社会问题众多、理想破灭且与世"隔绝"。这使东北文学失去了与现实世界的联系，同时也失去畅想未来的能力。评论者认为，老藤的创作正在有力地扭转这种刻板的东北文化印象，老藤以多种因素来刺激东北文学，文化、信仰、历史、工业皆被老藤寄予使东北文学重现激情的希望。而这也正是老藤文学创作实践在当下对东北文学最大的意义与价值所在。

李耀鹏、李张建的《"悠悠之怀，希仰余光"——老藤"东北学"的诗性想象与建构》（《渤海大学学报》［哲学社会科学版］2023年第6期），基于老藤的创作实绩，提出了一个"东北学"的概念。评论者认为，《北地》《北障》《北爱》三部长篇小说是老藤诗性想象和建构"东北学"的经典之作，它们以"在地性"寻根的方式重新点燃了具有鲜活生命意识和文化哲思的美学之焰。《北地》是拓荒者魂兮归来的反思之书，《北障》彰显猎人时代走向终结的悲，《北爱》则是理想主义者逆行的恢宏雅歌。这种"超稳定"的现实主义开辟出老藤小说无边广阔的道路，而隐秘盛开的浪漫主义又赋予老藤东北世界的万种风情。

李保平的《突破价值同向的叙述难度——老藤"北系列"〈北障〉〈北地〉〈北爱〉的叙事策略》（《长江文艺评论》2023年第2期），从一个理论概念"矛盾律"入手，洋洋洒洒地透彻分析了老藤的"北系列"三部小说。评论者认为老藤的"北系列"作品对"矛盾律"的把握与运用如入化境。通过对"矛盾律"的转场与切换，构筑贯穿历史画卷的对手戏，作家将"矛盾律"与价值合一等手段，将小说结构设置、人物关系设置的技巧发挥到极致。而"北系列"也成为作家建立的文学根据地里的地标建筑。

孙惠芬是辽宁小说创作方面的重要作家，也有多部书写辽宁地域文化的代表作品。韩传喜在《情感地理与文学辽南——孙惠芬乡土小说论》（《小说评论》2023年第3期）一文中，发现了孙惠芬对故乡的文学化建构。生于辽南的孙惠芬，从创作伊始，无论是中短篇还是长篇小说创作，多以自己的家乡为取材宝库与创作源泉。从《歇马山庄》《上塘书》《吉宽的马车》到《秉德女人》《生死十日谈》《后上塘书》等，孙惠芬以其数量颇丰的系列小说创作，构建了魅力独具的"文学辽南",而这片"辽南"既是中国乡土的缩影与投射,也是对文学乡土的拓展与丰富。在乡村与城市、传统与现代或剧烈或微妙的交锋中,孙惠芬试图以自己的判断与力量,参与社会进程,表达社会批判意识,因而她的作品还具有除文学价值之外的社会学价值。

津子围自20世纪80年代开始文学创作,笔耕不辍,写作体裁从长篇、中篇、短篇到小小说,皆有佳作,是辽宁创作成就斐然,在全国具有影响力的重要作家。《艺术广角》在2023年第1期开设了津子围评论专辑,共发文3篇。其中,梁海的《从喧嚣的现实中唤出生活的真谛——津子围中短篇小说论》是对津子围中短篇小说的一次集中评论。评论者认为津子围的中短篇小说创作以写实主义笔法,呈现出生活"原生态"的美感,零距离地表现人物丰富的内心世界。他在80年代的中短篇小说创作,具有一定的先锋特征,而2000年以后,他的创作呈现出明显的"向后转"特征,即回归传统叙事,重视小说的故事性,能够在悬念的铺排中凸显故事本身的魅力。津子围在创作时,能将笔触探入生活的细部,沉潜下去,发现生活中细微的秘密,再以反转的手法将微小的事件超拔出生命的高度。这些足以彰显一位优秀作家的叙述力量。

第二篇评论仍将焦点对准了津子围近年数量颇多的中短篇小说创作。张祖立在《对人的精神世界的深度体悟——谈津子围近年中短篇小说的写作》一文中指出,津子围近年的中短篇小说创作进入一种成熟而有意味的状态。在看似不经意的对普通百姓日常生活境遇和情态的叙述中,表现出人独特的心理活动,以此引导读者探寻人的精神世界。津子围对普通人物的精神世界的探寻,主要通过对笔下人物因身份认同引起的焦虑心理的表现、对小人物的孤独心理的成功刻画和表现,以及在叙述上采取具有个性化的干预策略等几方面来实现。

第三篇评论为翟永明的《津子围小说叙事的时空性》。评论者认为在津子围的小说中,时空的自然一致性被打碎,分裂出多个浸润了主体认知、观念、心理的复杂空间。时空的不确定与事件的在场和缺席纠缠在一起，改变了日常生活中固有的社会关系，于是个体自然地陷入了如何重新自我定位的危机之中。津子围采用这种时空分裂的叙事方式，使得他的小说具有了一种先锋性，但他的小说始终关注的是普通人的日常生活，在对各色人物细腻微妙心理的捕捉中，直击人性的内核，展示出丰富的人性内容。

以文学年谱的方式呈现作家历年的创作历程、文学成长历程，以便更全面、细致、深入地了解一个作家的创作背景，成为近年来作家研究的一个重要方向。王雨晴的《津子围文学年谱》（《东吴学术》2023年第4期）的问世，是辽宁当代作家研究向史的方向发展的一次突破。这部文学年谱既是对作家津子围一直以来创作成就的梳理总结，也是对津子围这一代"60后"作家的一次个案化关注。文学发展本身就具有史的特征，如何在史的角度上更深入地理解文学命题、理解文学个性化实践背后的历史必然，都是当代文学研究需要关注的命题。"90后"青年评论者王雨晴做出了大胆的尝试，也以优秀的成果证明了这一研究路径的可行性。

辽宁作家商国华在报告文学领域颇有建树，2022年他出版了长篇报告文学《国家砝码》，记录东北老工业基地企业的发展历程。吴玉杰、李佳奇对这部作品进行了评述。在《穿越时间隧道的目光——商国华〈国家砝码〉中沈鼓形象的创造工程》（《芒种》2023年第3期）一文中，评论者首先注意到作品一改报告文学普遍采用的时间线性结构，而是采用了多维非线性设置。整部作品围绕一连串关键性时间节点展开。这种由连续密集时间节点集合而成的时间架构使得文中时刻充盈时间的紧迫感，字里行间处处彰显时间的延展性与渗透力。作家以细节构筑人物形象，展现工人的真实生活与心态。评论者认为，整部报告文学集叙事真实性与表达艺术性于一身，既深入沈鼓现场做全息全景式的纪实报告，同时还充分依托现实真实展开了丰富合理的文学想象与艺术再造。

"90后"作家徐向南生长于沈阳，他将童年时工厂大院的生活，写进了其网络小说《锈蚀花暖》。林喦、李张建注意到了这部辽宁青年作家的小说，并给予了恰切的评价。《现实的关注与批判——论徐向南小说〈锈蚀花暖〉》(《渤海大学学报》[哲学社会科学版] 2023年第2期)一文注意到青年网络小说的转向问题，即网络作品不只关注虚拟世界、关心小我，还可以关心现实，呈现火热生活。这部《锈蚀花暖》，以当下的现实问题，即老旧小区改造为背景，讲述了工厂大院里三代人的代际冲突与和解，展现出当代都市文化背景下辽宁人的风貌与状态。林喦、李张建认为，青年作家徐向南在关注现实生活的同时，更进一步探寻了"传承与变革""欲望与理想""社会与个人"等精神向度，在日常生活中发掘和探寻具有时代意义的主题。而正是这种主动的、有意识的探寻，使得以徐向南为代表的这批青年网络作家，开始对文化意识有了自觉追求，而这无疑是网络文学逐渐走向成熟的重要标志。

辽宁是抗美援朝出征地，对这一重大历史事件的关注与书写，历来是辽宁作家的责任所在。关捷、关霄汉的《铁血军魂：一八〇师在朝鲜》在2015年出版后，于次年获得第九届辽宁文学奖。王宁的《伟大抗美援朝精神的新时代样本——评关捷、关霄汉〈铁血军魂：一八〇师在朝鲜〉》(《海燕》2023年第10期) 对这部作品再次展开评论。评论者认为，这部抗美援朝题材作品之所以能够成为深刻揭示伟大抗美援朝精神内涵的新时代样本，一个关键因素在于它将人物形象由点及面，进行立体化的勾绘，在充分尊重史实的基础上，对真实情境进行复原，立足人性内涵，写性格，写行动，写内心，不虚夸，不隐藏，扎扎实实写出了人物的精神风貌，令英雄群像的可信可感度提高。尤其是关捷、关霄汉父子，作为资深的纪实文学作家，凭借作家的责任感和良知，热心公益，身体力行，为开拓纪实文学的体裁魅力与社会功能，率先做出了可贵的尝试。

李铁是辽宁有创作实力的"70后"作家，2023年他出版了书写东北老工业基地题材的长篇小说《锦绣》，是近年来辽宁东北老工业基地题材创作的一大收获。张翠在《东北工业长征路上的散文诗——评李铁长篇小说〈锦绣〉》（《艺术广角》2023年第2期）中这样评论道，李铁的长篇小说《锦绣》充满大工业的深邃气质，同时洋溢着浪漫的诗意味道。小说以现实主义手法讲述了以张大河、张怀勇、张怀双为代表的企业人在70余年的国有企业工业化进程中勇于变革、传承开创、接续奋斗的故事。在小说的结构和形式上，以叙述、白描、日记、厂志、安全简报等方式讲述一座工业城市和一个企业的历史，讲述一群工业人的生活和命运，叠拼成一幅工业城市的图景。小说以昂首创业、悲壮改革、振兴突破这样内在的节奏，书写了东北老工业基地的激情与浪漫，重要的是书写出几代国企人自力更生、自强不息、自觉担当的精神。以上论述，可以说是点出了小说的核心要点与美学品质。

在另一篇有关《锦绣》的评论文章《工业书写中的国家情怀——评李铁小说〈锦绣〉》（《渤海大学学报》[哲学社会科学版]2023年第1期）中，评论者张英、崔晓旭这样写道，李铁的长篇小说《锦绣》详尽展现了锦绣厂半个世纪的曲折发展历程。从20世纪50年代的辉煌到市场经济改革的阵痛，在展现锦绣厂不断适应新形势走向新生的同时，书写了变革过程中工人主体地位的变化及其精神世界的震荡。《锦绣》既是东北工业发展的缩影，也是国家工业发展锦绣前程的表征，是李铁对一个工业现代化国家的艺术描摹。该评论充分肯定了李铁这部工业题材作品在新时代工业化国家建设进程中的分量。

刘东创作30余年，作品近500万字，是辽宁儿童文学创作的代表作家之一。他近年的创作成绩呈现出怎样的形态，王宁在《破解成长的困局——刘东近年创作论》（《鸭绿江》2023年第6期）一文中有详细解读。评论者指出，刘东近年的创作，直视社会问题，重视对青少年独特人生价值的肯定，将青少年内在心理挣扎的突破过程做递进式处理，凸显了青少年独特的存在感和价值意义。作家的创作风格也趋于平和而稳定的成熟形态。在对刘东的长篇小说《镜宫》《蜘蛛门》等几部作品进行深度解读后，评论者认为，刘东近年对"问题小说"中"问题"的回答少了早期的焦灼感，幻想元素的植入为小说增添了神秘、玄幻的色彩，加之故事情节离奇、曲折，可读性变得更强。刘东也担负起儿童文学作家的教化之责，呵护儿童心灵，破解少年困局，助力青少年走向人生的圆满。

张祖立的《文化观照过的小说——〈天兴福〉的文化内蕴与魅力》（《辽宁师范大学学报》[社会科学版]2023年第3期）是对大连作家徐铎的长篇小说《天兴福》的评论。评论者认为，《天兴福》聚焦于东北民族工业叙事，体现出作者强烈的文化观照意识。在这种观照下，小说具有了理想的文化魅力和叙事效果。而"寻根意识"也促使作家将山东文化写入作品，加上出色地呈现了辽南地域文化，使得整部作品具有了鲜明而独特的地域文化韵味。

刘恩波的《在拐角处见——说王雪茜〈时间的折痕〉》（《艺术广角》2023年第4期）是对辽宁散文作家王雪茜随笔集《时间的折痕》的评论。评论者认为，这部《时间的折痕》属于个人的阅读史，带有创作主体的生命印记、感性体味和精神指向。它对于若干经典作家和作品的阅读、浏览、阐释、辨析，具有很强的审美感召力和思辨上的说服力。它打通了人与文、存在与世界、文学与生命之间的障壁，是对经典作家和经典作品的洗礼式嵌入，充满了写作者的良知、热忱、洞察以及深刻的智慧。

2. 对自我与文学认知不断加深的自述式评论

2023年，老藤的《北爱》出版，对于这部作品的写作缘起、人物设置，以及主题选择，作家自己有更加深刻的感悟。在《北爱》的创作谈《去东北吧，让你的梦境更加壮阔》（《长篇小说选刊》2023年第4期）一文中，老藤真实而平静地讲述了创作《北爱》的动机。他从在东北的成长经历说起，对于东北对他的接纳与养育之恩情，只能通过一支笔来书写，来歌颂，来回报。当下是东北全面振兴、全方位振兴的关键时刻，东北历来就有很好的自然资源、文化资源、工业基础，而在产业转型上经历了浴火重生的东北，需要的仍然是理想与激情，寒冷的东北大地仍然渴望信念之火去点燃，去暖化。因此，以笔为旗，为东北书写、为东北呐喊，也成了他的重要责任所在。这种自述式创作谈，加深了读者对作品的理解，也坦诚地向读者和盘托出了作家自己的内心情感，读来真诚而感人。

老藤的《让文学成为传承的载体》（《民族文学》2023年第9期）一文中，谈到了文学在文化传承中的重要作用。首先，文学的介入使得文化传承变得具体可亲；其次，文学是文化传承的"药引"，能打开人心之门，让民族优秀的思想成果深入人心，安神定魂；再次，每一个作家都是讲故事的人，而民族英雄要靠作家去塑造，民族的精神图腾要靠作家去描绘。据此，老藤提出了作家的文化使命，即在文化传承上各民族作家大有作为、大有可为，自觉担负起传承中华文化、建设中华民族现代文明的历史使命，应该是作家的神圣职责和矢志不渝的追求。老藤对所有作家提出的要求，更是一以贯之的追求。由此，可以更好地理解老藤的众多创作，在国家责任、民族复兴层面上的努力，其背后具有的精神依据。

作为著名的散文作家，鲍尔吉·原野总是以散文式悠长的语调述说一切，包括他的长篇小说，还有他的儿童文学作品。在《我想我的马》（《光明日报》2023年8月25日）这篇像散文一样优美的叙述文字中，他谈到了草原，谈到了草原上的父亲，谈到了父亲心爱的马。通过舒缓的语言流，寥寥数语，我们仿佛看到了年少的鲍尔吉·原野生长的草原，看到了他的父辈曾经历过的平静与动荡的生活，看到了那匹让他父亲魂牵梦绕的叫沙日拉的马。正是通过这种讲述，作家的身形显现，作家背后的时代、生活、人事物一一显现，这些也成为理解作家、理解其创作的重要通道。

诗人微雨含烟（李维宇）写诗也评诗，在《以诗句寻找精神原乡》(《光明日报》2023年11月29日)一文中,在评论诗人梦野的诗歌创作之前,微雨含烟首先指出了诗的核心作用,是为了表达认知和感觉,但这种表达的内容又不是日常的感觉,而是共识之外的新认知,发现常人所不能见、不能闻、不能触碰的事物。微雨含烟认为梦野的诗歌原点是他的故乡,乡音、乡情,父老乡亲的日常生活,都是他诗歌的来源;梦野的很多诗借用了电影蒙太奇的手法,朴素的文字加上诗人独有的艺术直觉,以及诙谐和幽默,让诗歌富有趣味性;梦野的诗歌是从自然出发,从自己出发,从现实出发,是一种对生命历程的描摹与思考。

诗人苏笑嫣在《从"人"到"文"而双向同构》(《诗刊》2023年第19期)中阐述了她所理解的诗歌理念。评论者认为,诗歌相较于其他文体,更本质地呈现为诗人自身精神与心灵的画像,也即诗人在创作诗歌时不得不时时暴露自己,而诗人也必须居住在他存在的本质里,这就是所谓的"人本"。而提倡"人本"并不能忽视修辞,即"文"。从"人本"到"文本",从修行到修辞,"人"与"文"在诗中形成双向同构关系,二者缺一不可。

项男的《21世纪以来辽宁小说的现实书写与人文情怀——以第十届辽宁文学奖获奖作品为中心的考察》(《渤海大学学报》[哲学社会科学版]2023年第4期),是对辽宁文学奖获奖小说的整体评述,具有概括性与代表性。评论者认为,21世纪辽宁小说创作呈现新的特点与新的样貌,具体表现在作家的题材选择、个性手法及人文精神倾向等方面。《第十届辽宁文学奖获奖作品集》涵盖了近年来活跃在辽宁文坛的代表性作家作品,集中展现了辽宁文学创作的整体状况,对透视21世纪以来辽宁文学创作艺术成就具有重要意义。获奖作品突出的创作特征是作家均立足现实,极力还原生活的本来样貌,生动再现时代发展进程中边缘小人物的生存状态,努力勾画独属于辽宁的世态人情、社会风景。通过对第十届辽宁文学奖部分获奖作品的现实精神的分析解读,可以观照辽宁文学的发展样貌。

作为辽宁的老诗人与诗歌评论家，李犁多年来一直深耕诗歌这一文体，他的《呼啸着奔向天辽地宁——辽宁男诗人写作简论》（《当代作家评论》2023年第3期），详细梳理了近年来辽宁男诗人的创作成就与作品特色。李犁首先给近年辽宁男诗人的重要特点定性为：拒绝虚玄，关注现实，而且侠肝义胆，声音嘹亮，是天高地阔、雄风浩荡的大东北造就的精神血统。代表诗人的名单有一大串，如李松涛、高晖、东来、韩辉升、王鸣久、李皓、冯金彦、张笃德、隋英军、王爱民、季士君、王波、高凤超、佟雪春、吴言等。辽宁男诗人的诗歌创作也有"拓境"的尝试，如技术更新、意境深化，以及气质、观念和文本的脱胎换骨。辽宁男诗人群体中，还有先锋实验与后现代写作，代表诗人有刘川、哑地、高咏志等。评论者还注意到辽宁的先锋诗歌还没有形成有明确方向和规划的写作和突破，基本是自发性和随性写作。这种总体性评价，基本囊括了辽宁男诗人群体中的大部分，也是对辽宁近年诗歌创作成就的一次集中介绍与展示，具有重要参考价值。

四、存在的问题与化解难题的可能性

1. 评论人才梯队建设存在的问题

辽宁文学创作历来就有好的传统，从20世纪二三十年代萧军、端木蕻良的东北乡村书写在全国引起广泛讨论，到延安时期的"鲁艺"精神传统在辽宁的扎根，再到草明引领的工业文学题材创作蔚然成风，及至80年代从先锋创作、军旅题材，再到王充闾的文化散文支撑起"南有余秋雨，北有王充闾"的格局，以及多年间连续不断创作的刁斗、鲍尔吉·原野、孙惠芬、老藤、高海涛、薛涛等中坚力量，尤其是近年"铁西三剑客"、牛健哲、鲍尔金娜等一批青年作家创作突飞猛进，进入国内顶尖作家梯队行列，辽宁这片热土不乏优秀的作家作品。同样，辽宁从80年代开始就培养了一批有实力

的文学评论家，散布在作协系统与专门研究机构内，甚至非本职工作的自由评论者也存在。90年代后，文学批评的学院化转向明显，辽宁也不例外。大部分评论人才转而进入高校系统，文学批评迎来了它的重要转型期。学院派批评的优点是理论化、系统化，学理性强，组织管理严密；缺点是易滋生圈层化问题，视野受限，思维易固化，形式板结，尤其是在师承关系下的近亲繁殖式评论，贻害颇深。这些问题并没有随着新世纪的到来迎刃而解，甚至在近些年来有愈演愈烈的趋势。我们应当清楚地看到，近年来辽宁评论人才队伍的断档明显，老评论家数量在逐年减少，青年评论人才的培养没有跟上，直接导致人员少、基础弱、年龄断层等问题。辽宁由于地缘经济等原因，引进人才难度大的同时，人才外流却在加速，近年辽宁高校重要评论人才被南方高校重金"挖走"的事时有发生。辽宁文学评论人才队伍建设多年来存在的问题，累积到当下，有种蓄势待"发"的紧迫感与危机感。

2. 评论者自身存在的问题

辽宁文学评论队伍建设遇到的难题，除了多年积存的外部因素，评论者自身存在的问题也不容忽视。从评论文章的品质，从评论者参与全国文学活动的频次，从评论者对文坛话题的参与度与发言能力，从评论者在全国级别评论奖项的竞争能力等来考察，即可看出一位评论者的能力如何，而评论者的能力就是一省评论队伍的实力呈现。从当前的现实来看，一些评论者存在的共性问题还是比较明显的，比如评论观念的相对保守，调查研究能力的疲弱，受研究圈层固化的影响无法产生新质评论生长点，等等。以调查研究的能力疲弱为例，许多评论者面对研究对象时，能想到的还是在公共数据平台上搜寻十几二十年前，甚至更早的评论文章的论证支撑材料，以惯用格式例举内容，评价结构，点评人物，附加语言、风格评述。这种格式行文呆板，结构三段式，再加上掉书袋，使得整篇评论没有生机与活力，成为"没有血色"的行尸走肉。

以上所说的观念落后也好，研究能力差也罢，究其原因，很重要的一点应该就是缺乏阅读基础，再加上缺乏实战锻炼、得过且过心态的干扰，使得评论者在对自身能力的磨炼上出了问题。缺乏阅读基础是普遍现象，不唯辽宁如此。新媒介的迅猛发展，如当头一棒，打得人措手不及。几年时间内出现的问题比之前几十年上百年的问题都多、都强烈，给人带来的影响也巨大到一时无法估算。在此环境中，电子阅读代替纸质阅读成为不可逆转的趋势。近两年短视频的兴起、人对手机的惯性依赖等因素，更使得"读图"时代还没站稳脚跟，就被"视频"时代的大浪冲得不见踪影。在这样的时代环境下，阅读成了一件奢侈的事。能静下心来认真读透一本书，一本难啃的理论著作，在文献资料里爬梳，对知识形成思考与认知，变得很难实现。

阅读是做好文学评论的基础与前提。如果这方面出了问题，会引起更大的问题，会使整个评论队伍的阅读素养降低、理论基础孱弱、思考能力下降、观察视野窄化。如果要解决文学评论队伍的整体问题，首先应该从每一个评论者个体出发，做好基础工作，从内部做好自我培养与提升方面的努力，从外部关心激励、创造机会，不贪一时之功，经年累月的关注与扶持，定然有回报。只有每个人成长了，集体才能成长和进步。

3. 需要提升关注扶持范围与力度的问题

从对2023年度辽宁文学评论的扫描来看，存在对辽宁青年作家、新作品的推介力度不够的问题。如何理解这个问题呢？可以从对评论对象的数量来看。例如，在69篇统计上来的评论文章中，对辽宁成熟作家作品的评论文章占很大比重，而对一些近年在文坛发展势头向上的年轻作家作品的关注却很少。像牛健哲近年在《人民文学》《收获》等大刊连续发表小说作品，入选多个重要文学作品排行榜，他的相关评论却非常少，不足以体现辽宁对青年作家的扶持力度。我们不是说不能对成熟作家的作品进行评论，也不是说大家应该都来关注牛健哲的创作，而是说我们应该从文学梯队建设的角度来考量，一个文学大省要想维持一个稳定的可持续发展的良好文学生态，就需要在作家队伍的培养方面下功夫，考虑文学人才后继发展的问题，而文学评论正是最有力的抓手之一。因此，从这一角度说，我们的作协系统，我们的省内高校、科研院所的文学研究部门，都应该肩负起这个责任，把眼光多放在省内一些有潜力的、已经露头或还没露头的创作新人、评论新人的身上，多给他们提供一些成长的机会，多制造一些让他们与全国优秀人才交流的机会，多给他们提供舞台，多分一些关注的目光，比如通过多组织研讨会、交流会、改稿会等形式，把一些散落的有实力的人才组织起来，训练起来，推介出去，像一波又一波的海潮，推陈出新，不断运转。新鲜血液不断加入，辽宁文坛才能有序运转，后继有人。

结　语

本次述评是对2023年公开发表的辽宁文学评论的一次检阅，但也不局限于这一年内存在的现象与问题。文学话题从来不分时段、不挑场地，我们的评论者只有抓住问题的核心，才能说得清、辩得明。辽宁的评论者们以自己的文字表达着自己的所思所想，表达着一种立于东北放眼全国的胸襟。这些评论文章各有风格，时而细语低回，时而高歌猛进，析背景，论时势，指点文学江山。文本细读处条分缕析，针针见血，令特征分毫毕现；潮流把脉时切中肯綮，字字珠玑，让趋势无所遁形。2023年的述评只是辽宁文学评论的一个片段，需要辽宁文学评论者做的事，需要辽宁文学管理部门、研究部门做的事，还在继续，也从不会停止。

网络文学：文化强国建设推动下的高质量发展

◎吴金梅

在习近平《在文艺工作座谈会上的讲话》发表10周年之际，辽宁省作协及辽宁网络文学界继续认真学习贯彻习近平文化思想，按照《中国作家协会重点作品扶持工作条例》2024年度网络文学选题指南暨重点作品扶持征集启事指导，"以习近平新时代中国特色社会主义思想为指导，深入贯彻习近平文化思想，坚持以人民为中心的创作导向，坚持'二为'方向，贯彻'双百'方针，积极参与'新时代山乡巨变创作计划'和'新时代文学攀登计划'，表现新时代历史性成就与历史性变革，弘扬中华优秀传统文化，体现创新精神，讲好中国故事，推动网络文学高质量发展，承担新的文化使命，为建设中华民族现代文明贡献文学力量"。积极承担"坚持以人民为中心的创作导向，创作更多无愧于时代的优秀作品"的文化使命，以日渐丰富的创作类型，不断提升的创作质量，创新网络文学类型题材，积极推进网络文学IP转化与海外传播，宣传推介优秀成熟的网络文学作家，积极培育创作新人，引领讲述"新时代山乡巨变"故事，在文化强国建设和文化事业发展中积极贡献，为推进"中华民族现代文明建设"不断前行。

一、长篇新作持续推出，新人新作进一步呈现

在由活跃一线的"70后""80后"资深作家、"90后"青年作家中坚力量、"00后"新生力量组成的辽宁网络文学作家群中，中国作协会员19人，省作协会员81人，长期活跃的网络作家有300余人，身影遍布全国各大网文平台的头部作家群中，"60后"甚至"50后"作家也开始了网络文学创作发表。在辽宁省作协的领导与推动下，月关、徐公子胜治、明日复明日、银月光华、李枭、千羽之城、雾外江山、陌上人如玉等网络文学作家的长篇小说继续出新，短篇诗、文创作也不断丰富，小说类型进一步融合发展，以现实性题材为主，另有重生、奇侠、军队、家庭伦理、历史等题材作品成果丰富，主流化、精品化进程进一步呈现，辽宁网络文学创作近年呈现的现实向、IP化、"两创性"等特点不断加强。

1. 长篇小说的时代描摹、现实关怀与理想建构

《重生1985：东北往事》，作者老贼，虽然是一部重生小说，但作者自称描摹了"一幅浓郁的东北年画，些许留白，那是东北集团的宏图伟业，以及周东北和朋友们的故事！"这些故事讲述了火热的20世纪80年代，也讲述着一代人的怀念，"其实，我们怀念的不是满院白雪和整齐的柴垛，而是曾经无忧无虑的少年时光；蓝天白云，绿树成荫；父母依然年轻，我们的人生还有无数种可能；口水打湿课本，脸颊印着书痕，窗外柳絮如雪，一切都还来得及，一切都没有开始……"怀念少年的无忧无虑，父母年轻，人生还可以有无数种可能和未来。在东北大地上，充满着起起落落和悲欢离合的普通人的生活，喜恶爱憎，如此迥异，又彼此相通。小说语言质朴俗白，浓郁的东北气息扑面而来，人物形象性格棱角分明，甚至名字也有着浓郁的东北味道，亲情、友情、爱情、事业、追求种种情愫跃然纸上。

发表于今日头条旗下的番茄小说网，被列为潜力小说范畴的《跑书记牛振兴》，讲述了乡党委书记牛振兴带领乡干部在乡村振兴工作中的努力及遇到的一系列问题和非正常现象。作者以小基层写大东北，瞩目乡村振兴，这位以"我叫牛振兴，牛马的牛，振奋的振，兴起的兴。大家记住了，否则找错了不赔钱哈"介绍自己的乡党委书记，面对土地流转失败，政府无力解决农民未能收到几年地租而导致政府公信力流失的问题，积极面对，不逃避。在这个三万七千人口、脱贫攻坚全县倒数第一的上农乡，如何解决农业乡无税收、政府经费入不敷出、农民种植山楂树和大棚蘑菇不景气、村集体主营经济服装加工多呈闲置、部分贫困户不思进取等问题，一辆破中华车两只脚，深入村屯调研，发现问题及时解决，按照"产业兴旺、生态宜居、乡风文明、治理有效、共同富裕"二十字方针，思考，创新，带领全乡走上致富道路。一个"跑"字，勾勒出了牛书记的工作日常，也是优秀基层干部的形象写照。"对牛振兴进行停止工作处理"是这部小说最后一章"未完的结局"。

无论是重回80年代作品中的城市发展还是当下的乡村振兴，辽宁网络作家一如既往关怀现实，以自己细腻的笔触讲述着家乡热土的故事。

2. 保持关注工业发展与讲述科技故事的辽宁文学创作传统

在网络文学创作中，网络文学作家对于工业领域的关注同样不曾间断。银月光华的《大国蓝途》、春笋的《东方船说》等作为颇具影响的工业题材代表作，书写了具有地域特色、时代特色和专业特质的辽宁工业发展图景。

《大国蓝途》是继《大国重器》（又名《先河一号》《大国盾构梦》）和《大国重器2：智能时代》之后，辽宁网络文学作家银月光华的又一部工业题材力作。这部入选中国小说学会2023年度中国好小说、荣获第三届七猫中文网现实题材征文大赛"金七猫奖"的现实性工业题材作品，聚焦中国的水下机器人，讲述了康承业、谢向明、谢贝迪等老中青三代科技工作者，克服技术封锁等种种困难，坚守岗位、坚韧不拔、勇于创新、勇攀技术高峰的优秀事迹，作品以现实主义的细腻笔触，呈现了中国的科技创新与制造业发展，从起步到突破，最终实现技术自主，艰辛而又令人振奋的光辉历程。

《东方船说》是辽宁青年网络文学作家春笋在纵横中文网新近推出的长篇力作，这部入选2024年中国作家协会重点作品扶持项目的作品，将"LNG运输船建造"的中国创造与"殷瓦钢"的中国智造两条主线交织，以富于现场感的故事，讲述了三代工业人在"造船强国"战略大潮中，抓住机遇，创新科技，推动产业升级，勇攀科技高峰的感人故事。以推进自主研发为目标，掌控核心技术，矢志不渝，实现了"LNG运输船建造"和"殷瓦钢"中国智造的双重成功。

这些作品不仅展示了辽宁网络文学工业题材的成就，更是引领读者，尤其是青少年关注科技发展，增强自信心和责任感、使命感，积极投身于工业强国建设中。

3. 书写青春、理想与追求

青春与理想书写是网络文学不可或缺的类型题材之一，辽宁年度长篇小说创作中，郭升良的《洪荒时代》、阎军的《青绿》、春笋的《笔间有光》等作品，以不同的创作风格，讲述了不同时代、不同领域的青年人的理想追求与青春故事。

《洪荒年代》的题目引人深思。故事发生在恢复高考前夕，遭遇洪水灾害和饥荒年代的一群年轻人，邵勇、莫文明、金晓阳、陆晓青、金晓丹和翟倩兮等，家境、性格、思想观念不同。在洪水泛滥时年轻人要冲锋陷阵，保护村民的生命财产。当大家与小家、乡亲与娘亲之间需要做出选择时，邵勇总是选择大家与乡亲第一，当恢复高考，自己的前途和照顾娘需要做出选择时，邵勇又选择照顾娘和家第一。当看着同龄的青年人如愿去上大学时，面对旋转起来的世界，对于有能力考上大学却没有去考的邵勇，路该怎样走呢？这是邵勇的困惑，作者的追问，也是《洪荒年代》给予读者的问题。

每个人都如邵勇一样总要面对无数次选择，为谁而选，每个人都需要一直思考面对，洪荒年代，亦是命运或心灵的洪荒年代。

阎军作为军旅作家，其长篇小说《青绿》2023年在《辽宁文学》网络平台连载。小说讲述发生在20世纪80年代沈阳军区军医学校的青春故事，女兵80%以上的158名学员来自城市或农村，既有高干子女也有贫困家庭子女，小说讲述10余名男女学生的故事，他们以不同的家庭背景、性格特征再现生活与自我，面对理想、爱情、观念的碰撞，快乐着，也痛苦迷茫着，既有青春萌动，更有期冀与希望，在80年代改革开放大潮中，励志成长，再现了特定时代的军人情怀与社会风貌。《笔间有光》则以朴素的笔触讲述了一位文学青年的成长与追求。主人公韩鲲鹏既是一位热心、执着、勤奋的年轻人，也有着青年人常有的失落、焦灼和遗憾。故事告诉读者，即使是不求文采的通讯报道，也在字里行间包含着笔者的热忱、追求与爱心。笔间的光，来自人间的爱，来自青春的奋斗拼搏，"明天会更好"。

4. 对于家庭伦理与人性的呈现

张玉梅（笔名碰词）的家庭伦理系列作品是年度作品中较有特色的一类。《遥不可及的幸福》《红男绿女》《离殇》分别从不同角度审视了家庭中的关系伦理。

发表在银河悦读网的小说《遥不可及的幸福》讲述的是齐淑珍和詹丽华之间的婆媳故事。20多年，婆媳两人从陌生到熟悉再到情深似海，不是母女胜似母女。作者认为，女性是一个家的根基，人生"情"字最重，婆婆齐淑珍失去了个人幸福，却愿意帮儿媳找回自己的幸福，一个善良、干练却又命运多舛的女性形象跃然纸上。

《红男绿女》讲述中年人的婚外恋情。道德伦理与人性、友情与爱情，孰真孰假，孰轻孰重，在俗世生活中，面对各种诱惑和不安分，人应该怎样守护一份真情和深情，怎样坚守婚姻中一方的原则底线，是值得每个读者都思考的问题。

《离殇》是一部关于爱情与金钱关系的小说。不公平的家庭教育、贫穷的生活环境、突然降临的巨额遗产，使得女主陈美丽自卑、爱财、膨胀而扭曲。小说启迪读者思考，家庭对一个人的成长、性格和观念影响究竟有多大？生男生女对于某个家庭是否一样？什么是真正的爱以及爱情与金钱的关系如何？爱情婚姻和孩子的关系如何？如何表达自己的爱？如何经营爱情与婚姻？无论婆媳还是中年夫妻，抑或金钱与爱情，小说以故事呈现对生活的哲思。

5. 爱情与人性的描摹

在现实、工业、青春、伦理小说等故事之外，《亲亲我的宝贝》《梦回千年》《蓝狐雪儿》则以都市、穿越或奇侠等故事，对两性爱情等进行了书写与思考。《亲亲我的宝贝》讲述现代都市中夫妻关系之外还要面对的工作和生育的矛盾，婆媳、同事关系，误会和误解。每一对婚姻所牵涉的不只是夫妻两人，工作中可能会无意得罪小人，因此被算计被构陷会失去，最重要的是真诚和遵从内心情感。《梦回千年》则以穿越类型重述与重绎梁祝这一民间传说，讲述梁祝之外其他人之间的爱情故事，歌颂深挚的爱情。《蓝狐雪儿》以民国为背景，以奇侠类型讲述爱情与人性，聪颖纯真的雪儿意外获得蓝狐姐姐留下的无数财宝和特异功能，雪儿以一己之力击败东洋人，保全爱人、亲人和蓝狐村人，并将财宝送给抗击东洋人的敬昌哥哥的队伍，送给蓝狐村人改变生活。小说以明白晓畅的语言，曲折的情节，超强的代入感，体现出爽文特质，传递出对真善美的抒写与追求。

毕然（笔名御川不洗手）发表于晋江文学城的《躺平赘a暴富指南》《林教授的黑月光回来了》《星河璀璨》言情、科幻等小说在年度创作中占有一席之地。曹秀的奇幻仙侠小说《握紧江山》讲述15岁少女雪莲花的江湖故事，架空小说《牡丹亭畔》重绎《牡丹亭》爱情故事，以及《小河弯弯小河长》等小说，被赞为情节跌宕起伏、扣人心弦，情节与文笔俱佳。

6. 辽宁优秀网络文学作家成熟类型文的持续推出

优秀网络文学作家的成熟类型文新作持续推出，如月关的架空历史小说《临安不夜侯》，是正连载于起点中文网的历史类型网络小说，讲述杨沅意外穿越南宋临安，本想开办公司重操旧业，做古代危机公关的第一人，却意外走入仕途，扩展疆土，融合夏金，最终成为天下之主的故事。都市类著名作家明日复明日的青春校园文《重生了，该你当翘嘴了》的爱情故事，陌上人如玉的科幻小说《末世我的队友是两百岁杀戮少年》，雾外江山的仙侠修真文《一夕得道》等。羽轩W的《星际第一造梦师》以中华文明在科幻时代绽放异彩，文明传承经久不息为主题，主角在一场场不同造梦主题的直播比赛中展现瑰丽的中华文明，让未来人爱上中华文明，并在后期未来战争中以中华文明的造梦守护未来世界。银月光华的《云启未来》讲述在飞速变革的时代，一座新的机器之城即将重新崛起。以上小说呈现出辽宁优秀网络文学作家的旺盛创作力。

7. 网络诗、文的多角度创作

一些网络诗歌和散文作家以环保、红色革命景观、自然风景抒写等素材角度进行了诗文创作，可以此管窥小说之外的年度创作。如张靖的诗歌《白鹭于飞》（"以诗之名，让珍稀被珍惜"第17期）、《白天鹅，天生之爱》（"以诗之名，让珍稀被珍惜"第19期）、于金凤（余茵）的散文《苞米地里的酒席》、黎星晴（杨松）的散文《小镇中的人情味》、季新山的散文《凝望椰子树上的月亮》、季新山的散文《白鹭渔哥（二篇）》等书写了对生活与美景的热爱。裴景义的散文《永远的歌乐山》、关连山的散文《走进革命圣地西柏坡》、史向前（石进）的纪实文学《志愿军父亲你在哪里》等书写对于战争的反思，向牺牲的英雄致敬。

二、IP转化与网文出海进一步发展

辽宁网络文学的IP转化与网文出海作为中国网络文学的有机组成不断发展。

2024年9月，由月关、白一骢担任编剧，上海剧芯文化创意有限公司、乐视网、贵州卫视出品的古装武侠剧《锦衣夜行》在韩国首播。这是继《回到明朝当王爷》《夜天子》《大宋北斗司》等多部作品影视开发，并亲自任《夜天子》《大宋北斗司》等影视作品的编剧之后，月关的又一部影视剧作。该剧改编自月关同名小说，讲述平民夏浔因意外替代富商杨旭的身份成为锦衣卫，阴差阳错之下成为燕王助手，心怀家国的夏浔为免百姓遭受更多苦难，辅佐燕王登基的故事。

2024年9月16日至22日，由文化和旅游部中外文化交流中心主办的中国网络文学欧洲文化交流活动在意大利作家联合会、英国查宁阁图书馆和法国巴黎文化中心举办。辽宁省作协副主席月关的《夜天子》、网络作家缪娟的《人间大火》等网文作品入选文化交流典藏书目，将入藏欧洲各地文化机构。

网络文学的IP化与网络文学出海多年来热度不减，中国网络文学的经典叙事结构、人物设定等成为引领海外网络文学原创发展的重要借鉴。

三、对网络文学作品的理论评论关注逐渐增强

辽宁文艺评论界对网络文学理论评论的关注，首先表现在对辽宁省作家协会网络文学"金桅杆"奖作品的评论分析。辽宁网络文学"金桅杆"奖迄今已举行4届作品评选，2024年，辽宁省作家协会网络文学研究中心组织特约研究员，对于前期"金桅杆"奖评出的36部作品进行集中分析评论，关注作家作品，切实发挥理论评论的创作引导作用，助力辽宁网络文学创作和评论进一步发展繁荣。

同时，网络文学作家李枭的文章《真正的青春应该用不朽的作品来延续——参加第九次全国青年作家创作会议有感》，银月光华的文章《以现实+科技的"硬核"叙写家国情怀》体现出辽宁网络文学作家对于网络文学创作的思考与总结。

辽宁省网络文学理论评论队伍逐步壮大。辽宁省网络文学研究中心聘请国内网络文学研究员数十名，并且积极引导本、硕学生在创新创业项目和毕业论文撰写以网络文学作为研究对象，进一步扩大辽宁网络文学研究范围，为辽宁网络文学创作及研究发展培育新生力量。辽宁省作家协会网络文学"金桅杆"奖和优秀理论（评论）奖作者举办颁奖典礼，表彰优秀作家作品，发挥示范引领作用。

四、组织力进一步加强，作家队伍继续壮大

随着辽宁省作家协会不断组织学习，网络文学作家的责任意识不断获得提升，同时辽宁网络作家、读者对网络文学在新时代的地位和作用认识进一步提高，关注发展网络文学，承担新的文化使命的自觉性不断增强。

1. 辽宁省作协继续强化指导和引领

为推动网络文学界更好承担新的文化使命，辽宁省作协在沈阳举办"推动新时代辽宁网络文学高质量发展座谈会"，辽宁省作协党组书记、主席周景雷出席并发表讲话，辽宁省网络文学评论家及网络文学作家学习党的二十届三中全会精神、省委十三届七次全会精神，听取省作协党组书记、主席周景雷指示：加强组织和队伍建设，担起政治责任，讲好中国故事、辽宁故事，构建中国话语体系，对中华文明探源工程、铸牢中华民族共同体意识、工业文学、辽宁红色"六地"和新时代"六地"等题材创作予以更多关注；加强网络文学作品的转化、传播和译介，培养更多的网络文学评论人才；网络作家自觉加强职业道德建设，文品与人品合二为一，作品才能立得住、传得久。网络作家、评论家应该深刻领会网络文学发展的使命和任务，围绕网络文学如何深度参与新时代辽宁文学"火车头"创作计划，讲好辽宁故事积极思考作为。

2. 作家队伍不断壮大，已有网络文学作家不断创作提升

当下，"00后"作家逐步加入，传统作家也在不断加入网络文学创作队伍，在散文、诗歌等创作领域有所发展。作家队伍年轻化的同时，创作经验丰富的老作家也在不断加入网络文学创作群体，使网络文学创作内容与艺术风格更加多元融合，中国优秀传统文化创造性转化与创新性发展的特点进一步加强。

3. 辽宁网络作家的责任感和使命意识进一步增强

正如李枭所说，从政治上，要更加坚定"听党话、跟党走"的信念；更加响应"深入生活，扎根人民"的创作态度；更加坚守"二为"创作方向与"双百"创作方针。在创作中，要真正做到"用脚步丈量祖国的土地"，创作的作品要让人民群众满意，体现"德艺双馨"，以"为社会主义服务、为人民服务"的创作态度描绘社会主义建设中的新时代、新征程。进一步强化辽宁工业题材、辽宁"新六地"、辽宁网络文学的"两创性"、IP化及现实主义书写，身体力行讲好新时代辽宁故事，打造高水平网文辽军。

五、辽宁网络文学高质量发展面临的机遇与挑战

辽宁网络文学发展取得了一定成就，同时也存在问题，面临机遇和挑战。

1. 作家虽人数众多，但相对而言国内影响较大作家还需要进一步发展壮大

辽宁网络文学作家300余人，但在全国影响较大作家数量还需进一步壮大，有影响的作品数量还需要继续丰富，部分重点题材创作艺术性还需要提升。在类型高度成熟的当下，网络文学作品的主要叙事手法、设定元素、创意"脑洞"和具体"金手指"等容易形成模式化套路化问题，使其文学性不足，辨识度不高。现实题材创作中对于乡村振兴、书写新时代工业故事等重点题材认识深度不够，缺乏深入调研，在写作手法、素材选择等方面容易自我设限等，想

象力与故事性还需要加强。对于近年来备受青睐的科幻题材等关注度不够，创作数量显得不足。对于科学精神、科学意识、科学知识存在欠缺，想象过于随意，缺乏科学支撑。

2. IP转化和网文出海还需要重视和积极作为

辽宁网络文学的IP转化已经有一定的基础，月关、李枭、陌上人如玉、千羽之城等剧本创作均较为丰富，效果较好，但相对而言，还需要更多的网络文学作家开展IP转化，同时，对于优秀传统文化的"两创"、网文出海均应该积极予以支持和作为。

3. 充分发掘辽宁文学创作素材资源，讲好辽宁故事

辽宁网络文学创作迄今已有涉及工业、非遗、军旅、红色"六地"、脱贫攻坚、公安干警、社区管理、创业、美食等现实题材作品，作家作品基础良好。网络文学作家应充分发挥网络文学的独特传播优势，使其成为呈现连接互联网+时代的人学的有效艺术形式，使网络文学作品能够成为不断延伸的文本网络，突破类型小说、通俗文学的框架藩篱，充分利用互联网，开创互联网时代繁荣新文体、新语言和文学新形态。

辽宁网络文学创作至今已拥有成熟的作家群体，拥有独特的创作素材资源，形成了相对成型的文化业态，在前期穿越、战争、玄幻、仙侠、都市等丰富类型基础上，充分发展工业、非遗、军旅、红色"六地"、脱贫攻坚、公安干警、社区管理、创业、美食等素材作品，对中华优秀传统文化的创造性转化和创新性发展予以关注和进行实践，使其成为建设文化强国的有效载体，社会主义文学行之有效的重要组成部分。网络文学界要增强理想信念，强化责任担当，直面各种挑战，坚持守正创新，不忘初心使命，为中华民族伟大复兴积极贡献。

本文为辽宁省社科规划基金项目阶段性成果："辽宁网络文学的双创性、IP化、现实向及价值研究（项目编号：L20BZW001）"

辽宁省作家协会2023年大事记

2月20日至21日 中国作协在重庆召开"深入生活、扎根人民"主题实践经验交流暨创联工作会议。辽宁省作协获得2022年度"深入生活、扎根人民"主题实践先进集体,作家薛涛、刘盛超获得2022年度"深入生活、扎根人民"主题实践优秀作家,省作协创联部宋斌荣获2022年度创作联络工作先进个人。

2月25日 辽宁省作家协会承办第十三届"茅台杯"《小说选刊》年度大奖颁奖典礼,举办"文学名家辽宁行"活动。王蒙、程永新、哲贵、王威廉、胡性能、金仁顺、东西、石一枫、斯继东、李云、丁小宁、申平等12位作家分别获得年度中篇小说奖、短篇小说奖、新锐作家奖和微小说奖,辽宁作协党组书记、主席老藤等曾获中宣部"五个一工程"奖和第八届鲁迅文学奖的作家,被授予"第十三届'茅台杯'《小说选刊》年度大奖荣誉奖"。中国作家协会副主席阎晶明、辽宁省委宣传部副部长杨利景出席颁奖典礼并讲话。出席颁奖典礼的还有辽宁省公共文化服务中心党委书记、主任甄杰,沈阳市委宣传部副部长齐海涛,《作家》杂志社主编、著名诗人宗仁发,贵州省作协副主席、著名诗人姚辉,《小说选刊》杂志社副主编李云雷等。

3月10日起 组织开展"播撒文学的种子——文学照亮生活·公益大讲堂"活动,作为辽宁省第十二届全民读书节的重要内容之一，8位知名作家先后赴8个县区和3所学校为基层作家和文学爱好者授课11次，内容涉及小说、儿童文学、诗歌等多个门类，受众近2000人，赠书1500余册。

3月10日起 开展"学雷锋 促振兴""弘扬'六地'精神 凝聚振兴力量"和"新时代山乡巨变"等主题志愿服务活动。全年深入丹东、铁岭、朝阳等市及县区开展文学志愿服务活动6次，省内知名作家43人次参加活动，服务基层作家和文学爱好者300余人。

3月16日 辽宁省作家协会召开2023年度党的工作暨党风廉政建设工作会议，会议主要内容是：深入学习贯彻习近平新时代中国特色社会主义思想，全面贯彻落实党的二十大精神，认真学习贯彻二十届中央纪委二次全会和省纪委十三届三次全会精神，落实省纪委监委驻省委宣传部纪检监察组2023年党风廉政建设工作要点，对省作协2022年党的工作和党风廉政建设工作情况进行总结，对2023年党的工作和党风廉政建设工作进行部署。省作协党组成员、机关全体党员干部、省纪委监委驻省委宣传部纪检监察组副组长徐可嘉、第一纪检监察室潘晓东主任参加会议。

3月17日 辽宁省作家协会第三十八期"午后文学时光"活动暨时代文仓城市书房文学现场挂牌仪式在文仓城市书房举行。省作协党组成员、副主席孙伦熙，城市书房总经理郑晓琳，沈阳师范大学中国文化与文学研究所副教授、所长助理张维阳共同为文仓城市书房的"午后文学时光"文学活动现场揭牌。全年开展"午后文学时光"读书交流活动12期。

4月2日 下午，辽宁省作家协会第十届主席团第七次会议在沈阳召开。省作协党组书记、主席滕贞甫主持会议，省作协党组成员、副主席孙伦熙宣读有关文件及说明。会议通报了辽宁省作家协会第十一次代表大会筹备情况，审议通过了《辽宁省作家协会第十届委员会工作报告（审议稿）》、《〈辽宁省作家协会章程（修正案）〉（草案）》及说明、《辽宁省作家协会第十一次代表大会议程（草案）》、

《辽宁省作家协会第十一次代表大会主席团、秘书长组成原则及建议名单（草案）》和《辽宁省作家协会第十一次代表大会代表资格审查委员会建议名单（草案）》。出席会议的十届主席团成员还有：于晓威、孙惠芬、林雪、金方、周建新、孟繁华、贺绍俊、韩春燕、鲍尔吉·原野、薛涛、刘庆、李轻松、张鲁镭、满城烟火。

4月2日晚 辽宁省作家协会第十一次代表大会举行预备会议，全体与会代表出席。省作协党组书记、主席滕贞甫主持会议，省作协党组成员、副主席孙伦熙宣读有关文件。会议听取了《辽宁省作家协会第十一次代表大会筹备工作报告》《辽宁省作家协会第十一次代表大会代表资格审查报告》，审议通过了《辽宁省作家协会第十一次代表大会议程》，表决通过了《辽宁省作家协会第十一次代表大会主席团、秘书长名单》。

4月3日 辽宁省文学艺术界联合会第九次代表大会、辽宁省作家协会第十一次代表大会、辽宁省社会科学界联合会第六次代表大会在沈阳开幕。省委书记、省人大常委会主任郝鹏出席开幕式并讲话。省委副书记、省长李乐成，省政协主席周波出席开幕式。中国文联党组成员、副主席、书记处书记徐永军，中国作协党组成员、副主席、书记处书记陈彦出席开幕式并致辞。全国哲学社会科学工作办公室发来贺信。省委常委、宣传部部长刘慧晏主持开幕式，省领导刘奇凡、于天敏、王新伟、张立林、张成中、胡立杰、陈向群出席开幕式。团省委主要负责同志代表人民团体致辞。省直有关单位主要负责同志以及来自全省文艺界和社科界代表参加开幕式。

4月3日晚 辽宁省作家协会第十一次代表大会第二次全体会议举行。这次大会的主要任务是：以习近平新时代中国特色社会主义思想为指导，全面学习贯彻党的二十大精神，深入学习贯彻习近平总书记在中国文联十一大、中国作协十大开幕式上的重要讲话精神，学习习近平总书记关于文艺工作的重要论述，落实党中央关于推进文化自信自强、铸就社会主义文化新辉煌的决策部署，按照省委部署、省委宣传部要求和中国作协关于推动新时代文学繁荣发展的工作安排，团结带领全省广大作家和文学工作者，围绕举旗帜、聚民心、育新人、兴文化、展形象的使命任务，坚持"二为"方向和"双百"方针，坚持以人民为中心的创作导向，深入生活、扎根人民，推出更多增强人民精神力量的优秀作品，全面推进新时代辽宁文学高质量发展，为实现辽宁全面振兴新突破三年行动目标，实现辽宁全面振兴、全方位振兴贡献文学力量。

4月4日 辽宁省作家协会第十一次代表大会圆满完成各项议程，在沈阳胜利闭幕。大会审议通过了滕贞甫同志代表第十届委员会所做的《守正创新勇毅前行为辽宁全面振兴全方位振兴贡献文学的智慧和力量》的工作报告，修订了《辽宁省作家协会章程》。大会选举产生了辽宁省作家协会第十一届领导机构，滕贞甫（老藤）当选主席，于晓威、月关（魏立军）、孙伦熙、孙惠芬、李海岩、林雪、周建新、孟繁华、津子围（张连波）、贺绍俊、韩春燕、鲍尔吉·原野、薛涛当选副主席，女真（张颖）、王立春、刘东、刘庆、李轻松、张学昕、张鲁镭、班宇、满城烟火（常延霞）当选主席团委员。

4月10日至11日 中国作协宣传信息工作会议在京举行，会上对2021年度、2022年度文学信息工作先进单位及文学信息工作先进个人进行表彰。辽宁省作协获得2021年度文学信息工作先进单位。

4月12日 辽宁省作家协会召开学习贯彻习近平新时代中国特色社会主义思想主题教育动员大会。省作协党组书记、主席滕贞甫做动员讲话，省委第四指导组副组长王雷到会指导并讲话。会议由省作协党组成员、副主席李海岩主持，省委第四指导组成员胡鑫、刘继斌出席会议，省作协党组领导班子成员、机关全体党员干部参加。

4月24日至26日 举办学习贯彻习近平新时代中国特色社会主义思想主题教育第1期读书班，省作协机关全体党员干部参加，省作协党组书记、主席滕贞甫等领导班子成员参加读书班并领学，省委第四巡回指导组成员参会指导。

5月7日 由春风文艺出版社、辽宁文学研究中心联合主办的王志国长篇小说《柳条边》研讨会在辽宁省作家协会三楼会议室举行。中国作家协会主席团委员，辽宁省作家协会党组书记、主席滕贞甫，辽宁出版集团副总经理、春风文艺出版社社长兼总编辑单瑛琪出席研讨会并致辞。林喦、张啟智、胡玉伟、吴玉杰、周荣、胡哲、张维阳、李耀鹏等专家学者以及黑山县文学艺术界联合会副主席、黑山县美术家协会主席王根与会。研讨会由春风文艺出版社首席编辑、《柳条边》责任编辑姚宏越主持。

5月22日至26日 辽宁省作家协会在东北财经大学举办了"落实文学高质量发展工程实现三年行动计划各项任务"专题培训班。本次培训班由省作协党组成员、副主席李海岩带队，基层作协负责人和省作协机关干部共60人参加。培训班开班仪式由东北财经大学培训学院院长张树军主持并做动员讲话，省作协党组书记、主席滕贞甫及党组成员、副主席李海岩出席开班仪式。

6月13日至14日 辽宁省作家协会在沈阳举办全省市级作协负责人作家权益保护工作交流活动，省作协党组成员、副主席孙伦熙出席活动并讲话，各市作协秘书长参加交流，活动由网络文学部（社会联络部、权益保护部）部长张岩峰主持。

6月17日至21日 由《民族文学》杂志社和辽东学院联合主办的2023《民族文学》长篇小说作家培训班在辽宁省丹东市辽东学院举办。中国作协党组成员、副主席、书记处书记陈彦，《民族文学》主编石一宁，辽东学院党委书记周景雷出席开班仪式并分别讲话和致辞。辽宁省作协党组书记、主席滕贞甫，《民族文学》副主编陈亚军以及来自全国各地20名少数民族作家和辽东学院朝韩学院、师范学院师生代表参加开班仪式。开班仪式由辽东学院副校长苏成利主持。

6月25日至26日 辽宁省作家协会组织开展第3期主题教育读书班,党组书记、主席滕贞甫围绕"深刻领悟习近平新时代中国特色社会主义思想的真理力量和实践伟力"主题,结合文学创作实际,以《以习近平文艺思想为指导,不断推动主题创作水平》为题,给机关全体党员干部讲专题党课。

7月20日 辽宁省作家协会组织30多位签约作家、特聘评论家走进人民作家马加先生的故里——沈阳新民市兴隆镇弓匠堡子村,举办"走进名家故里 弘扬文学精神"主题教育研学活动,辽宁作协首个"文学辽军"研学基地在此挂牌。

7月20日至21日 辽宁省作家协会在沈阳举办第十四届签约作家、特聘评论家签约仪式暨创作交流活动。辛酉、牛健哲、李伶伶、梁翩、付久江、黑铁、庞滟、姚宏越、聂与、邢东洋、赵杨、肖云峰等12人被聘为第十四届签约作家;俞胜、傅逸尘、刘诗宇等3人被聘为特聘签约作家;周景雷、林喦、韩春燕、胡玉伟、吴玉杰、张祖立、梁海、韩传喜、乔世华、周荣、张维阳等11人被聘为特聘评论家。沈阳师范大学中国文化与文学研究所所长孟繁华以《理想的文学与现实的文学》为题,沈阳师范大学中国文化与文学研究所副所长贺绍俊以《"新东北文学"及其他》为题,北京文学期刊中心主任、《北京文学》执行主编师力斌以《汉语之美与当下文学期刊的写作》为题与签约作家和特聘评论家进行了专题交流。参加了"作家回家"活动,参观了辽宁文学展示馆,录制了"口述文学史"视频资料。

8月17日 中国作家协会2021—2023年社联工作会议暨全国文学志愿服务联席会议工作会在陕西省榆林市举行。工作会期间,举行全国社联工作及文学志愿服务、著作权工作荣誉授予仪式,辽宁省作协被授予2022年度社会联络工作先进集体,2022年度著作权保护先进单位,"新时代山乡巨变文学与你同行"主题志愿活动优秀组织单位,网络文学部邢东洋被评为文学志愿服务优秀志愿者。

8月17日 辽宁省作家协会召开推动新时代辽宁文学高质量发展座谈会。14位省内基层作家代表分别从文学创作题材、基层作协工作、作品转化与译介、网络文学创作等方面发表了自己的观点和看法。会议由省作协创联部部长周晓楠主持。

8月18日 辽宁省作家协会召开"新时代山乡巨变"创作推进会，邀请国内知名专家，与省内正在从事"山乡巨变"题材创作的部分作家座谈交流、把脉定向，对接创作、发表、出版事宜，共同推动辽宁"新时代山乡巨变创作计划"的实施。参加会议的专家有省作协副主席、沈阳师范大学中国文化与文学研究所所长孟繁华，省作协副主席、沈阳师范大学中国文化与文学研究所副所长贺绍俊，人民文学出版社社长臧永清，《中国作家》杂志社纪实版编辑部主任佟鑫。省作协党组书记、主席滕贞甫出席会议并发言，推进会由省作协党组成员、副主席李海岩主持。

8月25日 授予大连庄河市辽宁"文学之乡"称号。

9月7日 授予康平县辽宁"文学之乡"称号。

9月19日 "新时代山乡巨变创作计划"采风采访活动在本溪市桓仁满族自治县举行。本次活动由省作协党组成员、副主席孙伦熙率队，参加活动的有沈阳师范大学中国文化与文学研究所所长孟繁华，省作协副主席、著名作家孙惠芬，省作协副主席、著名诗人林雪，辽宁儿童文学学会会长宁珍志，省作协主席团成员、儿童文学委员会主王立春等评论家、作家十余人。

9月22日 授予盘锦市大洼区二界沟街道辽宁"文学之乡"称号。

9月28日 第十一届辽宁文学奖中篇小说奖、短篇小说奖、诗歌奖、散文奖、报告文学奖和第十二届辽宁优秀儿童文学奖评奖结果揭晓，胡世宗以"辽宁文学六地题材创作"获特别奖，《冷锋过境》《执子之手》《往回走》《折叠世界》《风雨惊堂·田连元传》《世界上没有真正的空房子》等30部作品获奖。

11月7日至9日 辽宁省作家协会在盘锦举办"坚持文化自信自强，推进辽宁文学振兴——文学名刊主编走进红海滩采风活动"。参加本次活动的文学名刊主编有《海外文摘》执行主编蒋建伟，百花文艺出版社副总编、《小说月报》执行主编徐福伟，中国铁道出版社大众出版中心副主任、《中国铁路文艺》主编王晓罡，《芙蓉》杂志社副社长、副主编汤亚竹，《解放军报》文艺评论版主编傅逸尘，《长江日报》江花周刊主编周璐，北京文学期刊中心副主任、《北京文学中篇小说月报》副主编王虹艳，《长江文艺》副主编吴佳燕，《湖南文学》执行副主编赵燕飞，《中篇小说选刊》总经理助理刘晓闽。省作协党组书记、主席滕贞甫，党组成员、副主席李海岩参加了本次活动。盘锦市委书记王炳森，市委常委、宣传部部长李群会见了文学名刊主编一行。

11月18日 在中国作协召开的"新时代山乡巨变创作计划""新时代文学攀登计划"推进会上，辽宁省作协一级巡视员金方做题为《推进新时代辽宁文学高质量发展》的典型发言。

12月8日 《辽宁文学》2023年工作座谈会在沈阳召开，省作协党组成员、副主席，《辽宁文学》主编李海岩出席活动并讲话。座谈会由省作协办公室主任、《辽宁文学》副主编雷宇主持。春风文艺出版社首席编辑、《辽宁文学》常务副主编姚宏越，特约副主编姜鸿琦，特约编辑钟素艳、许迎坡、万胜，作者代表程云海、熊伟、徐向南、李妍等参会研讨。

12月12日 "新时代山乡巨变创作计划"重点推进作品《草木志》改稿会在天津举办。中国当代文学研究会副监事长、辽宁省作协副主席贺绍俊，《光明日报》文学评论版主编王国平，中国当代文学研究会理事傅逸尘，《长篇小说选刊》主编宋嵩，本书作者、中国作家协会十届主席团委员老藤，百花文艺出版社总编辑汪惠仁，作家出版社副总编辑胡军，本书责任编辑徐福伟、齐红霞、王亚爽，本书特约编辑宋辰辰等嘉宾参加会议。会议由汪惠仁主持。

12月15日 "学习贯彻习近平文化思想 推动辽宁网络文学高质量发展"研讨交流活动在大连举行。省作协党组成员、副主席孙伦熙出席活动并讲话。评论家肖惊鸿、黎杨全、李玮、张永禄、张祖立、唐伟、韩传喜、郑熙青，网络作家满城烟火、李枭、雾外江山、千羽之城、覆手、陌上人如玉、小神，大连市作协副主席格格、金普新区文联李东参加活动。辽宁省作协网络文学部部长张岩峰主持座谈交流。

12月15日 发布辽宁省作家协会2023年新会员发展公告。按照《辽宁省作家协会会员发展和管理办法》，2023年辽宁省作家协会会员发展工作已完成公示，2023年共发展新会员174人。

12月16日 第四届辽宁网络文学"金桅杆"奖优秀评论（研究）奖颁奖仪式在大连大学举办。辽宁省作协党组书记、主席滕贞甫，中国作协网络文学中心研究员、首席专家、中国作协网络文学研究院副院长肖惊鸿，著名网络文学评论家黎杨全、李玮、张永禄等，历届"金桅杆"获奖作家代表满城烟火、李枭、明日复明日、雾外江山、千羽之城、覆手、银月光华、陌上人如玉、小神、徐江小出席仪式。大连大学党委书记王晋良，辽宁省作协党组成员、副主席孙伦熙出席仪式并致辞。大连网络作家、大连大学青年教师、学生及网络文学爱好者、媒体记者近200人参加活动。

辽宁作家作品2023年获奖和入选榜单

（排名不分先后，以公布时间为准）

●中国作协"新时代文学攀登计划"：

老藤的长篇小说《北爱》入选第二期支持项目。

●中国作协"新时代山乡巨变创作计划"：

李铭的长篇小说《春暖燕归来》入选第二批重点推进作品；

津子围的长篇小说《苹果红了》、老藤的长篇小说《草木志》入选第三批重点推进作品。

●2023年"中国好书"榜单：

老藤的长篇小说《北爱》入选4月榜单；

薛涛的儿童文学《桦皮船》《一双大鞋》入选六一专榜；

薛涛的儿童文学《蚂蚁的森林》入选7月榜单；

鲍尔吉·原野的儿童文学《乌苏里密林奇遇》入选8月榜单；

马三枣的儿童文学《慈江雨》入选11月榜单。

●"中国作家网文学好书"：

老藤的长篇小说《北爱》入选2023年第一期（1—2月）；

鲍尔吉·原野的儿童文学《乌苏里密林奇遇》入选2023年7—8月。

●第八届中华优秀出版物（图书）奖：

李铁的长篇小说《锦绣》。

●第八届中华优秀出版物（图书）奖提名奖：

和谷、杨春风的报告文学《春归库布齐》；

鲍尔吉·原野的儿童文学《乌兰牧骑的孩子》；

于立极的儿童文学《甘肃正在说》（《美丽中国·从家乡出发》系列之一）。

●2023年伊朗"飞乌龟奖"：

薛涛的儿童文学《小城池》（波斯文版）。

●第九届徐迟报告文学奖提名：

紫金的报告文学《大地如歌》。

●第五届张天翼儿童文学奖：

鲍尔吉·原野的儿童文学《翡翠地》获长篇小说、童话奖；

刘天伊的儿童文学《石头的朋友》获短篇或单篇儿童文学作品奖。

●第六届《儿童文学》金近奖：

马三枣的儿童文学《黑云雀》获小说类优秀作品奖；

贾颖的儿童文学《花朝》获童话类优秀作品奖；

薛涛的儿童文学《山林史诗——山林，小兽和我》获散文类优秀作品奖。

●第二届"赵郁秀儿童文学新篇奖"：

刘天伊的儿童文学《石头的朋友》；

阎秀丽的儿童文学《扭嫁妆》；

孙施的儿童文学《预设人生》；

高君子的儿童文学《土拨鼠的四季礼物》；

李广宇的儿童文学《击个掌吧，少年》。

●中国李庄杯·第十九届"十月文学奖"·短篇小说奖：

班宇的短篇小说《漫长的季节》；

于晓威的短篇小说《缓慢降速器》。

●"十四五"国家重点出版物出版规划"未成年人出版物出版规划":

刘东的儿童文学《回家的孩子》入选。

●第十届"中国童书榜"最佳童书:

薛涛的儿童文学《桦皮船》《一双大鞋》入选。

●第四届谢璞儿童文学奖:

姜冰的儿童文学《小田鼠编绳子》获童话提名奖;

闫耀明的儿童文学《小轮子》、赵杰的儿童文学《绿莎草》获小说故事提名奖。

●第八届辽宁文艺评论奖:

张学昕的文学评论《书写能触摸到时代气息的"大风景"》;

贺绍俊的文学评论《以多彩文学描绘美丽中国》;

崔健、胡海迪的文学评论《〈苍原〉复排:文学与音乐"中西融会"的当代启示》;

王家勇的文学评论《儿童电影讲好中国故事的问题与解决之道》;

韩传喜、郭晨的文学评论《网络文学媒介化的情感逻辑》。

●第十三届"茅台杯"《小说选刊》年度大奖·荣誉奖:

老藤的长篇小说《铜行里》。

●第十届冰心散文奖:

董晓奎的散文《弱德之美》。

●第五届"城市文学"排行榜:

班宇的短篇小说《漫长的季节》入围短篇小说榜第六名。

●第十二届丁玲文学奖作品奖:

老藤的长篇小说《北地》。

●第四届年度儿童文学新书榜提名:

源娥的儿童文学《冰壶女孩》。

●第八届全国煤矿文学乌金奖:

邵悦的诗歌《每一块煤，都含有灯火通明的祖国》。

●第二届陈伯吹新儿童文学创作大赛佳作奖：

贾颖的儿童文学《小树来了》。

●第七届"星星年度散文诗奖·提名奖"：

刘川的诗歌《另一种歌吟（六章）》。

●第五届"素兰文学奖"儿童文学类三等奖：

葛嘉竹的儿童文学《仲夏花椒》。

●2023花地文学榜年度文学评论金奖：

孟繁华的文学评论《散文的气质》。

●首届中国电力文学奖中篇报告文学奖：

杨宏的报告文学《"带电"的姑娘们》。

●冰心儿童图书奖：

源娥的儿童文学《饕餮餐馆》。

●首届泰州刘熙载文学评论奖·论文奖：

孟繁华的文学评论《当下中国文学的一个新方向——从石一枫的小说创作看当下文学的新变》。

●《儿童文学》荣誉作家：

薛涛。

●2023中国社会价值年度作家：

班宇。

●第二十届叶圣陶杯十佳小作家：

孙英涵。

●2022年中国作家网"优选中短篇"年榜：

牛健哲的短篇小说《造物须臾》入选；

班宇的短篇小说《漫长的季节》入选。

●中国寓言文学研究会第七届（2022年）金骆驼奖：

孙惠芬的儿童文学《多年蚁后》获金骆驼奖·白金奖；

肖云峰的儿童文学《猫王子》获金骆驼奖·亦金奖。

●《出版商务周报》"2022年度桂冠童书"：
孙惠芬的儿童文学《多年蚁后》入选；
薛涛的儿童文学《一双大鞋》入选。
●2022年收获文学榜短篇小说榜：
牛健哲的短篇小说《造物须臾》入围第六名。
●2021《民族文学》年度奖：
巴音博罗的诗歌《晨光中升起的炼钢厂》。
●文学好书榜2022年度好书：
老藤的长篇小说《铜行里》。
●《扬子江文学评论》2022年度文学排行榜：
班宇的短篇小说《漫长的季节》入围短篇小说榜第四名。
●第五届"《扬子江文学评论》奖"（2021—2022年度）：
张学昕的文学评论《素朴的诗，或感伤的歌——王尧〈民谣〉论》。
●2022年度《北京文学》优秀作品奖：
老藤的中篇小说《鸡架之城》。
●2020—2022年度"柳林杯·《山西文学》奖"中篇小说奖：
陈萨日娜的中篇小说《西湖的客人》。
●新时代十年百部中国网络文学作品榜单：
月关的《逍遥游》入选。
●国家广播电视总局2022网络视听精品节目：
满城烟火的《罚罪》。
●中央军委重点项目：
骠骑的《女子特战队》《绝对速度》入选。
●"中国网络文学影响力榜"（2021年度）网络小说榜：
银月光华的《先河一号》入选。
●第三届七猫中文网现实题材征文大赛"金七猫奖"：
银月光华的《大国蓝途》。

●中国小说学会2023年度中国好小说：

银月光华的《大国蓝途》入选。

●2023纵横中文网年度十佳作品：

铁马飞桥的《太荒吞天诀》入选。

●2023年度番茄小说巅峰榜女频文TOP1：

任欢游的《缚春情》。

●2023年中国作协网络文学重点作品扶持项目：

银月光华的《大国蓝途》入选；

金铃的《千金方》入选。

●沈阳市"十四五"重点创作项目：

徐向南的《邻花似锦十年春》入选。

●第四届亚洲华语电影节优秀短片奖：

《一念》徐向南参与编剧、文学策划。

●辽宁省第十二届全民读书节活动"最佳写书人"：

月关。

●辽宁省文化名家暨"四个一批"青年英才：

满城烟火、李枭。

●纵横中文网年度荣誉作家奖：

覆手。

●全国网络作家学习党的二十大精神专题线上培训班优秀学员：

月关、雾外江山、覆手、狐晚、糖罐小润。

图书在版编目（CIP）数据

辽宁文学蓝皮书 . 2023 / 周景雷主编 . -- 沈阳：春风文艺出版社，2024.11. -- ISBN 978 - 7 - 5313 - 6962 - 2

Ⅰ. I206.7-53

中国国家版本馆CIP数据核字第2025TT0502号

春风文艺出版社出版发行

沈阳市和平区十一纬路25号　邮编：110003

辽宁新华印务有限公司印刷

责任编辑：孟芳芳	责任校对：张华伟
封面设计：雷　宇	幅面尺寸：155mm × 230mm
字　　数：206千字	印　　张：15.25
版　　次：2024年11月第1版	印　　次：2024年11月第1次
书　　号：ISBN 978-7-5313-6962-2	
定　　价：50.00元	

版权专有　侵权必究　举报电话：024-23284292

如有质量问题，请拨打电话：024-23284384